I0784590

Walter Harich

Ursula schwebt vorüber
(Kriminalroman)

OK Publishing 2021

Walter Harich

Ursula schwebt vorüber

(Kriminalroman)

MUSAICUM
Books

- Innovative digitale Lösungen & Optimale Formatierung -
musaicumbooks@okpublishing.info

2021 OK Publishing

ISBN 978-80-272-4941-1

Inhaltsverzeichnis

Kapitel 1

Frau Agathe Rambin in Michaelsbrück bei Berlin hatte sich zunächst bei dem Anruf des Agenten gar nichts gedacht. Erst am nächsten Tag, am Donnerstag, da ihr Mann noch nicht zurück war, fiel ihr ein, daß der Güteragent angerufen und sich darüber beklagt hatte, daß Herr Rambin nicht an der verabredeten Stelle gewesen wäre. Den ganzen Tag über hatte sie ein Gefühl von Unruhe, das gegen Abend zunahm. Er wird morgen, am Freitag, kommen, versuchte sie sich zu beruhigen.

Sie ging in Gedanken die Woche durch: Am Montagvormittag war er nach Berlin gefahren. Das war nichts Außergewöhnliches. Der Besitzer des großen Sägewerks fuhr mehrmals in der Woche nach Berlin. Am Nachmittag hatte er etwas von der Besichtigung eines Gutes verlautbaren lassen, das ihm zum Kauf angeboten wäre. Auch das kannte man von ihm. Er kaufte Güter, schlug den Wald nieder, forstete eilig auf und verkaufte. Am Dienstag früh war er dann fortgefahren, und am Mittwoch hatte der Agent, dessen Name Agathe nicht verstand, angerufen. Am Donnerstag abend war Rambin noch immer nicht zurück.

Agathe schlief in der Nacht schlecht. Sie hätte sich noch unruhiger in ihrem Bett gewälzt, wenn sie nicht gefürchtet hätte, ihre Pflegetochter Monika zu stören, die im Nebenzimmer schlief. Sicher war auch Monika schon in Sorge. Von Stefan Rambin war man immer auf Ungewöhnliches gefaßt, obwohl seine Gewohnheiten eigentlich keinen Anlaß dazu boten. Es lag mehr in seinem unruhigen Wesen. Agathe entsann sich vieler Nächte, in denen sie auf ihren Mann gewartet hatte. Seit einiger Zeit war es wie eine Warnung in ihr, daß etwas Unvorhergesehenes eintreten würde. Dabei konnte sie weder einen Grund für ihre Befürchtung angeben, noch verband sich mit ihren Ahnungen irgendeine noch so undeutliche Vorstellung. Im Grunde war es immer so gewesen, seit den ersten Wochen nach ihrer Hochzeit, daß das dumpfe Angstgefühl sie nicht losließ. Manchmal dachte sie an fremde Frauen, die in seinem Leben eine Rolle spielen mochten und von denen sie nichts wußte. Aber auch dafür hatte sie keinen eigentlichen Anhalt.

Am nächsten Morgen, am Freitag, war Stefan Rambin immer noch nicht zurück. Gott sei Dank, daß wenigstens Klaus Rambin, sein Neffe, erwartet wurde. Klaus würde einen Rat geben und etwas veranlassen. Agathe ging in die Mansardenetage hinauf, wo das Stubenmädchen das Gastzimmer für Klaus in Ordnung brachte. Die Gastzimmer waren, obwohl es Juni und ein wunderbar heißer Sommer war, seit Wochen nicht benutzt worden. Die Luft in ihnen war stickig, und in den Ecken hatten sich Spinnweben angesammelt.

Auch das schien ihr auf einmal ein beängstigendes Anzeichen. In den früheren Jahren war das Haus um diese Zeit von Gästen erfüllt gewesen. Immer kamen Geschäftsfreunde Stefan Rambins für einige Tage oder auch Wochen hinaus und schickten Söhne und Töchter. Von dem Tennisplatz unten am Wasser kam das laute Rufen und Lachen. Die beiden Ruderboote waren immer unterwegs. In der Diele mit den großen Geweihen über den Türen stieß man auf Gestalten, die in Bademänteln auf ihre Zimmer huschten und nasse Spuren auf der Treppe hinterließen.

In diesem Jahr waren noch keine Gäste gekommen. Klaus würde der erste und einzige sein. Das Treppenhaus lag in unheimlicher Stille da, nur die Dielen knackten unter Agathes Fuß. Weshalb hatte Stefan niemanden eingeladen? Irgend etwas schien in der Luft zu liegen. Sie suchte sich sein Gesicht zu vergegenwärtigen, ohne eine Änderung feststellen zu können. Die Züge waren frisch und gestrafft wie immer gewesen, die Augen von ihrem leuchtenden Grau. Nur das weiße Haar, dessen Stirnlocke besonders gepflegt wurde, erinnerte an sein Alter. Stefan Rambin war fast fünfzig. Aber das Haar war seit fast zehn Jahren schon weiß. Agathe konnte sich kaum darauf besinnen, daß es einmal dunkel gewesen war.

»Der Herr ist noch immer nicht zurück!« sagte sie zu dem Mädchen und ordnete an, daß der alte Sekretär gegen das Fenster gerückt wurde. Klaus hatte in diesem Zimmer nach dem frühen Tode seiner Eltern einige Knabenjahre verlebt. Er liebte es, das Zimmer genau so wiederzufinden, wenn er, wie alljährlich, einen Teil seines Urlaubs in Michaelsbrück verbrachte.

»Wo ist der Herr denn hin?« fragte das Mädchen.

»Ach, er wollte sich ein Gut ansehen und Mittwochabend zurück sein.«

Sie ging nach unten. Aus dem Herrenzimmer führte eine Tapetentür in den Büroanbau. Dieser Anbau hatte sich nicht umgehen lassen, obwohl das weiße Mauerwerk sich schlecht neben der im norwegischen Stil erbauten Villa ausnahm. Dort war in drei Räumen die kaufmännische Leitung des Sägewerks untergebracht. Agathe wußte schon, daß sie dort nichts erfahren würde. Herr Schulz, der Geschäftsführer, bekümmerte sich nur um das Sägewerk und das damit verbundene Bau- und Zimmereigeschäft. Besonders in Scheunen- und Wasserbauten hatte die Firma einen Ruf. Alles andere erledigte Stefan Rambin selbst an dem Schreibtisch seines Herrenzimmers. Manchmal ließ er sich von Monika helfen. Aber auch für Monika blieben seine geschäftlichen Unternehmungen undurchsichtig.

Herr Schulz, der immer mit der Feder hinter dem Ohr am Fenster saß, schon weil er von dort einen schmalen Streifen der Chaussee überblicken konnte und auf diese Weise durch die vorbeiflitzenden Autos seinen Anteil am Leben hatte, fand es durchaus in Ordnung, daß Herr Rambin in der Welt herumfuhr und seine persönlichen und geschäftlichen Verbindungen pflegte. Das war die unsichtbare Wand, gegen die Agathe überall stieß. Stefan Rambin gehörte in die Welt, und sie, seine Frau, war ein wenig lächerlich, wenn ihre Gedanken ihn verfolgten. Sie las es auch jetzt in dem Lächeln von Herrn Schulz: Mein Gott, Stefan Rambin, dieser großartige und jugendlich gespannte Mann, und sie, die schwerfällig gewordene Matrone! Mit einem leisen Seufzen ging sie zurück. Auf der Veranda war der Frühstückstisch gedeckt. Monika kam gerade vom Morgenritt zurück und warf das blonde Haar von der erhitzten Stirn nach hinten. Ihr Blut klopfte in den Adern mit der Spannung ihrer neunzehn Jahre. Das Gesicht war von der raschen Bewegung gerötet. Sie legte die Gerte fort und goß sich noch im Stehen die Tasse ein. »Papa bleibt doch oft weg«, sagte sie. Sie nannte ihn »Papa« und Agathe »Mutti«. Ihr richtiger Vater war der Bruder Agathes, Geheimrat Bandler, aber sie lebte schon seit ihrem vierten Jahr bei Rambins und war völlig als Tochter angenommen worden.

»Nein«, sagte Agathe, »eigentlich hat Papa immer richtig angegeben, wann er zurückkommt.«

»Du weißt also gar nicht, wo das Gut liegt und wo Papa hingefahren ist?« Monika fand das bezeichnend für die Ehe ihrer Pflegeeltern. Sie liebte »Papa«, diesen gutaussehenden Mann mit dem jungen Gesicht und dem weißen Haar. Monika dachte manchmal, daß »Mutti« nicht die richtige Frau für ihn sei. Agathe war still und vornehm und sah gut aus, aber es war etwas Lebloses an ihr. Stefan Rambin aber sprühte von Leben.

Der Kies der Auffahrt lag grell von der Morgensonne beschienen. Die Hecke deckte gegen Sicht von der Straße. Man hörte es nur an dem Poltern der Wagen oder an auffliegenden Worten, wenn draußen jemand vorüberkam. Das Haus mit dem braunen Holzbeschlag lag ein wenig erhöht auf einem kleinen Hügel. Hinten fiel der Garten zu dem Holzplatz und der Schneidemühle ab. Der große Havelsee streckte einen breiten Zipfel gegen das Sägewerk vor. Hier war das Wasser mit braunen Stämmen bedeckt, die sich wie atmend leise auf- und abbewegten, besonders wenn draußen ein Dampfer vorüberfuhr und Kielwellen aussandte. Es roch weit und breit nach Holz. Immer lag das Brummen der großen Kreissäge in der Luft. Man horchte gar nicht mehr hin, wenn die Stämme unter dem Stahl aufschrien.

Alle Menschen kannten das Sägewerk von Michaelsbrück, das immer noch, fast als einziges in der Mark, in voller Tätigkeit war. Stefan Rambin wußte die Aufträge hereinzuholen. Darin lag seine Besonderheit. Wo er auch hinkam, spielte er eine Rolle. In Michaelsbrück war er in allen Konferenzen und Ausschüssen anzutreffen, aber man wußte auch, daß seine eigentlichen Beziehungen sich nach Berlin erstreckten. Dort saß er im Aufsichtsrat der Gewerbe-Vereinsbank, die er mitbegründet hatte. Man sah Stefan Rambin in Michaelsbrück kaum anders, als daß er mit dem breiten grauen Schlapphut und der dickgefüllten Aktenmappe unter dem Arm die Bahnhofstraße entlangging, um im letzten Augenblick durch die Sperre zu eilen und in den Vorortzug nach Berlin zu springen. Wenn die Michaelsbrücker in den Berliner Zug gerieten, saß immer in einer Ecke des Abteils zweiter Klasse Stefan Rambin hinter seiner Zeitung.

»Du mußt dich umziehen, Kind«, erinnerte Agathe. »Klaus wird in einer halben Stunde hier sein.«

»Ach, Klaus!« sagte Monika und zog die Schultern hoch. Es war ein offenes Geheimnis, daß sie und Klaus sich nicht leiden konnten. »Hast du wenigstens den Namen des Agenten behalten, der am Mittwoch anrief?«

Agathe dachte nach. »Eben nicht. Ich glaube, er nannte einen Namen, aber ich habe ihn nicht verstanden. Ich wußte zunächst überhaupt nicht, worum es sich handelte.«

»Was sagte der Mann denn, Mutti?««

»Er sagte, daß er sich mit Papa am Schlesischen Bahnhof verabredet hätte, aber Papa wäre nicht gekommen. Ich konnte nur sagen, daß Papa fortgefahren sei. Ich dachte auch daran, daß Papa seine Gründe haben mochte, den Mann nicht zu treffen. Wir wollen das mit Klaus besprechen, Kind. Er muß ja bald hier sein.«

Monika nickte. Klaus war klug und zuverlässig. Sie sah besorgt zu Agathe hinüber. Eigentlich fand sie nicht, daß ein besonderer Grund zur Aufregung vorhanden war.

Währenddes stieg Klaus Rambin mit seiner Handtasche auf dem kleinen Bahnsteig aus. Der Bahnhof von Michaelsbrück lag hoch über der Schlucht, die der kleine Fluß in die Sandberge gerissen hatte. Man sah von hier auf den Ort hinunter und über den weiten See, der auf der anderen Seite von blauen Wäldern umgrenzt war. Hinter den roten Dächern lag die kleine Bucht, auf der die nassen braunen Baumstämme wie eine dicke Haut lagen und in der Sonne glänzten. Zwischen Büschen schimmerte sogar das dunkle Schindeldach der Villa Rambin herüber.

Jedesmal, wenn Klaus hier ankam, blieb er einige Sekunden stehen und warf einen Blick über die weite Landschaft, ehe er die Treppen hinunter zur Sperre ging und die Bahnhofstraße entlangschritt. Hier kannte er jedes Haus. Immer hielt an der Ecke vor der Konditorei der große gelbe Autobus, der über Tegel nach Berlin hineinging. Auch in der Berliner Straße, die den Ort durchquerte und in der die wenigen Läden lagen, erkannte man noch die alten Bauernhöfe, auch wenn die Scheunen hinten zu Lagerräumen oder Garagen umgebaut waren. Hinter »Wendlands Warenhaus« hörte das Pflaster auf, und die Häuser wurden richtige Bauernhäuser. Die breite Straße teilte sich und lief um die alte Kirche herum, deren hölzerner Turm aus Fliederbüschen aufstieg. Gleich dahinter fing mit einer breiten Dampferanlegestelle der See an. Segelboote und Kähne lagen längs des Ufers, hoben und senkten sich unter dem Atem des Wasserst

Hinter dem Kirchhof mit der schwarzgestrichenen Leichenhalle bog Klaus vom See ab und ging quer durch den Wald auf die Bucht zu, an der das Sägewerk ein wenig abseits des Ortes lag. Hier lief, den Ort umgehend, die Berliner Chaussee vorbei. Immer kamen einige Autos angeprescht, gaben vor dem Querweg Signal und hatten kleine Staubwolken unter sich. Ein wenig tiefer als der Damm lagen die kleinen Häuschen der Beamten und Angestellten. Klaus Rambin kannte sie alle. Auch ein Laden lag dort, in dem es alles zu kaufen gab, von Zigaretten und Likören bis zu Knöpfen und Fitzelbändern. Gleich hinter dem Laden begann die Hecke des Rambinschen Gartens. Man mußte durch die Toreinfahrt hindurch, die zu dem Sägewerk führte. Hier unterlag man schon den kontrollierenden Blicken des Herrn Schulz. Nach rechts bog die Auffahrt zu der Villa ab. Ein rundes Rosenbeet lag vor der Veranda. Klaus Rambin blieb stehen und roch an den Blumen. Die Rasenflächen des Gartens verliefen sich in den Baumgruppen. Ein selbsttätiger Sprenger warf rundum Wasserbüschel, in denen alle Regenbogenfarben zitterten. Vom Holzplatz her kamen Rufe der Männer und das Stöhnen der Baumstämme unter der Säge. Klaus Rambin atmete den kräftigen Holzgeruch ein. Dieser Platz mit seinen vertrauten Geräuschen war immer wieder so schön, wie er ihn in der Erinnerung bewahrte.

»Da bist du!« rief Monika von der Veranda her. Agathe hatte ihn vom Fenster aus beobachtet und kam nun auch heraus. Klaus sah in ihr bleiches und übermüdetes Gesicht. »Was habt ihr denn?« fragte er erschrocken und stellte die Handtasche auf die Bank.

»Papa ist seit Dienstag fort und noch immer nicht zurück.«

»Onkel Stefan? Wo ist er denn hingefahren?«

Monika erzählte. Agathes Augen hingen fragend an seinem Gesicht. Eigentlich erwartete sie, daß er eine beruhigende und einleuchtende Erklärung geben würde. Aber sein Gesicht wurde ernster, je länger Monika sprach.

»Hat er wirklich von einem Gut gesprochen, das er kaufen wollte?« fragte er. »Dann wird er Geld mitgenommen haben. Man pflegt sich zu solchen Geschäften einen beglaubigten Scheck einzustecken.«

Die beiden Frauen sahen sich erschrocken an. Seine Worte enthüllten plötzlich eine furchtbare Möglichkeit. In dem Augenblick knatterte draußen mit lautem Krach ein Lieferauto vorbei. Es war, als wollte das knallende Geräusch die Situation unterstreichen. Sie zuckten unwillkürlich zusammen. Auf einmal war die Atmosphäre mit Angst geladen. »Daß ich das auch vergessen konnte!« rief Agathe, und ihre Stimme zitterte. »Natürlich hat er Geld mitgehabt, eine große Summe!«

»Mit welcher Bank arbeitet er denn?«

Sie sahen fragend auf Monika, die Stefan Rambin manchmal geschäftlich half. »Mit der Gewerbe-Vereinsbank meistens«, sagte sie, »aber manchmal auch mit anderen Banken. Soll ich Elm anfragen?«

Elm war Abteilungsvorsteher bei der Berliner Gewerbe-Vereinsbank und Stefan Rambins geschäftlicher Vertrauter. Er kam manchmal zu Besprechungen nach Michaelsbrück hinaus. Klaus kannte ihn auch vom Sportplatz her. Sie waren in der gleichen Vereinigung. »Ja, rufe Elm an. Er wird uns etwas sagen können. Vielleicht kennt er sogar diesen Agenten.«

Sie gingen hinein. Monika ließ sich mit Berlin verbinden.

Kapitel 2

Sie standen in Stefan Rambins Arbeitszimmer. Die Mitte des Raumes nahm der mächtige Schreibtisch ein, auf dem stets eine musterhafte Ordnung herrschte. Aus dem Winkel blickte ernst eine weiße Goethebüste. Monika hatte sich neben den Apparat gestellt, um zur Stelle zu sein. Alle drei wußten, daß die Ereignisse jetzt abrollen würden. Was eben noch wie eine unbestimmte Bangigkeit drückte, hatte durch Klaus' Worte drohende Gestalt angenommen. Agathes Gesicht schimmerte bleich in dem Halbdunkel des Raums, dessen Fenstervorhänge seit drei Tagen zugezogen waren.

Zwei Minuten später schrillte die Glocke des Fernsprechers. Die Bank meldete sich. Monika fragte nach Herrn Elm. Elm war in wenigen Sekunden zur Stelle.

»Herr Elm? Hören Sie, Herr Elm, Papa ist seit Dienstag fort. Er wollte ein Gut besichtigen. Können Sie mir sagen, ob er Geld mitgenommen hat?«

Die andern warteten schweigend. »So!« rief Monika einige Male am Telefon und wiederholte: »So! – Also Papa hat einen beglaubigten Scheck über sechzigtausend Mark mitgenommen? Ist dieser Scheck schon vorgekommen?« Wieder mußten sie eine halbe Minute warten. Elm erkundigte sich offenbar. Endlich merkten sie an Monikas Gesicht, daß sie wieder hörte. »So!« wiederholte sie. »Der Scheck ist also vorgelegt worden und ausgezahlt. Das ist ja eine schöne Geschichte!« Sie sah sich hilflos um. Klaus nahm ihr den Hörer aus der Hand.

»Hören Sie, Elm. Hier ist Klaus Rambin. Sie müssen gleich einmal feststellen, wer den Scheck vorgelegt und das Geld in Empfang genommen hat.«

»Da muß ich mich erst erkundigen«, sagte Elm auf der andern Seite. Es dauerte diesmal ewige Minuten, bis er zurückkam. Der Scheck ist gestern von Gutsinspektor Kurt Arndt aus Lengenfeld vorgelegt worden. Derselbe Mann hat das Geld ohne weiteres ausgezahlt bekommen.«

»Gutsinspektor Kurt Arndt aus Lengenfeld? Wer ist denn das?«

»Keine Ahnung!«

»Und wo liegt Lengenfeld?«

»Weiß ich nicht.«

»Und da zahlt Ihre Bank einem wildfremden Menschen sechzigtausend Mark aus?«

»Einen Augenblick.« Wieder mußte sich Elm erst erkundigen. Nach einer halben Minute kam er zurück. »Herr Rambin hat selbst, als er sich den Scheck beglaubigen ließ, gesagt, daß das Geld an einem der nächsten Tage von einem Gutsbesitzer abgeholt werden würde. Auf diese Weise hat man das Geld natürlich ausgezahlt.«

»Die Sache gefällt mir nicht«, sagte Klaus. »Ihnen auch nicht? Und auf wessen Namen ist der Scheck ausgestellt?«

»Auf den Güteragenten Eduard Frisch in Berlin SW 61.«

»Dann muß man also diesen Eduard Frisch anrufen können. Können Sie mir seine Nummer geben?«

Es dauerte wieder eine Weile, ehe Elm antwortete. »Warten Sie einen Augenblick!« rief er. »Es wird nachgesehen. – So! Sind Sie noch da? Wir finden keinen Güteragenten Frisch, weder im Fernsprechverzeichnis, noch im Adreßbuch.«

»Das ist ja eine tolle Geschichte!« Er hängte ab und drehte sich zu den beiden Frauen um. »Habt ihr gehört?«

Monika notierte die Namen auf dem Schreibblock. »Gutsinspektor Kurt Arndt aus Lengenfeld und Eduard Frisch in Berlin SW 61.« Sie sahen sich verwirrt in dem Raum um. Klaus schlug den großen Handatlas auf, der auf dem runden Ecktisch lag, und suchte in dem Verzeichnis. »Lengenfeld 17/18 E 3«, fand er. »Das ist nicht weit von hier.« Er wollte die Karte der Provinz Brandenburg aufschlagen. Der schwere Band öffnete sich sofort an der richtigen Stelle. »Was ist denn das?« In dem Buch lag noch eine besondere Karte.

»Ah«, rief Klaus, »ein Meßtischblatt 1:25 000, hier haben wir es! Da liegt Lengenfeld, nicht weit von Oranienburg. Seht einmal an!«

Sie beugten sich mit ihm über das Blatt. Es zeigte eine ländliche Gegend. Ein Weg, der von einer Bahnstation her durch einen großen Wald führte, war mit Bleistift bezeichnet. »Seht her, hier hat jemand den Weg nachgezogen. Er geht durch den Wald, dann liegt hier das freie Feld, und dort Dorf und Gut Lengenfeld. Und da geht es nach Bräsikow ab. Also Lengenfeld. Wir müßten Gut Lengenfeld anrufen.«

Monika sah in dem Verzeichnis nach und meldete das Gespräch an. Die Minuten drückten. Diesmal dauerte die Verbindung eine Viertelstunde. Sie sprachen kaum miteinander. Agathe hatte sich in den Sessel zurückgelehnt und die Augen geschlossen. »Klaus hätte gestern kommen müssen!« dachte Monika und sah ihm zu, wie er das Kartenblatt studierte. Endlich meldete sich der Apparat. Monika reichte Klaus den Hörer. Die Frauen hörten gespannt zu. Nach seinen Worten konnten sie ungefähr dem Gang der Unterhaltung folgen. Das Gespräch dauerte lange. Immer wieder wollte Klaus noch etwas wissen, aber schließlich hängte er ab und sah die Frauen an. Er war bleicher geworden.

»Merkwürdig!« sagte er. »Habt ihr gehört? Herr von Berlepsch-Lengenfeld hat in der Tat einen Inspektor Kurt Arndt. Seines Wissens hat derselbe aber seit Sonntag den Gutsbezirk nicht verlassen. Und das Gut ist auch nicht zum Verkauf gestellt. Herr von Berlepsch weiß von keinem Agenten, den er beauftragt hätte. Ein Mann namens Eduard Frisch ist ihm unbekannt, und auch den Namen Rambin kennt er nicht. Was nun?«

Sie schwiegen. Klaus ging mit großen Schritten auf und ab. Endlich sprach Monika das Wort aus, vor dem sie alle Angst hatten: »Wir müssen die Polizei anrufen!« Ihre Stimme lag schwer in der Luft und beschwor die gräßlichen Bilder von Untersuchungen, Verhören, Verhaftungen.

»Ich möchte erst selbst nach Lengenfeld fahren«, sagte Klaus. Er maß die Strecke auf der Karte ab. »In anderthalb Stunden könnte man im Auto dort sein.« Rambins besaßen kein Auto. Michaelsbrück lag bequem an der Bahn. Klaus pflegte seinem Onkel eine besondere Fertigkeit darin nachzusagen, im Bedarfsfalle die Autos seiner Bekannten und der Dienststellen, mit denen er arbeitete, zu benutzen.

Agathe erhob sich schwer von ihrem Sessel. »Ja«, sagte sie, »wir wollen nach Lengenfeld fahren. Du könntest ein Auto bestellen, Monika.«

Monika suchte in dem Verzeichnis nach einem Mietauto und bestellte es. »Ich möchte mit«, bat sie, aber Klaus widersprach: »Einer muß hierbleiben. Man weiß doch jetzt gar nichts. Am liebsten würde ich allein fahren.«

Agathe wollte in jedem Fall mitfahren. »Ich würde es nicht aushalten, hier zu warten.« Ihr Gesicht war völlig blutleer. Die beiden sahen sie besorgt an.

»Und ich soll hierbleiben?« fragte Monika beklommen.

Klaus nickte. »Du könntest auf dem Schreibtisch nachsehen, ob sich nicht irgendeine Notiz findet. Irgendwo muß doch die Adresse dieses Eduard Frisch aufnotiert sein. Aber wahrscheinlich hat er einen falschen Namen angegeben. Mach auch all diese Briefe auf und siehe sie durch.« Auf dem Tisch lag die Post von drei Tagen.

»Die Post aufmachen?« Monika schauderte zurück. Das war, als wenn Papa schon tot wäre.

»Man kann vielleicht einen Hinweis darin finden.«

»Du glaubst, daß dieser Eduard Frisch es getan hat?« fragte Agathe. Die Worte blieben drohend in der Luft hängen: ›es getan hat!‹

»Man muß es ins Auge fassen«, erklärte Klaus. »Wahrscheinlich ist dieser Mann kein richtiger Agent. Das Gut Lengenfeld steht ja gar nicht zum Verkauf. Dieses angebotene Gut war nur ein Vorwand, um Onkel Stefan mit einer größeren Summe in eine entlegene Gegend zu locken.«

Agathes Augen hingen an seinem Mund. Seine Ausführungen waren von einer furchtbaren Wahrscheinlichkeit. Monika starrte noch immer auf die Karte, die unheildrohend in dem Atlas lag. »Da liegt noch ein Gut Bräsikow«, sagte sie. »Vielleicht ist es das?«

»Da liegen noch viele Güter!«

Draußen gab das bestellte Auto Signal.

Sie gingen in die Diele und machten sich zu der Fahrt fertig. »Haben Sie eine Wegekarte?« fragte Klaus den Schoffför. »Wir müssen über Oranienburg fahren.« Der Mann wußte Bescheid, er kannte sogar das Gut Bräsikow, das in der Nähe von Lengenfeld lag. Sie stiegen ein, der Motor sprang an.

Monika sah ihnen von der Veranda nach, lief durch den Vorgarten und bog die Zweige der Hecke auseinander. Als der Wagen hinter der Biegung verschwunden war, kam eine furchtbare Bangigkeit über sie. Sie ging langsam zurück, besorgt, daß die Dienstboten sie beobachten könnten, berührte die Rosensträucher mit den Händen, als ob sie sich dadurch beruhigen könnte, und ging um das Haus herum. Irgend etwas ist geschehen, fühlte sie. Plötzlich sauste es aus der Luft hernieder, etwas Unheimliches, Grausiges, etwas, wovon man in Büchern las. Und nun brach es in ihr Leben ein, in dieses Haus, in dieses Sägewerk, in dem die Kreissäge schnarrte und die Maschinen ratterten und die Männer auf dem Holzhof ihr »Hoi-hupp« riefen.

Ganz langsam umging sie das Haus, schaute jedes Fenster an, sah in den Garten, wo hinten der Gärtner die Geranien aufband und zwei Frauen die Erdbeerbeete jäteten. Ihr war, als müßte sie den Ausgangspunkt der furchtbaren Geschehnisse irgendwo entdecken können. Sie stand unter dem breiten Schiebefenster des Eßzimmers und sah über den Holzplatz und den See. Ihre Augen suchten das Bootshaus, das ihr irgendwie mit dem Glück ihres Lebens verbunden schien. Sie drehte sich langsam um und ging in den Stall. Die beiden Gespanne waren draußen, nur in der Box stand ihr Schimmel, den »Papa« ihr vor einem Jahr geschenkt hatte. Sie ging zu dem Tier hinein, streichelte die sammetweiche Haut über der Schnauze und drückte ihre Lippen darauf, fühlte das Klopfen des Blutes in den Adern. Aber auch das gab keine Beruhigung. Immer fühlte sie das Furchtbare hinter sich.

Sie ging hinaus und in das Haus zurück. Auf dem Schreibtisch lag die Post, die sie durchsehen sollte. Sie wagte sich nicht auf den Schreibtischsessel zu setzen, sondern rückte einen gewöhnlichen Stuhl herbei. Sie suchte in den Kalendernotizen, ohne etwas zu finden, und dann öffnete sie beklommen die Briefe. Aber auch ihnen war nichts zu entnehmen. Eine Bankabrechnung war dabei, die sie nicht verstand. Sie besah sich die Fotografien, die aufgestellt waren. Da war Mutti, die eigentlich gar nicht ihre Mutter war, und sie selbst im Tenniskleid mit dem Schläger in der Hand. Tom, der Windhund, saß vor ihr und blickte zu ihr empor. Seit vierzehn Tagen war Tom tot, und man hatte noch keinen neuen Hund gekauft. Vielleicht hätte man längst einen neuen Hund besorgen sollen. Es fehlte da ein Wächter, und nun war gleich dieses Furchtbare eingetreten.

Sie schlenderte in den Salon hinüber, wo der Flügel stand, und schlug einige Akkorde an. Die Töne zitterten in dem Raum. Sie horchte ihnen nach. Nun würde das alles hier aufhören, fühlte sie. Mit Stefan Rambin war Michaelsbrück für sie verloren. Klaus würde herausziehen, da das Sägewerk nicht ohne Herrn bleiben durfte. Klaus, mit dem sie schlecht stand. Sie saß vor dem Flügel und ließ den Kopf sinken.

Die Köchin kam und fragte, was mit dem Mittagessen werden sollte. Monika wollte nichts essen. »Später, wenn die andern zurück sind!« Das Mädchen sah sie verwundert an. »Was ist eigentlich los?« Monika antwortete nicht. Plötzlich gab sie sich einen Ruck und ging ans Telefon. Seit einer Viertelstunde wußte sie, daß sie es tun würde. Nur nicht weiter in diesen Räumen warten! »Die Polizei, bitte!« rief sie in den Apparat hinein. Das Fräulein verband sie richtig. Eine Männerstimme antwortete. »Hier Rambin, Sägewerk Stefan Rambin. Es ist etwas geschehen. Könnte vielleicht jemand herauskommen?« Sie ärgerte sich über ihre unbeholfene Ausdrucksweise. Klaus hätte anders gesprochen.

»Was ist geschehen, ein Diebstahl oder Einbruch?« fragte die Stimme zurück.

»Nein, ich möchte Ihnen das am Telefon nicht sagen.«

»Aber Sie müssen doch etwas angeben!«

»Jemand ist seit drei Tagen verschwunden. Es muß ein Detektiv kommen, oder wer das bei Ihnen macht.«

»Der Kommissar wird kommen!« sagte die Stimme auf der anderen Seite.

Sie hängte ab und ging unruhig durch die Zimmer, ein wenig befreit, daß nun wenigstens etwas veranlaßt war. Sie trat an den Bücherschrank und las mit halblauter Stimme die Büchertitel. Ich möchte lesen, dachte sie, aber sie wußte, daß sie keine Ruhe haben würde. In

zehn Minuten mußte der Kommissar kommen, oder wer es war. Sie besann sich auf Detektiv-
geschichten, die sie gelesen hatte. Gleich also würde ein Mann hereinkommen, würde einen
Blick über das Zimmer und über den Schreibtisch werfen und sofort irgend etwas Kluges und
Aufschlußreiches sagen.

Plötzlich ging die Klingel an der Haustür. Das konnte unmöglich schon der Mann von der
Polizei sein. Sie versuchte, von der Seite durch das Fenster in die Veranda zu sehen. Eine Dame stand draußen. Monika sah ein beigefarbenes Straßenkleid und einen roten Strohhut auf
dunklem Haar. Wer ist das? dachte sie nochmals und ging die Reihe der ihr bekannten Damen
durch. Irgendwer aus Berlin? Das Mädchen kam und meldete eine Dame. Den Namen hätte
sie nicht verstanden.

»Will sie mich sprechen?« fragte Monika.

»Herrn Rambin oder die gnädige Frau. Es wäre ihr gleich«, sagte das Mädchen.

»Dann bitte.«

»In den Salon?«

»Ja, in den Salon.«

Monika ging an dem Spiegel vorüber, warf einen Blick hinein und wartete, bis drinnen die
Tür ging. Dann trat sie ein. Ist die schön! war ihr erster Gedanke. Da stand eine große schlanke
Gestalt. Das Gesicht ein wenig stolz und ein wenig lieblich. Monika wußte nicht, ob es eine
Frau oder ein junges Mädchen war, und wunderte sich, daß sie das nicht entscheiden konnte.
Die junge Dame trat mit einem etwas verlegenen Lächeln auf sie zu und nannte einen Namen,
einen adligen Namen, den Monika nicht verstand.

»Bitte«, sagte sie und lud die Dame durch eine Handbewegung ein, Platz zu nehmen. »Meine
Eltern sind leider beide nicht da.«

»Das tut mir leid«, sagte die Dame, »übrigens wollte ich nichts Besonderes. Ich hatte hier
zufällig in Michaelsbrück zu tun und kam an dem Haus vorüber. Ich kenne nämlich Ihren
Herrn Vater von Berlin her. Ich hätte ihm gern guten Tag gesagt.«

»Papa ist für einige Tage verreist, und Mutter ist gerade mit dem Auto weggefahren. Sie wird
am Nachmittag zurückkommen. Darf ich etwas ausrichten?«

»Nein, danke. Herr Rambin ist also verreist?« Lag ein besonderer Klang in dieser Frage oder
waren Monikas Nerven nur überreizt? Sie hörte etwas wie gellenden Hohn heraus. Aber da saß
eine gut angezogene Dame mit höflichem Lächeln ihr gegenüber. »Dann grüßen Sie, bitte.«

»Verzeihen Sie, ich habe Ihren Namen nicht verstanden.«

»Ursula von Tweel.« Die Dame stand auf und reichte Monika die Hand.

Monika brachte sie bis zur Veraada. Vor der Tür stand der Kommissar und wollte gerade
den Klingelknopf drücken. Einen Augenblick durchfuhr sie der Gedanke, die fremde Dame
zurückzuhalten und vernehmen zu lassen, aber sie schämte sich, grüßte und ließ den Kommissar eintreten. Die Dame ging langsam den Weg hinunter zur Chaussee. Monika sah ihr nach.
Während sie hineingingen, fing sie an, zu erzählen.

Kapitel 3

Das Auto hatte schon Oranienburg hinter sich. Agathe sprach kein Wort. Ihre Augen starrten auf den Rücken des Schofförs, der unverändert blieb. Nur in den Kurven krümmten sich die Falten seiner Windjacke ein wenig anders. Auch Klaus Rambin hatte wenig Lust zu sprechen. Erst in Lengenfeld würde sich ein Zipfel des unheimlichen Rätsels lüften.

Unendlich dehnten sich die Wälder. Gut eine halbe Stunde fuhren sie zwischen dürren Kiefern dahin. Der Blick verlor sich im Dunkel der unzähligen Stämme, die vorüberkreiselten. In kleinen Lichtungen lagen dürftige Dörfer. Gelbe Roggenfelder kamen von den Hängen der welligen Hügel angeschwommen. Unermeßlich fern schien dieses Land von allen Städten zu liegen. Einmal fuhren sie an einem See vorüber, dessen Schilfufer, mit braunen Erlen bewachsen, sich an dem Damm des Weges verlor. Wie sollte man hier die Spuren eines Menschen auffinden, der verschwunden war? Irgendwo im Schilf mochte er liegen oder auf dem Grund eines dieser vielen Seen, die die Landkarte als blaue Flecken zeigte, oder in dem dichten Gestrüpp, das aus tiefen Gründen aufquoll und sich gegen die Chaussee bauschte.

Klaus Rambin schloß die Augen. Er konnte das Andrängen dieser Landschaft nicht aushalten. Überall sah er Verstecke, Hinterhalte, heimliche Pfade. Schnurgerade Schneisen und verschwiegene Wege liefen von der Chaussee ab in den Wald hinein. Genau solch ein Weg war auf dem Kartenblatt, das sie in dem Atlas gefunden hatten, mit Bleistift nachgezogen worden. Vielleicht lag Stefan Rambins Leiche neben einen solchen Weg im Dickicht, überall konnte es sein. Überall liefen diese Wege ab, in denen sich der Blick verlor. Noch immer ragte der unbewegliche Rücken des Schofförs vor ihnen auf, wie eine Gebirgswand, die sich langsam vor ihnen herschob.

Als er die Augen geschlossen hatte, wurden seine Gedanken ruhiger und begannen um Stefan Rambin zu kreisen. Stefan Rambin war fort! Auf einmal begriff er die Tatsache: Stefan Rambin war fort und würde nie wiederkehren!

Er ertappte sich dabei, daß es fast wie ein Triumph in ihm aufklang. Er suchte das Gefühl zu dämpfen, warf einen verstohlenen Blick zu Agathe hinüber, die noch immer ohne Laut dasaß und vor sich hinstarrte. Plötzlich wunderte er sich, daß kein mißtrauischer Gedanke von dieser Frau zu ihm hinüberschlug. Hatte man so völlig vergessen können, was zwischen ihm und Stefan Rambin gespielt hatte? Seine frühe Knabenauflehnung gegen diesen Mann, den alle anderen vergötterten? Ein verstecktes Lächeln flog um seinen Mund. Wie weit war er heute entfernt von dem Haß, der seine Knabenjahre erfüllt hatte. Wirklich, er haßte ihn nicht mehr. Er hatte seinen Weg selbst gefunden. Das Geld, das Stefan Rambin ihm zum Studium vorgeschossen und das er widerwillig angenommen hatte, war zum größten Teil mit Zinsen zurückgezahlt worden, und mit der Schuldsumme hatte sich seine Abneigung gegen den Geber verringert. Und dennoch wollte das heimliche Frohlocken in ihm nicht zur Ruhe kommen.

Wenn Klaus an Stefan Rambin dachte, dann rollte sein ganzes Leben vor ihm ab. Kein Mensch hatte tiefer auf ihn eingewirkt. Die Gestalten der Eltern verloren sich im Nebel der Kindheit. Aber dann tauchte Stefan Rambins Gestalt bestimmend auf, der Mann mit den leuchtend grauen Augen. Damals hatte er nicht gewußt, aus welchen Gründen seine Abneigung gegen den Erfolgssicheren aufstieg, der keinen Widerspruch vertragen konnte. Vielleicht waren sie im tiefsten Grunde einander zu ähnlich. Je inniger der Knabe mit Michaelsbrück, dem Sägewerk und dem See, verwuchs, desto heftiger war seine Abneigung gegen den Beherrscher dieser Welt geworden, bis er schließlich in knabenhafter Wut den Stein gegen ihn geschleudert hatte, von dem die Narbe noch heute auf der Stirn des Getroffenen sichtbar geblieben war. Damals wurde Klaus aus dem Hause entfernt und nach Berlin in Pension gegeben.

Nie wieder hatte sich ein ähnlicher Wutausbruch bei ihm gezeigt. Es schien, als wäre mit seiner Entfernung von Michaelsbrück seinem Trotz die Nahrung entzogen worden. Ohne besondere Zwischenfälle absolvierte er das Gymnasium und die Universität. Nach dem juristischen Doktor war er in ein Handelshaus eingetreten, hatte durch außergewöhnliche Tüchtigkeit und Zuverlässigkeit das Vertrauen seiner Vorgesetzten erworben und war in kurzer Zeit trotz seiner erst siebenundzwanzig Jahre zum juristischen Syndikus der Firma aufgestiegen. Auch Stefan

Rambin mußte seine Fähigkeiten anerkennen. Er tat das in der geräuschvollen Art, mit der er alles anerkannte, was im Begriff stand, sich durchzusetzen.

Nur Klaus Rambin selber konnte beurteilen, wie stark sein Wesen durch Onkel Stefan bestimmt war. Äußerlich waren die beiden völlig verschieden. Stefan Rambin war hoch und schlank gewachsen, Klaus mittelgroß und eher breit. Auf den ersten Blick schien es, als wenn der Onkel der geistiger und komplizierter angelegte Mensch wäre, und nur der schärfere Beobachter erkannte in den unscheinbaren Zügen des Neffen den ernsten und problematischen Charakter. Der glänzenden Repräsentation, wie Stefan Rambin sie liebte, ging Klaus aus dem Wege. Er las viel und verbrachte seine freie Zeit größtenteils auf dem Sportplatz, der in der Nähe seiner Wohnung in Eichkamp lag. Aus einem fast schüchternen und keineswegs robusten Knaben hatte er sich allmählich zu einem selbstbewußten tüchtigen Sportler entwickelt. Er liebte die Einsamkeit und besaß kaum Freunde, eher Sportgenossen, die an ihm hingen und zu ihm aufsahen. Nur er selber wußte, daß diese Lebenshaltung aus einem bewußten Gegensatz zu Stefan Rambin hervorgegangen war. Ohne das Beispiel des Onkels wäre er vielleicht ganz anders und in vielem ihm ähnlicher geworden.

Aber auch so fand er bei sich selber immer noch genügend Ähnlichkeiten zwischen sich und Stefan Rambin. Von dem inneren Vergleich mit dem Onkel schien er nicht loskommen zu können. Wenn er in einer Konferenz aufstand, um seine Meinung zu vertreten, hörte er plötzlich Stefan Rambin aus sich sprechen, und manchmal stellte er sogar verwundert Übereinstimmungen ihrer Handschriften fest. Vielleicht hatten sie sogar die gleiche Art, die Menschen unter ihren Willen zu zwingen. Nur erreichte der Ältere alles mühelos durch bestrickende Liebenswürdigkeit, während es Klaus darin schwerer hatte. Klaus litt oft unter der Vorstellung, daß er Stefan Rambin vielleicht nur beneidete, und gerade in den letzten Wochen war aus einem ganz bestimmten Anlaß dieses Mißtrauen gegen sich selbst von neuem aufgetaucht.

Aber es war nicht nur der Gegensatz zwischen ihnen, über den Klaus nachdenken mußte, während er neben Agathe in dem Auto saß. Seit Wochen hatte er das Gefühl einer Krise, die sein ganzes Leben verwandeln mußte. Vielleicht hing auch das mit seiner letzten Begegnung mit Stefan Rambin in Berlin zusammen. Wochen voll innerer Unruhe lagen hinter ihm. Den ersten Teil seines Urlaubs hatte er, allen Menschen ausweichend, auf dem Sportgelände oder auf langen Wanderungen verbracht. Selbst Ellen Bandler, seiner Freundin, war er aus dem Wege gegangen.

Klaus hatte Zeiten, in denen er unter seiner Abhängigkeit von fremden und ihm, wie er fühlte, unterlegenen Menschen litt. In solchen Stimmungen beneidete er Stefan Rambin auch wegen seiner Unabhängigkeit und verstand nicht, wie wenig Gebrauch der Onkel von ihr machte, den sein Ehrgeiz im Gegenteil zu immer neuen Verbindungen und Abhängigkeiten verführte. Es konnte vorkommen, daß er sich selbst an Stefan Rambins Stelle träumte und die kaufmännischen Entwicklungsmöglichkeiten des Sägewerks und des Baugeschäfts durchdachte. Damals, als Klaus von Stefan Rambin ins Haus genommen war, hatte der Onkel in ihm den Nachfolger und Erben heranziehen wollen, und diese Vorstellung hatte sich in dem Knaben festgesetzt. Er bereute seine feindselige Haltung gegen den Onkel nicht. Das war ein Widerstand gewesen, der von innen her kam und dessen Berechtigung Klaus nicht anzweifeln konnte. Wenn er noch einmal vor der Wahl gestanden hätte, er würde sich nicht anders entschieden haben. Auch jetzt wäre ein Zusammenarbeiten zwischen Stefan Rambin und ihm unmöglich gewesen. Und dennoch kam er nie völlig von dem Traum los, in Michaelsbrück einmal als Herr auf eigenem Grund und Boden zu wirken. Das war der ängstlich geheimgehaltene Grund, weshalb er immer wieder im Sommer für eine Woche zu den Verwandten hinausfuhr. Jeder Teil des Holzplatzes war ihm vertraut. Er kannte die Leistungsfähigkeit jeder Säge und verfolgte mit Eifer die komplizierten Vorgänge auf dem Holzmarkt. Dabei war er sich vollkommen bewußt, daß aus solchen Träumen nie Wirklichkeit werden würde. Jeden Morgen erinnerte ein Blick in den Spiegel Stefan Rambin an den Steinwurf des Knaben, und immer wieder kam in ihren Unterhaltungen die alte Gegensätzlichkeit in ironischen Zwischenbemerkungen zum Vorschein. Die Stelle, die Klaus ursprünglich in dem kinderlosen Hause hätte einnehmen können, wurde von Monika Bandler eingenommen. Klaus war sich vollkommen darüber klar. Der Traum von Michaelsbrück war nur eine Spielerei, die er seinen Gedanken erlaubte.

Und doch! Von dem Augenblick an, als er von Stefan Rambins Verschwinden gehört hatte, stand es für ihn fest, daß das Erbe ihm jetzt zufallen mußte. Monika war noch nicht adoptiert worden. Ein Vierteljahr trennte Stefan Rambin von dem für eine Adoption vorgeschriebenen Alter von fünfzig Jahren, und es war mit Sicherheit anzunehmen, daß er kein Testament zu Monikas Gunsten hinterlassen haben würde. Wie ein Blitz schlug diese Überlegung in Klaus ein. Wenn Stefan Rambin jetzt wirklich etwas zugestoßen war, dann war er, sein einziger Blutsverwandter, neben Tante Agathe der Erbe.

Er versuchte, diesen Gedanken zurückzudrängen, aber immer wieder stieg er in ihm auf, bot sich in immer neuer Gestalt dar. Nein, für Monikas Stellung zeigte sich keine juristische Grundlage. Er selber, Klaus Rambin, war der Erbe!

»Ist es noch weit?« fragte Agathe neben ihm. Klaus schrak auf und sah nach der Karte. Sie fuhren durch ein Dorf. Es war über die Hälfte des Weges. Die blasse Frau an seiner Seite fiel in ihr Schweigen zurück. Noch immer ragte der Rücken des Schofförs unbeweglich vor ihnen auf.

Ein unendliches Mitleid mit Tante Agathe durchfuhr Klaus. Diese Frau ahnte nichts von den zahlreichen Seitensprüngen ihres Mannes, oder sie hatte gewaltsam die Augen davor geschlossen. Klaus liebte sie. Immer, auch als er mit Stefan Rambin am allerschlechtesten stand, war sie gleichmäßig freundlich zu ihm geblieben. Tante Agathe war für ihn der stete Mittelpunkt der Welt von Michaelsbrück. Zwischen Stefan Rambin und Monika bestand fast ein geheimes Bündnis gegen ihn. Onkel Stefan und Monika konnten sich mitten in der Unterhaltung Blicke des Einverständnisses zuwerfen, und Monika konnte plötzlich verstummen, wenn Klaus irgend etwas sagte. Agathe aber hielt zu ihm.

Vielleicht hatte sie anfänglich geglaubt, daß Klaus und Monika sich allmählich enger aneinanderschließen würden, aber die beiden gingen sich offensichtlich aus dem Wege. Klaus wollte zeigen, daß ihm nichts daran lag, mit Monika gutzustehen, die in Stefan Rambins Haus seinen Platz eingenommen hatte. Und dann war seine Freundschaft mit Ellen Bandler gekommen.

Wie merkwürdig waren sie alle miteinander verflochten! Monika kam nicht darüber hinweg, daß ihre Eltern sie wie ein überflüssiges Möbelstück abgetreten hatten. Man versuchte ihr klarzumachen, daß es zu ihrem eigenen Besten geschehen war. Geheimrat Bandlers hatten sechs Töchter und kein Vermögen. Man hielt es für ein großes Glück, das jüngste Kind bei den reichen Rambins unterzubringen. Eigentlich wäre ein Knabe als Erbe und Nachfolger für Stefan Rambin angemessener gewesen, aber nach den schlimmen Erfahrungen mit Klaus hatte Stefan Rambin den Gedanken, einen Jungen als Kind anzunehmen, entsetzt abgewehrt. ›Er soll mich wohl totschlagen!‹ soll er damals, des unglücklichen Steinwurfs gedenkend, ausgerufen haben. So war die vierjährige Monika nach Michaelsbrück gekommen. Bis zu ihrem zehnten Lebensjahr hatte sie Stefan und Agathe für ihre richtigen Eltern gehalten, bis sie durch die Ungeschicklichkeit einer Lehrerin erfuhr, daß sie in Wirklichkeit nicht Monika Rambin, sondern Monika Bandler hieß. Seitdem schloß sie sich noch enger an ihre Pflegeeltern, besonders an Stefan an, aber jede Verbindung mit Bandlers lehnte sie in schroffster Weise ab. Daß Klaus sich dann gerade mit ihrer Schwester Ellen anfreundete, bewirkte, daß sie sich noch ängstlicher gegen ihn verschloß. Wenn Klaus in Michaelsbrück war, unternahm sie lange Ritte auf ihrem Schimmel. Klaus hingegen ließ sich nur selten auf dem Tennisplatz sehen, wenn sie dort mit den Besuchern spielte.

Nur einmal hatten sie sich in einem Einzelspiel gegenübergestanden. Klaus war ihr weit überlegen, aber er mußte ihre guten Anlagen anerkennen. »Du solltest öfters mit mir spielen!« hatte er damals zu ihr gesagt, und zum erstenmal waren sie in gutem Einvernehmen durch den Garten gegangen, sich über Einzelheiten des Spiels unterhaltend. Es war sicher ungeschickt von Monika, daß sie Klaus in diesem Zusammenhang nach Ellen gefragt hatte und die Antwort einstecken mußte, daß sie sich mit Ellen als Spielerin nicht vergleichen könnte. Denn Ellen, die sich ganz auf Tennis geworfen hatte, spielte sogar weit besser als Klaus.

So war dieser erste und einzige Einigungsversuch zwischen ihnen gescheitert.

Kapitel 4

Auch an diese Tennispartie mußte Klaus denken, während er neben Agathe im Auto saß: Irgendwie schien ihm das alles mit Stefan Rambins Verschwinden zusammenzuhängen.

Merkwürdige Gedankengänge zogen durch sein Gehirn: Wie war das überhaupt? Konnte die Tatsache einer Ermordung als einzelnes Geschehen für sich dastehen? Ihm schien, daß auch die Folgen, die ein solcher Vorfall nach sich zog, in die Tat einbezogen werden mußten. Stefan Rambin war mit einem Scheck über eine große Summe in eine entlegene Gegend gelockt und dort wahrscheinlich ermordet worden. Das war ein Vorgang, der nichts mit seinem sonstigen Leben zu tun zu haben schien. Aber es hing doch alles zusammen. Der Stein, den Klaus gegen ihn geschleudert hatte, war wie eine ernste Warnung gewesen, daß ihm der Tod drohte. Es mußte so sein, daß er Monika angenommen hatte, um sie an seinem fünfzigsten Geburtstag zu adoptieren, und daß er ein Vierteljahr vorher hinweggerafft wurde. Seine Reisen, sein unruhiges Wesen, sein Ehrgeiz und seine Eitelkeit, die vielfachen Geschichten, die er mit Frauen hatte: das alles schaffte die Atmosphäre dieser Tat. Da lagerte er, Klaus Rambin, vor den Toren dieses Lebens und träumte von Michaelsbrück, und auf einmal wurde der Traum zur Wirklichkeit. Das griff alles ineinander und gehörte dazu. Wenn man einen Stein in der Vergangenheit verrückte, dann wäre auch das Bild dieses Verbrechens verschoben worden. Selbst die Feindschaft der beiden Schwestern hatte daran teil, und die Entfremdung der Familien Rambin und Bandler, die von Jahr zu Jahr zunahm.

In der Tat hatte man einige Male des Versuch gemacht, Monika mit ihrer vier Jahre älteres Schwester Ellen zusammenzubringen, aber die beiden jungen Mädchen hatten wenig miteinander beginnen können. Es war merkwürdig, wie die beides verschiedenen Charaktere sich gegen ihr Schicksal durchsetzten. Monika sollte durch Vertauschung des Elternhauses in reiche und gesicherte Verhältnisse kommen, aber gerade sie fühlte sich in der ländlichen Zurückgezogenheit von Michaelsbrück am wohlsten. Sie hatte ein Jahr in der Französischen Schweiz und ein Jahr in London verbracht. Als sie zurückkehrte, nahm man an, daß sie zwischen Berlin und Michaelsbrück hin- und herpendeln und an den Veranstaltungen der Weltstadt teilnehmen würde. Sie liebte es aber nicht einmal besonders, wenn das Haus von Gästen erfüllt war. Am liebsten hatte sie die stillen Zeiten, die ihr mit dem tägliches Ausritt, Spaziergängen und Lektüre wie im Fluge vergingen.

Ganz anders hatte sich Ellen entwickelt, besonders seit die älteren Schwestern verheiratet oder durch eines Beruf in Anspruch genommen waren. Sie wurde zu einer richtigen Berlinerin, die trotz geringer Mittel an Vergnügungen teilnahm, Zugang zu Sportkreisen fand und mit Einladungen überschüttet wurde. Das Leben, das man Monika zugedacht hatte, schuf Ellen sich selbst durch eine gesunde Zudringlichkeit und frische Natur. Seit Klaus den Verwandten seiner Tante einen pflichtschuldigen Besuch gemacht hatte, war er mit Ellen befreundet. Die beiden jungen Menschen galten in dem Verwandtenkreis sogar als miteinander versprochen; wogegen beide lachend zu protestieren pflegten. Aber man sah sie ständig beisammen, und für den alleinstehenden Klaus wurde die Familie Bandler zu einem angenehmen Haltepunkt. Klaus mußte Tante Agathe oft von ihrem Bruder und ihrer Schwägerin berichten. Es war, als wenn sie sich nach den Verwandten sehnte. Vielleicht war das der Grund ihrer steten Freundlichkeit zu Klaus, daß sie in ihm die Brücke zu Bandlers sah, mit denen sie immer weniger zusammenkam. In Monikas Gegenwart wurde nie über Bandlers gesprochen, und ihre richtigen Eltern schienen für sie überhaupt nicht zu existieren. Trotzdem wußte sie immer, was vorging, und zog sich von Klaus, Ellens Freund, mit betonter Absichtlichkeit zurück.

Sicher hatten beide Teile ursprünglich gedacht, daß Monika ein verbindendes Glied zwischen den Bandlers und den Rambins werden würde. Das Gegenteil war eingetreten. Nicht durch Monikas Haltung allein. Der Geheimrat nahm es Stefan Rambin übel, daß er noch immer nicht für Monikas Sicherstellung gesorgt hatte. Wenn er mit seinem Schwager zusammentraf, drängte er ihn, endlich das versprochene Testament zu machen, das Monika als Erbin seines Vermögens einsetzte. Er betonte, daß er ihm nur unter dieser Bedingung seine sechste Tochter abgetreten hätte. Aber es war von Stefan Rambin bekannt, daß er vor dem Gedanken an ein Testament zurückschauderte. Er wollte an einen vorzeitigen und plötzlichen Tod nicht erinnert werden.

Nun hatte ihn der Tod aber doch in seiner grauenvollsten Gestalt ereilt, und es war anzunehmen, daß er das Testament nicht aufgesetzt hatte. Das war der Punkt, an dem Klaus' Gedanken immer wieder haltmachten. Die alten Träume von Michaelsbrück stiegen in ihm auf. ›Ich bin der Erbe!‹ klang es in ihm. Er wies diese Vorstellungen mit aller Kraft von sich ab. Er sah zu der gebeugten Frau hinüber, die bleich und schweigsam an seiner Seite saß. Wenn es wirklich der Fall wäre! gingen seine Gedanken. Er suchte sich zur Trauer um den Entschwundenen zu zwingen. War es nicht furchtbar, was hier geschehen war? Ja, es war furchtbar! Aber er hatte Stefan Rambin nicht gemocht. Und immer wieder kam es: ›Ich bin der Erbe!‹

Der Schofför zeigte mit der Hand nach links. »Dort liegt schon Lindenberg.«

Sie sahen die kleine Station neben dem Lupinenfeld liegen. Der kurze Weg zu dem kahlen Haus war schwarz von Kohlegrus. Klaus erkannte im Augenblick die Gegend nach dem Meßtischblatt wieder. Das war Lindenberg, die Bahnstation von Lengenfeld, und dort lief von der Chaussee in den Wald der Weg ab, der auf der Karte angestrichen war. Das war der Weg, auf den Stefan Rambin gelockt worden war. »Wir wollen hier hineinfahren!«

Agathe saß bleich in der Ecke des Wagens. Klaus bemerkte, daß sie zitterte, als der Wagen in den Waldweg einbog.

»Hier kann man mit dem Auto nicht fahren«, sagte der Schofför und fuhr im Rückwärtsgang vorsichtig zurück. In die hohe Grasnarbe waren tiefe Sandfurchen eingerissen. Über den Weg wölbte sich das Gezweig der alten Stämme, in dem die Sonne spielte. Zu beiden Seiten lag in dunkler Undurchdringlichkeit der Wald.

Hier! dachten Klaus und Agathe und blickten in das Dunkel hinein. Hier, irgendwo zwischen den Stämmen, lag vielleicht der Tote. In diesem Augenblick spürte auch Klaus nur das Grausige des Falles.

Der Schofför fuhr die Chaussee weiter. Hinter der Waldecke wurde das Gut Lengenfeld sichtbar. Ein kurzer Feldweg zwischen grüngelben Roggenfeldern führte gerade darauf zu. Ein Mann kam den Weg entlang geritten und beruhigte sein Pferd, das vor dem ankommenden Auto scheute. Der Schofför verlangsamte das Tempo.

»Mein Gott!« rief Klaus. »Hier ist es so abgelegen, daß die Pferde noch vor Autos scheuen. Vielleicht ist das sogar der Inspektor Arndt.« Sie kamen näher, der Reiter hielt am Wegrand und klopfte dem Tier den Hals. Klaus ließ den Wagen halten und faßte den Mann ins Auge. »Sind Sie vielleicht Herr Arndt?«

»Jawohl, Inspektor Arndt aus Lengenfeld.« Herr Arndt war vielleicht dreißig Jahre alt. Er saß schlank und gut gewachsen auf dem Pferd und hatte ein frisches rotes Gesicht mit einem blonden Schnurrbart.

»Ist Herr von Berlepsch zu Hause?«

»Jawohl, die Herrschaften sind alle da, es ist gerade Mittagszeit.«

Klaus überlegte sich, ob er Herrn Arndt ausfragen sollte, gab aber doch das Zeichen zum Weiterfahren. Sie fuhren ein Stück den Park entlang, dann sprang rechts der weite Wirtschaftshof zurück, und links lag die Auffahrt zum Herrenhaus. Sie hielten vor der Rampe. Der Schofför gab Signal. Ein Mädchen in weißer Haube trat heraus. Klaus fragte nach Herrn von Berlepsch. Jawohl, der Herr Baron sei gerade vom Tisch aufgestanden. Sie wurden hineingeführt und warteten einige Minuten in einem Saal, dessen drei hohe Fenster auf den Park hinausgingen. Zwischen alten Eichen und Linden ging der Blick über weite grüne Rasenflächen. Sie sahen schweigend hinaus und fühlten die merkwürdige Situation, daß sie nun in diesem Gutshaus saßen, von dem sie noch vor weniges Stunden nichts gewußt hatten, und daß nun auf einmal dieses Gut in ihr Schicksal eingeschlossen war. Vielleicht hing alles mit diesem Haus und dem Wald zusammen, der dunkel hinter den Parkwiesen lag.

Nach wenigen Minuten kam Herr von Berlepsch und begrüßte sie ernst. »Ich stelle mich selbstverständlich ganz zu Ihrer Verfügung.« An dem Ausdruck seines Gesichts merkten sie, daß er von der Schwere des Falls überzeugt war. Agathes Augen richteten sich ängstlich auf seine Züge. Herr von Berlepsch war mittelgroß und untersetzt. Sein breites Gesicht war von einem kurzgeschnittenen schwarzen Bart eingerahmt. Unter dünnen Brauen blickten dunkle glänzende Augen hervor.

Sie saßen um des Sofatisch herum, und Herr von Berlepsch fragte nach den näheren Umständen. Er hörte Klaus aufmerksam zu. »Nein«, sagte er, »ich habe wirklich nie daran gedacht, Lengenfeld zu verkaufen, und wüßte auch in dieser ganzen Gegend niemanden, der diese Absicht hätte.«

»Wir haben soeben Herrn Arndt auf dem Feldweg getroffen«, warf Klaus ein.

»Wie gefällt er Ihnen? Ich habe ihm noch nichts von der Geschichte mitgeteilt, habe mich aber erkundigt, was er in den Tagen von Dienstag bis Donnerstag unternommen haben könnte. Er hat meines Wissens den Gutsbezirk nicht verlassen. Zur Zeit reitet er ein junges Pferd ein und ist deshalb fast den ganzen Tag draußen. Wenn er nach Berlin gefahren wäre, müßte er die braune Trakehner-Stute, die hier in der Gegend ziemlich bekannt ist, irgendwo eingestellt haben. Das ist nicht der Fall gewesen. Ich möchte also annehmen, daß der Name meines Inspektors mißbraucht worden ist. Wenn Sie wollen, kann ich Herrn Arndt aber in Ihrer Gegenwart ausfragen, und es dürfte sich vielleicht überhaupt empfehlen, mit ihm ganz offen zu sprechen. Der Inspektor ist ein durchaus gutartiger und anständiger Mensch, der schon seit drei Jahren hier ist. Früher war er, wenn ich mich recht entsinne, auf einem Gut in Pommern. Es ist also kaum möglich, daß er in die Angelegenheit des Herrn Rambin verwickelt ist.«

Herr von Berlepsch drückte auf einen Klingelknopf und befahl dem eintretenden Diener, den Inspektor zu rufen. Während sie warteten, holte der Rittergutsbesitzer aus dem Nebenzimmer eine Karte der Umgegend herbei und breitete sie auf dem Tisch aus. »Hier sehen Sie den Bahnhof Lindenberg. Das ist die Station, die die Leute benutzen, die von Berlin herkommen. Der Bahnhofsvorsteher kennt alle Menschen dieser Gegend genau. Wir werden nachher zu der Station fahren, um festzustellen, ob mein Inspektor oder einer seiner Bekannten an diesen Tagen nach Berlin gefahren ist. Vielleicht ist dem Mann auch sonst etwas aufgefallen. Es kommen allerdings viele Ausflügler aus Berlin hierher, besonders am Sonnabend und Sonntag. Wir können also nicht damit rechnen, daß dem Beamten fremde Personen unter allen Umständen aufgefallen sind.«

Herr von Berlepsch vertiefte sich in den Anblick der Karte. Agathe und Klaus sahen neben ihm in das Blatt. Herr von Berlepsch fuhr fort: »Daß der Name meines Inspektors angegeben worden ist, läßt in der Tat darauf schließen, daß sich das Ereignis, um das es sich hier handelt und über dessen Art wir noch nichts wissen können, in dieser Gegend zugetragen hat, obwohl die Verabredung am Schlesischen Bahnhof auffällig ist. Denn hierher fährt man vom Stettiner Bahnhof aus. Aber es kann sich da um eine Finte dieses Agenten handeln. Der Scheck soll auf den Namen Eduard Frisch ausgestellt sein. Vielleicht hat dieser Mann tatsächlich Lengenfeld als Verkaufsobjekt angegeben, nur um Herrn Rambin in diese abgelegene Gegend zu locken. Die beiden, Herr Rambin und der Agent, sind also, falls es sich so verhält, am Dienstag oder Mittwoch auf der Station Lindenberg ausgestiegen. Der Agent wird Herrn Rambin an eine entlegene Stelle gelockt haben, vielleicht auf den Waldweg hier.«

»Jawohl«, unterbrach Klaus, »dieser Weg, der durch den Wald geht, ist auf einem Kartenblatt, das sich im Zimmer meines Onkels vorfand, mit Bleistift nachgezogen worden.«

»Das ist sehr merkwürdig«, sagte Herr von Berlepsch und sah ihn verwundert an. »Herr Rambin ist doch offenbar früher nie hier gewesen. Wenn ihm das Gut angeboten worden ist, ist es möglich, daß er sich eine Karte der Gegend besorgt hat, um einen Überblick über die Lage zu bekommen. Weshalb ist nun dieser besondere Waldweg bezeichnet?«

»Vielleicht stammt die Bezeichnung von dem Agenten her«, sagte Agathe. Man sah ihr die Anstrengung an, die sie das Sprechen kostete. »Die beiden haben zusammengesessen, und der Agent hat meinem Mann die Lage und die Beschaffenheit des Gutes auseinandergesetzt. Meinem Mann kommt es doch vor allem Dingen auf den Wald an. Es ist möglich, daß der Agent diesen Waldweg mit dem Bleistift nachgezogen hat, um meinen Mann darauf aufmerksam zu machen, daß sie sich auf diesem Wege gleich am besten über den Waldbestand informieren könnten.«

»Sehr möglich, gnädige Frau!« sagte Herr von Berlepsch. »Man müßte diesen Weg jedenfalls zunächst einmal mit Hunden absuchen lassen. Am besten wäre es, wenn Sie sich einen Polizeihund aus Berlin kommen ließen.«

Der Inspektor trat ins Zimmer und blieb in militärischer Haltung an der Tür stehen.

Kapitel 5

Herr von Berlepsch stellte kurz vor. Herr Arndt machte auch jetzt, da er im Zimmer stand, einen vorzüglichen Eindruck. Man konnte seinem frischen, offenen Gesicht eine heimtückische Tat kaum zutrauen.

»Ist es Ihnen recht«, fragte Herr von Berlepsch, »wenn ich Herrn Arndt den Zusammenhang mitteile!« Die beiden nickten. Der Gutsherr gab einen kurzes Überblick, über die Ereignisse und fragte dann plötzlich und ein wenig barsch: »Wo sind Sie am Dienstag gewesen?«

Arndt dachte ein wenig nach. »Am Dienstag?« sagte er, sich besinnend. »Ich habe, wie immer in diesen Tagen, die braune Stute geritten. Am Vormittag waren die Mäher auf der großen Havelwiese zu besichtigen. Das Gras an den Ufern wird übrigens immer saurer. Da müssen wir im Herbst etwas tun, Herr Baron. Die Kühe wollen das Zeug gar nicht mehr fressen.«

»Also Sie sind bei den Schnittern gewesen. Und am Nachmittag?«

»Am Nachmittag ritt ich nach Waldberg hinüber.«

Herr von Berlepsch sah ihn erstaunt an: »Nach Waldberg?« fragte er und zeigte Rambins das Dorf auf der Karte. Es lag ziemlich abseits, noch hinter dem Rittergut Bräsikow. »Was machten Sie in Waldberg?«

»Ach«, sagte der Inspektor und lächelte, »die Stute mußte ihren Galopp bekommen, und dann war es heiß, und ich trank da im Wirtshaus ein Glas Bier. Ich bin aber gar nicht hineingegangen, sondern stieg draußen ab und ließ mir das Bier herausreichen. Ich ritt dann gleich wieder zurück. Mir kam es nur auf den Galopp an.«

»Haben Sie in Waldberg sonst niemanden gesprochen oder gesehen?«

Der Inspektor schüttelte den Kopf.

»War noch sonst jemand in dem Gasthaus?«

»Das weiß ich nicht, ich bin nicht drin gewesen. Ich ritt gleich wieder zurück.«

»Das kann also höchstens eine halbe Stunde gedauert haben?«

»Etwa eine Stunde«, sagte der Inspektor, »denn ich bin nachher Schritt geritten.«

»Und dann?«

Der Inspektor dachte wieder nach. »Dann ritt ich zu dem Roggenschlag. Ich glaube, auf dem Vorwerk war ich auch an dem Nachmittag. Ja, ganz richtig, ich besah mir die Lämmer.«

»Sie sind also jedenfalls an diesem Tag nicht nach Berlin gefahren?«

»Nein!«

»Und haben keinen Fremden gesprochen oder beobachtet?«

Der Inspektor schüttelte den Kopf.

Herr von Berlepsch sah zu Rambins hin.

»Wir sind durchaus davon überzeugt, Herr Arndt«, sagte Klaus, »daß Sie nichts mit dieser Angelegenheit zu tun haben. Nur muß doch der Mann, der das Geld abgeholt hat, Ihren Namen kennen.«

»Ein Name ist leicht gekannt«, sagte der Inspektor lächelnd. »Vielleicht hat ein Fremder in dem Wirtshaus gesessen und nach mir gefragt, als ich da mein Bier trank. Mich kennen doch alle in dieser Gegend.«

»Kennen Sie einen Grundstücksagenten?«

Der Inspektor dachte nach. »Jawohl«, sagte er nach einer Weile, »ich kenne verschiedene. Zum Beispiel Zimmermann, aber den habe ich auch lange nicht mehr gesehen.«

»Wer ist Zimmermann?«

»Zimmermann, das ist ein ganz guter Agent. Viele in dieser Gegend arbeiten mit ihm. Ich glaube, er führt auch manchmal Aufträge von Herrn von Steinhammer aus. Vor einem Vierteljahr saß ich einmal mit ihm und dem Inspektor von Bräsikow zusammen.«

Herr von Berlepsch warf Klaus Rambin eines Blick zu, und auch Agathe hörte gespannt zu. Ein Agent, der in dieser Gegend bekannt war, bot immerhin einen Anhaltspunkt.

»Haben Sie dieses Herrn Zimmermann in letzter Zeit irgendwo gesehen?« fragte Herr von Berlepsch.

»Ich kann mich nicht entsinnen.«

»Und was ist das für ein Mann?«

»Ein Agent wie alle, ein ganz ordentlicher und flinker Mensch. Er lebt in Berlin, irgendwo im Nordosten.«

»Einen Agenten Eduard Frisch kennen Sie nicht?«

»Nein.«

»Na, dann wollen wir fahren!« brach Herr von Berlepsch das Gespräch ab und sah durch das Fenster.

»Ich habe den Jagdwagen anspannen lassen«, meldete der Inspektor.

»Einen Augenblick!« bat Klaus. »Könnte ich vielleicht irgend etwas Handschriftliches von Herrn Arndt bekommen und mitnehmen, damit man die Handschrift mit der auf dem Scheck vergleichen kann?«

»Gewiß, ich kann Ihnen ja gleich einige Worte aufschreiben, und Herr von Berlepsch wird bestätigen, daß es meine gewöhnliche Handschrift ist.« Er zog ein Notizbuch aus der Tasche, riß ein Blatt heraus und schrieb: ›Gutsinspektor Kurt Arndt aus Lengenfeld‹.

»Schreiben Sie noch ein paar Worte, zum Beispiel: ›dieses ist meine gewöhnliche Handschrift‹.« Der Inspektor tat es. Herr von Berlepsch warf eines Blick über das Blatt und nickte: »Das ist richtig, so schreibt Herr Arndt immer.« Klaus steckte den Zettel zu sich.

Sie gingen hinaus und bestiegen den Jagdwagen, der vor dem Portal hielt. Das Auto war unter eine Remise im Wirtschaftshof gefahren. Herr von Berlepsch pfiff, und ein alter zottiger Jagdhund kam von der Küche her angesprungen. Der Inspektor nahm ihn zu sich auf den Bock.

»Ich halte es doch für wichtig, daß Sie die Gegend abfahren«, sagte Herr von Berlepsch, als die beiden Füchse abzogen. Sie bogen in einen Feldweg ein, der zwischen Roßgärten zum Wald führte. Fohlen galoppierten übermütig längs des Zauns neben dem Wagen her. Die Sonne stand hoch am Himmel, aus der Luft kam das Geschmetter der Lerchen. Weit und breit war kein Mensch zu sehen. Die Wiesen lagen in einem fetten Grün, hinten am Waldrand weidete eine Kuhherde. Nichts konnte friedlicher sein als dieser Sommertag.

Als der Weg in den Wald einbog, ließ der Gutsherr halten. »Wir wollen einmal den Hund loslassen! Herr Arndt, Sie könnten mit dem Hund vor uns hergehen!«

Der Inspektor kletterte vom Bock und rief Hertha zu sich. Der Wagen fuhr langsam im Schritt hinter den Vorausgehenden her. Der Hund schnupperte an dem Wegrand, sprang hier und dort durch das Gestrüpp. Ihre Augen suchten nach irgendwelchen Spuren. Klaus warf einen Blick über Agathe. Sie saß bleich und mit niedergeschlagenen Lidern da, als wüßte sie, daß das Schreckliche auf diesem Weg geschehen war, dessen unheimliche Schönheit sie peinigte. Herr von Berlepsch beobachtete die Bewegungen des Hundes. Sie kamen langsam vorwärts.

Der Inspektor drehte sich um. »Dahinten liegt der Teufelsgrund. Soll ich dort einmal nachsehen?«

»Daran habe ich auch schon gedacht!« sagte der Gutsherr. »Gehen Sie einmal hin. Vielleicht findet der Hund etwas.« Auch Klaus sprang vom Wagen und ging hinter dem Inspektor her.

»Man muß aber die Gegend schon gut kennen, um den Teufelsgrund zu finden«, sagte Herr Arndt zu Klaus. »Auf den Karten sind nur ein paar Sumpfstriche angegeben.«

Sie drängten sich durch das dicke Unterholz. Dann kam ein Stück Buchenwald. Die Sonne fiel in bunten Ringeln auf den goldbraunen Boden. Der Hund sprang unbekümmert um sie herum. Der Grund senkte sich, und die Büsche wurden wieder dichter. Brombeergerank versperrte ihnen den Weg. »Das wäre hier schon ganz richtig«, sagte Herr Arndt und bog die Zweige auseinander. Vor ihnen lag das dunkle Wasser, Erlenstämme wuchsen am Rand und neigten sich weit vor. »Das Wasser ist tief.« Er griff einen Ast, der am Boden lag, und steckte ihn hinein, ohne Grund zu finden. »Hier kann man einen Menschen verschwinden lassen auf Nimmerwiedersehen. Leichen sollen ja nach drei Tagen wieder in die Höhe kommen, man müßte doch jetzt etwas merken.«

»Vielleicht ist die Leiche mit Steinen beschwert worden?«

Der Inspektor schüttelte den Kopf. »Große Steine sind hier selten im Wald, und es würden auch Blasen aufsteigen. Wissen Sie, Herr Rambin, ich glaube nicht, daß Ihrem Herrn Onkel in dieser Gegend etwas zugestoßen ist. Ein Mörder sucht doch seine Spuren zu verwischen. Wenn der Mann meinen Namen und den Namen Lengenfeld auf dem Scheck angegeben hat, ist es das beste Zeichen dafür, daß der Tatort ganz wo anders zu suchen ist.«

»Verbrecher machen aber auch Dummheiten«, sagte Klaus. »Und dann die Karte. Denken Sie an den nachgezogenen Weg.«

Der Inspektor zuckte die Achseln. Sie gingen zu dem Wagen zurück. »Ich habe nichts bemerken können«, meldete Herr Arndt, »und auch dem Hund ist nichts aufgefallen.«

»Dann wollen wir weiterfahren«, sagte Herr von Berlepsch, »aber langsam, wie vorher.« Sie legten auch die andre Hälfte des Weges im Schritt zurück. Bei einer Biegung schimmerte vor ihnen der blaue Himmel, der Wald hörte auf. An seinem Rande lief die Chaussee entlang, die sie kannten. »Das ist die Berliner Strecke«, erklärte Herr von Berlepsch und zeigte auf den Eisenbahndamm, der durch das Lupinenfeld lief. Links lag die Station Lindenberg. Der Inspektor kletterte auf den Bock zurück, und der Hund wurde hereingenommen. Es ging im scharfen Trab auf die Station zu. Der Kohlengrus knirschte unter den Rädern. Um die Pumpe standen einige Fliederbüsche, sonst gab es nur das eine kahle Gebäude, das alles enthielt: Dienstwohnung, Warteräume, Lagerraum und den Fahrkartenschalter. Kein Mensch war zu sehen. Zwei einsame Güterwagen standen auf dem Geleis. Herr von Berlepsch klatschte in die Hände. Ein Frauengesicht zeigte sich am Fenster.

»Wo ist der Vorsteher?« rief der Gutsherr. Aus dem Güterschuppen kam ein Mann in Hemdsärmeln heraus. »Da sind Sie ja, Struß!«

»Der Herr Baron!« rief der Mann und machte einen Diener.

»Hören Sie, Struß! Da soll in dieser Gegend eine Schweinerei passiert sein. Ist Ihnen etwas aufgefallen? Vielleicht irgendein Fremder, der am Dienstag oder am Mittwoch hier ausgestiegen ist? Ein Herr oder vielleicht zwei Herren?«

Der Mann knetete die Mütze in der Hand und dachte nach: »Dienstag oder Mittwoch?« sagte er endlich. »Ja, da ist ein Herr ausgestiegen, den ich nicht kannte. Es fiel mir auf, weil an diesem Tag sonst keiner ankam.«

»Ein Herr? Wie sah er denn aus?«

Der Mann grinste. »Ja, Herr Baron, das ist schwer zu beschreiben. Er war so fünfzig Jahre alt. Er hatte ganz weißes Haar, aber nach dem Gesicht kann er auch vierzig gewesen sein.«

»Kennen Sie den Güteragenten Zimmermann?«

»Nein, den kenne ich nicht, Herr Baron. Aber ein Güteragent war das nicht. Das war ein sehr feiner Herr. Ich dachte mir, daß er zum Herrn Baron oder zum Herrn von Steinhammer nach Bräsikow will, und wunderte mich, daß kein Wagen da war, um ihn abzuholen. Er hatte eine gelbe Ledertasche mit.«

Agathe und Klaus sahen sich an. »Hast du ein Bild von ihm da?« fragte Klaus. Agathe suchte bereits in ihrer Handtasche. Ihre Hände zitterten, daß sie sie kaum zu öffnen vermochte. Endlich zog sie eine kleine Liebhaberfotografie heraus. »War es der?«

Der Bahnbeamte besah lange und aufmerksam das Bild. »Das ist er gewesen«, sagte er, »ganz sicher! Aber er hatte einen andern Anzug angehabt, so mit kurzen Hosen.«

»Rostbraun?« fragte sie. Ihre Augen bohrten sich in sein Gesicht.

»Ja, ja, es war so ein brauner oder roter Stoff. Das habe ich noch im Gedächtnis.«

Agathe sank auf den Sitz zurück und bedeckte ihr Gesicht mit den Händen. Auch Klaus erbleichte. Die Füchse fingen an, vor dem Wagen zu tanzen. »Wir müssen aussteigen«, sagte Herr von Berlepsch. »Sie, Arndt, bleiben bei der gnädigen Frau im Wagen, und Karl fährt auf und ab.«

Agathe rührte sich nicht. Die drei Männer standen in der prallen Sonne und sahen auf das Bild. »Ja ja, das war er«, bestätigte der Bahnbeamte noch einmal. »So ein Gesicht sieht man selten hier.«

»Und das war am Mittwoch?« fragte Klaus.

»Es kann Dienstag oder Mittwoch gewesen sein. Da irrt man sich leicht.«

»Und wie war denn das? War der Herr ganz allein?«

»Ja, er war ganz allein. Er stieg aus und ging an der Pumpe vorüber und dann die Chaussee entlang. Ich habe mich nicht weiter darum bekümmert.«

»Danke schön«, sagte Herr von Berlepsch. »Notieren Sie sich mal auf, Struß, was Sie jetzt gesagt haben, daß Sie es nicht vergessen. Es kann sein, daß man Sie einmal vernehmen wird.«

»Ist was los, Herr Baron?«

»Dieser Herr, den Sie wiedererkannt haben, ist von seinem Ausflug nicht zurückgekommen.«

Der Bahnbeamte ließ sich noch einmal das Bild zeigen. »Das ist er gewesen, ganz sicher!«

»Noch etwas: Ist Herr Arndt oder sonst einer aus Lengenfeld in dieser Woche nach Berlin gefahren?«

»Nein, Herr Baron.«

» Auch kein Hütejunge oder einer von des Stallburschen?«

»Nein, von hier wenigstens nicht.«

»Dann danke ich Ihnen schön, Struß.« Herr von Berlepsch winkte den Wagen heran, und sie stiegen ein. »Nun?« fragte er. Agathe Rambin saß mit bleichem Gesicht da. »Aber er war ja allein«, sagte sie plötzlich. Der Agent hätte doch bei ihm sein müssen!«

»Vielleicht hat er auf dem Waldweg auf ihn gewartet?« versuchte Klaus zu erklären.

»Da war etwas anderes im Spiel!« sagte der Inspektor. »Das mit dem Agenten stimmt nicht.« Sie sahen ihn erstaunt an, aber Herr Arndt zuckte nur die Achseln. »Ich weiß ja auch nicht.«

»Wir werden uns von Bräsikow die Adresse des Agenten Zimmermann geben lassen«, sagte Herr von Berlepsch. »Wie sieht Ihr Agent Zimmermann aus, Arndt?«

»So an die dreißig Jahre ist er, groß und mager und hat eine Glatze.«

Die Pferde zogen an. Agathe und Klaus starrten in das dunkle Loch des Waldweges. Hier war er gegangen! Jetzt gab es keinen Zweifel mehr. Stefan Rambin war auf diesem Wege ermordet worden!

Sie nahmen den Rückweg über die Chaussee. »Sie werden am besten gleich die Berliner Kriminalpolizei benachrichtigen«, sagte Herr von Berlepsch leise zu Klaus. Der nickte. Auf dem Gutshof wartete der Schofför neben dem Auto. »Darf ich Ihnen noch irgend etwas anbieten?« fragte Herr von Berlepsch. »Sie haben nicht zu Mittag gegessen.« Aber Agathe schüttelte den Kopf. »Sie sind zu gütig. Wirklich, ich danke Ihnen.« Sie brachte kaum die wenigen Worte zusammen.

Das Auto kam herbei, und sie stiegen ein. Der Inspektor ging mit großen Schritten über den Hof, der Jagdwagen fuhr rasselnd über das Pflaster zu den Ställen zurück. Herr von Berlepsch stand mit abgezogenem Hut da. Sie fuhren ab.

»Was sagst du?« fragte Klaus, als sie an der kleinen Bahnstation vorüberkamen. Aber Agathe wehrte ab. »Es ist alles gleich. Ich will gar nicht wissen, wer es getan hat.«

Es war siebzehn Uhr, als das Auto vor der norwegischen Villa hielt. Monika stand auf der Veranda und wartete. »Was ist?« rief sie ihnen erregt entgegen. Aber sie fuhr vor Agathes bleichem Gesicht zurück.

Klaus winkte ihr ab. »Onkel Stefan ist tatsächlich am Dienstag oder Mittwoch auf der Station Lengenfeld gewesen«, sagte er leise. Monika sah ihn entsetzt an. Er legte die Hand auf die Lippen und zeigte auf Agathe, die mühsam die Stufen hinaufging und auf den ersten Sessel sank. »Und was war hier los?«

Monikas Hand streichelte leise das Haar ihrer Pflegemutter. »Eine unbekannte Dame war hier, Ursula von Tweel«, sagte sie. »Sie wollte Papa besuchen. Und dann habe ich die Polizei benachrichtigt. Der Kommissar ist hier gewesen und wollte gleich alles nach Berlin melden.«

»Ursula von Tweel?« Agathe suchte sich auf den Namen zu besinnen. »Ursula von Tweel?«

Klaus war blaß geworden. »Wann war Frau von Tweel hier?« fragte er. Monika bemerkte erstaunt seine Erregung.

»Kennst du sie?« fragte sie ihn erschrocken.

»Nein, nein«, wehrte er ab. »Es ist nur wichtig, daß wir uns den Zeitpunkt merken, denn jetzt ist alles wichtig. Wann war sie hier!«

»Gegen zwölf Uhr.«

»Ursula von Tweel ist hier gewesen!« sagte Klaus leise vor sich hin.

»Ihr müßt etwas essen«, mahnte Monika. »Ich habe anrichten lassen. Komm, Mutti, ich werde dich stützen.« Sie gingen hinein.

Kapitel 6

Als Monika aus Agathes Schlafzimmer herunterkam, fand sie Klaus im Herrenzimmer an Stefan Rambins Schreibtisch. »Mutti ist eingeschlafen«, sagte sie. »Aber vielleicht verstellt sie sich auch nur, um mich loszuwerden.« Sie setzte sich vor ihn auf die Platte des Schreibtisches.

Er sah auf. Sie wurde unter seinem Blick verlegen, erhob sich und setzte sich auf einen Stuhl. »Du willst dich weiter feindlich zu mir stellen, kleine Monika?« fragte er lächelnd, wurde aber gleich wieder ernst.

»Du stellst dich feindlich zu mir!« entgegnete sie trotzig.

»Das ist dummes Zeug. Sage lieber, was du von diesem Gutskauf weißt. Onkel Stefan wollte ein Waldgut kaufen, nicht wahr? Hat er denn nie genauer darüber gesprochen?«

Monika schüttelte den Kopf. »Sonst, wenn Papa so etwas vorhatte, zeigte er mir die Karte und erklärte mir die Lage und alles. Diesmal sprach er fast gar nicht darüber. Ich habe gleich den Eindruck gehabt, daß er mit diesem Gut eine besondere Absicht hatte.«

»Ja, Onkel Stefan hatte seine Heimlichkeiten.«

Monikas Hände spielten mit den Fransen der Tischdecke. »Ich glaube, Mutti hat Angst davor, daß nun vielleicht manches herauskommen wird. Sie wollte nichts sehen, was Papa tat. Sie hat krampfhaft die Augen davor verschlossen.«

Klaus antwortete nicht. Monika fuhr fort: »Ich glaube auch nicht, daß dieses Gut dort liegt, wo ihr heute wart.« Plötzlich hob sie den Kopf. »Klaus, du kennst doch diese Frau von Tweel! Du weißt doch da etwas! Das habe ich dir doch angesehen!«

Er sah erstaunt zu ihr hin. »Frau von Tweel? Die Dame, die hier bei dir war? Mir ist dunkel, als ob ich einmal den Namen gehört hätte, und zwar von Onkel selbst. Nein, ich kenne sie nicht.«

Sie sah ihn mißtrauisch an. »Ursula von Tweel!« sagte sie, jede Silbe betonend. »Das klingt wundervoll, und diese Frau ist sicher auch wundervoll. Du kannst dir keine Vorstellung davon machen, wie schön sie ist. Ich habe im Berliner Fernsprechbuch nachgesehen. Da steht: Hans von Tweel, Rittmeister a. D. Das ist doch ein bekannter Herrenreiter, nicht wahr? Ob sie dessen Frau ist?«

»Ich habe keine Ahnung, Monika. Wirklich nicht.«

»Papa ist sehr hübsch«, fuhr sie mit leiser Stimme fort. »Du als Mann siehst das natürlich nicht so. Dieses wundervoll gradlinige Gesicht und das weiße Haar dazu! Ich glaube, daß er auf Frauen sehr stark wirkt.«

»Ja«, sagte er verächtlich, »du bist in Onkel Stefan verliebt. Das weiß ich schon lange.«

Sie schüttelte den Kopf. »Rede nicht solchen Unsinn, Klaus. Aber vielleicht ist diese Ursula von Tweel in ihn verliebt, und du weißt etwas darüber.«

Er antwortete nicht, sondern erhob sich und ging eine Weile auf und ab. Plötzlich blieb er vor ihr stehen. »Ich werde nach Berlin fahren. Vielleicht bin ich morgen mittag wieder hier. Ich möchte zu Elm auf die Bank gehen. Und dann muß ich wohl auch zur Kriminalpolizei.«

»Ja, du wirst zur Kriminalpolizei gehen müssen. O mein Gott, Klaus! Ich habe solche Angst vor dem allen.«

»Ja, es wird eine schlimme Zeit werden.«

Sie sah ihn forschend an. »Klaus, du hast ihn doch gehaßt!«

»Gehaßt ist zu viel«, sagte er. »Und das hat jetzt alles nichts zu bedeuten. Aber ich muß auf die Bahn, der Zug geht.«

Sie zögerte ein wenig, ehe sie sagte: »Ich möchte dich zum Bahnhof begleiten.«

Er sah sie erstaunt an. Es war das erstemal, daß sie seine Nähe suchte, aber sie hatte wohl Angst vor dem Alleinsein. »So komm!«

Als sie durch den Fichtenwald gingen, faßte sie plötzlich seinen Arm. »Ich möchte dich etwas fragen: Bist du meinetwegen auf Papa böse? Weil ich dich doch hier verdrängt habe!«

»Nein, wirklich nicht, Monika. Und du hast mich gar nicht hier verdrängt. Ich stand schon als Knabe, lange bevor du hierher kamst, sehr schlecht mit Onkel Stefan.«

»Weshalb standest du so schlecht mit ihm, Klaus? Ich glaube, du hast ihn gar nicht richtig gekannt.«

Er zuckte die Achseln: »Das sind Gegensätze des Temperaments, für die niemand kann. Ich fand es zum Beispiel gräßlich an ihm, daß er Michaelsbrück und den See und das Sägewerk im Grunde gar nicht liebte. Hast du je bemerkt, daß er sich um seinen Betrieb so richtig bekümmert hat? Ich will dir sogar sagen, daß er nicht einmal besonders viel davon verstand. Er drängte immer hinaus, wollte in der Welt glänzen und den Menschen imponieren. Alles andre war ihm gleichgültig. Das sah ich schon als Kind. Ich aber liebte das alles hier wirklich.«

»Ich liebe es auch«, sagte sie leise.

»Ich glaube, deshalb warf ich auch den Stein nach ihm. Damals war ich elf Jahre alt. Du kamst erst später hierher.«

Monika antwortete nicht. Sie waren an der Kirche vorbeigekommen und gingen durch die Berliner Straße. An der Ecke stand der gelbe Postautobus. Plötzlich zuckte sie zusammen. »Da ist sie!« rief sie aus.

Er sah erschrocken auf. Hinter der Glasscheibe der kleinen Konditorei saß eine junge Dame in beigefarbenem Kostüm. »Wer? Diese Frau von Tweel?« fragte er und verlangsamte unwillkürlich seinen Schritt.

Sie nickte. »Eigentlich müßte man die Polizei rufen.«

»Du bist wohl wahnsinnig. Was geht uns diese Frau an?«

»Man müßte ihre Personalien feststellen.«

»Wie willst du das machen? Man kann doch nicht jeden beliebigen Menschen auf der Straße verhaften lassen.«

Monika schwieg. Sie gingen weiter in die Bahnhofstraße hinein. Nach einer Weile blickte Monika verstohlen zurück. »Sie geht hinter uns«, sagte sie. »Wahrscheinlich wird sie auch nach Berlin zurückfahren. Was sie nur solange in Michaelsbrück gemacht hat?«

»Sie wird irgendwelche Menschen aufgesucht haben.« Aber er blickte sich gleichfalls um und sah sie hinter ihnen hergehen. »Komm rasch!« Sie stiegen die Stufen zu dem Bahnsteig hinauf. Bei der Biegung sahen sie, daß Frau von Tweel ihnen noch immer folgte. Sie standen oben und warteten auf den Zug. »Hübsch liegt Michaelsbrück«, sagte er und wies mit der Hand auf den Ort hinunter. »Diesen Blick liebe ich besonders.« Sie nickte zerstreut. Auf der andern Seite des Bahnsteiges stand Ursula von Tweel und blickte gleich ihnen auf den Ort und den See hinunter.

Der Zug lief ein. »Auf Wiedersehen, Klaus. Was wirst du in Berlin ausrichten?« Plötzlich stand sie wieder im Bann des furchtbaren Ereignisses. Klaus lehnte sich zum Fenster seines Abteils hinaus und reichte ihr die Hand. Frau von Tweel stieg irgendwo vorne ein. »Auf Wiedersehen, Monika!« Er blieb am Fenster stehen, bis der Bahnsteig durch das Weichenhaus verdeckt wurde. Noch immer stand da Monika in ihrem weißen Sommerkleid und dem breiten Strohhut und sah ihm nach.

Klaus kehrte sich um und musterte die Insassen des Abteils. Kein bekanntes Gesicht war darunter. Gott sei Dank, wenn man sich in diesen Zug setzte, tauchte man schon in dem Bereich der Weltstadt unter. Er lehnte sich in die Ecke und schloß die Augen. Ursula von Tweel ist dagewesen! ging es durch seine Gedanken. Den ganzen Tag hatte er an diese Frau denken müssen. Weshalb war sie gerade heute nach Michaelsbrück gefahren und hatte sogar Stefan Rambin in seinem Hause aufsuchen wollen? Aber es war ja klar: auch für sie war er verschwunden. Vielleicht hatte sie tagelang auf Nachricht gewartet und hatte sich schließlich aufgemacht, ihn zu suchen.

Klaus lehnte sich in die Ecke zurück und schloß die Augen, um das Bild dieser Frau deutlicher zu sehen. Zum drittenmal war sie ihm jetzt begegnet, sie, die alles in ihm aufgewühlt hatte. Ursula von Tweel! Jeden einzelnen Zug ihres Gesichts hatte er zum Greifen deutlich vor sich. Die Haut, die von einem durchsichtigen Marmorschimmer war, die großen braunen Augen, den sanften Schwung aller Linien dieses Gemmengesichts.

Nie würde er den Tag vergessen, an dem er sie zum ersten Male gesehen hatte. Als er eines Abends, es war kaum vier Wochen her, noch spät eine kleine Weinstube in der Gegend des

Kurfürstendamms aufsuchte, hatte er in einer Nische überraschend die beiden getroffen: diese Frau und Stefan Rambin. Fast war er zurückgefahren vor dem entrückten Ausdruck ihrer Augen und dem hingegebenen Lächeln um ihren Mund. Er hatte noch gerade bemerkt, wie Stefan Rambin mit vorgebeugtem Kopf und leiser Stimme auf sie einredete, ehe er den Eintretenden sah und ihm nun heiter lächelnd zuwinkte. Stefan Rambin war viel zu gewandt, um die Überraschung über sich Herr werden zu lassen. Mit ruhiger Selbstverständlichkeit hatte er den Neffen vorgestellt und auch ihren Namen genannt. Man kannte den Rittmeister von Tweel, den Herrenreiter, ihren Mann. Im Laufe des Gesprächs erfuhr Klaus auch ihren Vornamen. Ursula von Tweel! klang es seitdem in ihm.

Sie hatten eine Viertelstunde zusammengesessen. Stefan Rambin führte, wie immer, die Unterhaltung. Klaus' und Ursulas Augen trafen sich. Sie schien wie aus einem Gefängnis zu ihm hinzusehen. Ein Suchen und Fragen war in ihrem Blick. Wenigstens schien es ihm für Minuten so. Dann aber hingen ihre Augen wieder an Stefan Rambin, dessen weiche Stimme über dem Tisch lag. In Klaus stieg der alte Groll gegen des Erfolgsicheren auf. Auch dieses wunderbare Geschöpf hatte er eingefangen!

Klaus hatte sich verabschiedet, sobald es die Schicklichkeit zuließ. Als er Frau von Tweel die Hand küßte, hatte er wieder den Eindruck als ob sie ihn flehend zurückhalten wollte. Er stand draußen und ärgerte sich über seine Flucht. Er hätte dableiben und um sie kämpfen müssen. Aber er hatte Furcht vor Stefan Rambin, der alle Menschen in seinen Bann zwang und gegen den er machtlos war. Mit diesem Abend begann die Periode seiner inneren Zerrissenheit. Er stürzte sich in seine Arbeit und suchte die Einsamkeit, sobald sein Sommerurlaub begann. Selbst Ellen ging er zum erstenmal aus dem Weg.

Wenige Tage später hatte er die beiden nochmals getroffen, wie sie nebeneinander durch das Gewühl der Leipziger Straße gingen. Zuerst waren ihm nur zwei Menschen aufgefallen, die mitten in dem Gedränge wie durch eine Frühlingslandschaft zu wandeln schienen. Seltsam ineinander versunken, obwohl ihre Haltung durchaus korrekt war, schritten sie langsam durch den Strom der Menge, der an ihnen vorbeiflutete, mit schwebenden träumenden Schritten. Einige Minuten war er ihnen gefolgt. Der Haß gegen Stefan Rambin würgte ihm die Kehle. Weshalb mußte sich dieser Mensch ihm überall entgegenstellen? Stefan Rambin gehörte Michaelsbrück, Stefan Rambin hatte Gewalt über diese Frau. Eine ohnmächtige Wut ergriff ihn. So war es damals gewesen, als er den Stein gegen ihn geschleudert hatte. Der elfjährige Knabe hatte noch nicht begriffen, weshalb er es tat. Die Ahnung alles Kommenden hatte ihm die Hand geführt. Noch einmal müßte er jetzt den Stein schleudern, aber sicherer diesmal, daß nicht nur die Narbe zurückblieb. Es war ja nicht deshalb, weil dem andern alles gehörte, sondern weil er in Besitz nahm, was er nicht zu gebrauchen wußte, was er nicht liebte und worum er sich nur im Augenblick des Raubes bekümmerte.

Klaus hatte sich umgewendet und war in eine Seitenstraße gegangen, um dem Anblick der beiden zu entfliehen. An diese zwei Begegnungen mußte er jetzt im Zug denken. Aber den ganzen Tag hatte er an sie gedacht und schon die ganzen Wochen hindurch. Einmal hatte er durch Zufall gehört, daß die Tweels in Scheidung liegen sollten. Welche Rolle mochte Stefan Rambin bei dieser Scheidung spielen? Vielleicht nahm er diese Frau nun für immer in Besitz!

Plötzlich schreckte ihn die Wirklichkeit auf. Stefan Rambin war tot! Nun mußte er alles loslassen, was ihm gehörte! Vom ersten Augenblick an hatte Klaus nicht nur an Michaelsbrück gedacht, auch an Ursula von Tweel.

Der Zug fuhr in die Halle des Stettiner Bahnhofs ein. Klaus stieg langsam aus. Er hatte Angst, Frau von Tweel zu begegnen. Die Menschen eilten zur Sperre. Er schlenderte langsam in dem Strom. Ganz vorn sah er sie, wie sie noch langsamer als er ging, und hatte das beklemmende Gefühl, daß sie auf ihn wartete. Er sah sie durch die Sperre gehen, die Karte abgeben. Dann blieb sie stehen und schien ihre Armbanduhr mit der Bahnhofsuhr zu vergleichen. Sie hatte ihm den Rücken zugewandt, aber jetzt, da er sich näherte, drehte sie sich um und sah ihn an. Er mußte sie grüßen. Er hatte den Eindruck, daß sie auf ihn zukommen wollte, aber Angst und Scheu sie zurückhielten. Aber dann hob sie doch die Hand und winkte. Er ging langsam zu ihr. »Herr Rambin, nicht wahr?«

»Sie besinnen sich auf mich, gnädige Frau?« Etwas an ihr zwang ihm die konventionelle Redewendung ab.

Sie lächelte. »Selbstverständlich! Ich bin heute in Michaelsbrück gewesen, traf aber niemanden dort außer Ihrer Kusine.« Obwohl sie leicht vor sich hinsprach, hatte er den Eindruck, daß sie sich jedes Wort erkämpfen mußte. »Wie geht es draußen? Was macht Herr Rambin?« Auch diese Frage kam leicht und konventionell heraus. Klaus aber merkte, daß ihre Erwartung dahinter kochte.

»Mein Onkel ist für einige Tage verreist«, sagte er.

»Ah!« machte sie. »Grüßen Sie ihn doch, bitte, wenn er zurückkommt.« Das war nicht das, was sie eigentlich hatte sagen wollen. Er spürte es deutlich, daß eine Angst in ihr war und vergeblich nach dem Ausdruck suchte. Aber sie reichte ihm die Hand, nickte ihm lächelnd zu und kehrte sich ab. Er sah sie langsam die Treppe hinuntergehen und hatte einige Sekunden das Gefühl, ihr nachstürzen zu müssen. Dann aber besann er sich und ging in die Telefonzelle, um Herbert Elm anzurufen.

Kapitel 7

Es war zwanzig Uhr, und eigentlich erwartete er nicht, Elm noch auf der Bank anzutreffen. Zu seinem Erstaunen bekam er die Verbindung, und Elm selbst war am Apparat. »Nanu?« fragte er, »Sie sind noch da?«

»Ach, ich habe eine Menge zu tun«, sagte Elm auf der andern Seite. »Der Quartalserste ist in drei Tagen. Ist sonst etwas Neues mit Rambin?«

»Allerhand! Wir waren in Lengenfeld und haben den Inspektor Arndt kennengelernt. Ich habe auch seine Handschrift mitgebracht, damit wir sie mit der Unterschrift auf dem Scheck vergleichen können.«

»Der Scheck ist bereits auf der Kriminalpolizei«, sagte Elm. »Ich selbst wollte in einer halben Stunde hingehen. Kommen Sie mich abholen, Rambin, dann gehen wir beide zusammen. Sie müssen zu dem Seitenportal herein und dann an der Tür klopfen, auf der das Schild ›Eingang verboten!‹ steht. Aber ordentlich klopfen. Ich mache Ihnen dann auf.«

»Wie kommt denn der Scheck schon auf die Kriminalpolizei?«

»Der Fall ist schon von Michaelsbrück aus gemeldet, und es war bereits ein Beamter hier. Kommissar Weigelt, kennen Sie den? Es soll einer der tüchtigsten Leute sein. Na, wir werden sehen. Kommen Sie nur schnell her.«

Klaus bestieg vor dem Bahnhof den Autobus und stand wenige Minuten später an der Tür, durch die der »Eintritt verboten« war. Die Tür war mit Stahlblech beschlagen. Er pochte mit der Faust dagegen. Sie öffnete sich lautlos und er sah Elm im Halbdunkel vor sich stehen. »Kommen Sie«, sagte der Abteilungsvorsteher und zog ihn an der Hand fort. »Hier stehen Kisten und allerhand Fallstricke und Gruben für Gerechte und Ungerechte.«

Der Raum sah phantastisch aus. Die Pulte und Schränke hoben sich wie Tiere in der Dunkelheit oder wie das Modell eines Gebirges. Nur zwei oder drei Lampen brannten unter grünen Schirmen. Jedes Geräusch hallte an der Deck wider. Die dunkle Halle vorn lag wie der verdunkelte Zuschauerraum eines Theaters. »Einen Augenblick noch«, sagte Elm und arbeitete an dem großen Buch weiter, das aufgeschlagen auf seinem Pult lag. Klaus zündete sich eine Zigarette an und wartete. Elms hohe Stirn war von dem Licht beschienen, die beiden Augen lagen im Schatten, und das Gesicht bekam dadurch einen unheimlichen Ausdruck. Die weiße schreibende Hand schien wie ein Tier ihr besonderes Leben zu führen. Eine nervöse Hand, dachte Klaus. Sonst war an Elm alles breit und ruhig. Man kannte sein rosiges Gesicht kaum anders als höflich lächelnd. Aber diese Hand war auf einmal wie ein Stück seines Innern, von dem die Hülle abgerissen war. Sie flog, zitternd wie ein Vogel mit ängstlichen Ruckbewegungen über das Papier. Die Beleuchtung ist unheimlich, dachte Klaus und sah ihm zu. Es dauerte nur wenige Minuten, bis Elm Bücher und Papiere wegpackte, den Schreibtisch zuschloß und aufstand. Klaus reichte ihm eine Zigarette. Sie saßen beide auf der Schreibtischplatte. »Der Raum ist gut eingerichtet«, sagte Klaus.

»Unsre Bank ist ja auch jung«, antwortete Elm. »Stefan Rambin ist unter den Gründern und im Aufsichtsrat. Er hat für einen anständigen Baumeister gesorgt.«

»Ja, Stefan Rambin!« sagte Klaus gedankenvoll. »Sie wissen, Elm, daß ich mit meinem Onkel nicht besonders gut stehe. Aber auf Dekoration und Komfort versteht er sich. Haben Sie übrigens herausbekommen, welcher von Ihren Beamten diesen Scheck in Empfang genommen hat?«

Elm schüttelte den Kopf. »Es kann sich keiner darauf besinnen. Über unsre Bank läuft der ganze östliche Holzhandel, auch die Zahlungen der Siedlungsgesellschaften gehen zum Teil über uns. Schecks von dieser Höhe regen uns nicht weiter auf, und gerade in diesen Tagen hat mancher Beamte zwanzig Kunden in der Stunde abzufertigen. Aber kommen Sie, Kommissar Weigelt erwartet mich. Er wird froh sein, daß auch Sie da sind.« Elm prüfte sämtliche Schlösser, steckte die Schlüssel in die Tasche, und sie gingen hinaus. Draußen in dem Gang stand der Wächter. Elm sprach einige Worte mit ihm. Der Mann schloß die mit Stahlblech beschlagene

Tür hinter ihnen zu. Sie traten auf die Straße. Elm blieb stehen und machte einige Atemzüge. »Den ganzen Tag habe ich heute da drin gesessen«, sagte er. »Wir nehmen uns eine Taxe.«

Sie fuhren durch das Gewühl und kamen nur langsam vorwärts. »Sagen Sie mal, Elm, was halten Sie eigentlich von dem Fall?« fragte Klaus. »Glauben Sie, daß Stefan Rambin wirklich ermordet worden ist?«

»Das scheint mir außer Zweifel zu stehen.«

»Aber in Lengenfeld oder in der Gegend dort? Denken Sie daran, daß dieser Eduard Frisch ihn doch offenbar nach dem Schlesischen Bahnhof bestellt hatte.«

»Darüber soll sich Weigelt den Kopf zerbrechen. Aber fast hätte ich vergessen, Ihnen etwas auszurichten. Fräulein Bandler hat angerufen.«

»Ellen Bandler?«

»Sie will Sie heute abend noch auf jeden Fall sprechen. Sie möchten nachher in Ihr altes Stammcafé gehen und sie von dort anrufen.«

»Meinetwegen. Haben Sie ihr alles erzählt»?

»Ja. Sie war ziemlich erregt über die Geschichte.«

Ellen Bandler und Elm kannten sich. Da Klaus in seiner Wohnung kein Telefon hatte, benutzte Ellen manchmal den Umweg über Elm, um Klaus zu erreichen. Die beiden trafen sich fast regelmäßig auf dem Sportplatz.

Sie kamen auf dem Alexanderplatz an und betraten durch einen Seiteneingang das Polizeigebäude. »Zu Kommissar Weigelt?« fragte Elm den Wächter. Der beschrieb ihnen den Weg. Weigelts Zimmer lag im dritten Stock. Auch dieses riesige Haus schien zu schlafen. Nur in einem Korridor stand eine Gruppe flüsternder Menschen. Einmal begegneten sie einem Gefesselten, der von zwei Polizisten die Treppe hinuntergeführt wurde. Oben mußten sie durch einen endlosen kahlen Gang. Endlich fanden sie die Tür mit dem Schild ›Kommissar Weigelt‹. Sie klopften und traten ein.

An dem Schreibtisch saß ein noch junger Mensch. Sein Gesicht leuchtete im Schein der Lampe bleich und narbig unter dem braunen krausen Haar. Ein herunterhängender Schnurrbart gab ihm einen ungarischen Zug. Der Kommissar hatte einige Bücher vor sich liegen. »Bitte?« fragte er und hob den Kopf. Elm machte bekannt. Über Weigelts Gesicht ging ein Lächeln, als er Klaus Rambins Namen hörte. »Da sind Sie ja!« rief er fast fröhlich aus. »Nach Ihnen habe ich mich geradezu gebangt. Aber bitte, nehmen Sie Platz, meine Herren!«

Klaus erzählte von dem Besuch in Lengenfeld. Weigelt machte sich Notizen. »Wie hieß das Dorf, zu dem dieser Inspektor Arndt hingeritten war? Waldberg?« Er sah auf der Karte nach und nickte.

»Nun zeigen Sie einmal die Handschrift her. Dies ist also die Unterschrift des wirklichen Inspektors Arndt. Sie ist nicht einmal nachgeahmt worden.«

Er zeigte Klaus den Scheck. Der hielt ihn in der Hand und betrachtete ihn aufmerksam von allen Seiten. Stefan Rambin hatte diesen Scheck geschrieben, daran konnte kein Zweifel sein. Er war ausgestellt auf den Agenten Eduard Frisch in Berlin SW 61. Auf der Rückseite fand sich auch der Girovermerk Eduard Frischs und darunter mit ungeschickten linkischen Buchstaben die Unterschrift des Abholers, des falschen Inspektors Arndt.

»Wichtig ist natürlich nur die Handschrift von Eduard Frisch«, sagte Weigelt. »Übrigens habe ich mir die Frage vorgelegt, ob diese beiden Handschriften nicht eine und dieselbe sind. Der Unbekannte hat Herrn Rambin im Walde ermordet und den Scheck an sich genommen. Die Annahme liegt nahe, daß dieser Täter die beiden Unterschriften ausgeführt hat. Sie haben auf den ersten Blick keinerlei Ähnlichkeit. Die beiden Namen haben ja auch nur wenig gleiche Buchstaben. Nun vergleichen Sie aber einmal das kleine ›r‹ und das ›u‹ Eduard und in Kurt. Gibt es da nicht gewisse Ähnlichkeiten?« Er sah fragend zu Klaus auf.

Klaus zuckte die Achseln. »Ich würde eigentlich keine Ähnlichkeit erkennen können. Aber es ist ja wahrscheinlich, daß die beiden Handschriften von ein und derselben Person herrühren.«

Der Kommissar schob ihm einen Bogen Papier hin. »Schreiben Sie doch selbst einmal Ihren Namen, Herr Rambin. Und dann, bitte, darunter mit Ihrer gewöhnlichen Handschrift die Namen ›Eduard Frisch‹ und ›Kurt Arndt‹. Aber bitte nicht mit Ihrer gewohnten Füllfeder, sondern hier mit der gewöhnlichen Stahlfeder.«

Klaus tauchte ein und schrieb. »Übrigens sieht meine Unterschrift mit dieser Feder anders aus als gewöhnlich«, sagte er. Der Kommissar antwortete nicht gleich, sondern betrachtete sich eingehend die einzelnen Buchstaben. »Gewisse Ähnlichkeiten gibt es überall, aber lassen wir das. Erzählen Sie mir lieber, wie es vor sich ging, wenn Ihr Onkel so ein Waldgut kaufte.« Dabei faltete er wie in Gedanken die Schriftproben zusammen und legte auch das von Klaus beschriebene Blatt in die Akten. Klaus sah ihn erstaunt an. »Weshalb legen Sie meine Handschrift dorthin?«

»So, tat ich das?« fragte Herr Weigelt. »Es geschah ganz unwillkürlich und natürlich ohne jede Absicht. Wenn es Sie ärgert, kann ich das Blatt auch herausnehmen.« Er legte es zu andern Papieren auf den Tisch. »Bediente sich Ihr Herr Onkel zu seinen Käufen nicht eines ständigen Agenten?«

»Da müssen Sie Herrn Elm fragen«, antwortete Klaus. »Ich weiß von den geschäftlichen Gepflogenheiten meines Onkels wenig. Aber mit Herrn Elm pflegte er sich zu beraten.«

»Herr Rambin bediente sich fast jedesmal eines anderen Agenten, je nach der Gegend, in der er kaufen wollte«, sagte Elm.

»Aber diesmal hat er Ihnen den Namen Eduard Frisch nicht genannt?«

»Nein, ich kann mich jedenfalls nicht darauf besinnen. Herr Rambin hat mich übrigens auch nicht jedesmal zu Rate gezogen, und überhaupt hat er seit mindestens einem Jahr nichts mehr gekauft. Das letztemal lief der Kauf über die Kommerz-Bank.«

Der Kommissar wandte sich plötzlich an Klaus. »Der Kriminalist fragt bei einem Fall zuerst: *cui bono?* Wer kann von der Tat einen Vorteil haben? Sie dürfen mir nicht verargen, Herr Rambin, wenn ich zunächst einmal dieser Spur in Gedanken nachgegangen bin. Wie ich hörte, sind Sie der einzige nahe Verwandte und somit präsumtiver Erbe des Verschwundenen, nicht wahr?«

Klaus nickte.

»Nun hat Ihr Herr Onkel aber eine Nichte seiner Frau, Fräulein Monika Bandler, an Kindes Statt angenommen. Fräulein Bandler ist noch nicht adoptiert worden. Ist sie wenigstens in einem Testament des Verschwundenen hinreichend bedacht?«

»Ein solches Testament«, sagte Klaus, »sollte immer gemacht werden. Es ist aber fraglich, ob das wirklich geschehen ist. Ich vermute, daß mein Onkel den Gedanken an den Tod als unangenehm weit von sich wies. Wenn er das fünfzigste Lebensjahr erreicht hatte, sollte Monika Bandler adoptiert werden. Darüber ist oft in der Familie gesprochen worden.«

»Es ist richtig. Wer einen Menschen adoptieren will, muß mindestens fünfzig Jahre alt sein. Der Verschwundene war erst neunundvierzig Jahre alt, in einem Vierteljahr hätte er das fünfzigste Lebensjahr erreicht. Bis dahin sind Sie, Herr Rambin, also neben Ihrer Tante der in Frage kommende Erbe. Ihr Herr Onkel ist sehr reich, wie ich gehört habe. Sie hatten also an seinem Verschwinden einiges Interesse.«

»Ich wundere mich, wie gut Sie in der kurzen Zeit bereits orientiert sind. In der Tat ist alles richtig, was Sie sagen. Wenn meinem Onkel wirklich etwas zugestoßen sein sollte, würde ich jetzt nächst meiner Tante sein Erbe sein, und Monika Bandler würde leer ausgehen, abgesehen von dem Vermögensteil, den ihr meine Tante vielleicht einmal vermachen würde.«

»Sie standen mit Ihrem Herrn Onkel nicht besonders gut?« fragte der Kommissar. Klaus gab nicht sogleich Antwort. Er dachte darüber nach, wer Herrn Weigelt so genau informiert haben konnte. »Wissen Sie das von Herrn Elm?« fragte er mit einiger Schärfe im Ton.

Elm mischte sich ein. »In der Tat habe ich das gesagt, denn ich habe es für richtig befunden, in diesem Falle alles zu sagen, was ich weiß, und ich möchte gleich hinzufügen, daß ich auch davon berichtet habe, daß Sie und Ihre Kusine Monika ziemlich schlecht miteinander stehen.«

Klaus lachte auf. »Dann haben Sie also den Verdacht mit leiser Hand auf mich zu lenken verstanden?«

»Um Gottes willen, nein!« rief Elm aus. »Ich wollte Herrn Weigelt nur ein genaues Bild der ganzen äußeren und inneren Umstände geben, denn der Täter kann ja von allen diesen Dingen gewußt und darauf seinen Plan aufgebaut haben.«

»Herr Rambin wird wohl kaum annehmen, daß sich ein Verdacht ernsthaft gegen ihn richten könnte«, sagte der Kommissar ruhig. »Außerdem wird Herr Rambin wohl in der Lage sein, jederzeit ein einwandfreies Alibi nachzuweisen.«

»Das mit dem Alibi«, sagte Klaus langsam, »ist übrigens so eine Sache. Ich bin am Dienstag und Mittwoch auf dem Sportplatz gewesen, aber gerade an den Vormittagen völlig allein. Wenn Sie den Nachweis eines Alibis von mir verlangten, würden Sie mich in der Tat zunächst ein wenig in Verlegenheit setzen.«

»Nun, es wird sich schon jemand finden, der Sie gesehen hat. Der Wächter Ihres Sportplatzes oder irgendwer. Viel interessanter ist die Frage nach Eduard Frisch. Ein Mann solchen Namens ist wenigstens seit einem Jahr in Berlin nicht gemeldet worden. Es gibt allerdings Gaststätten, die es mit der Meldung bevorzugter Gäste nicht so genau nehmen. Trotzdem möchte ich jede Wette eingehen, daß wir diesen Eduard Frisch in spätestens einer Woche haben werden. Da der Mann nicht gemeldet ist, wird er seine Post postlagernd und wahrscheinlich auf dem Amt SW 61 in Empfang nehmen. Ich habe Vorkehrungen getroffen, daß dieses Postamt überwacht wird. Aber es gibt auch noch andere Wege.« Er hob einen Haufen Zeitungen in die Höhe. »Güteragenten müssen inserieren. Ich habe die in Frage kommenden Inserate der letzten Monate durch einen Sachverständigen durchsehen lassen. Inserate sprechen manchmal eine beredte Sprache. Vielleicht finden wir auf diesem Wege sogar das Gut, das der Verschwundene kaufen wollte.«

»Das leuchtet mir ein«, sagte Klaus, »denn ein Grundstücksagent kann schließlich ohne Namen und Adresse nicht arbeiten. Aber vielleicht handelt es sich um gar keinen Grundstücksagenten.«

»Das werden wir sehen«, sagte Herr Weigelt und schlug den Aktendeckel zu. »Was wir bis jetzt tun konnten, haben wir getan. Sie werden von mir hören. Falls Ihnen irgend etwas einfallen oder auffallen sollte, bitte ich Sie, mich zu benachrichtigen.«

Er stand auf und reichte ihnen die Hand. Sie gingen hinaus.

Kapitel 8

»Wo gehen Sie hin, Elm?« fragte Klaus, als sie draußen standen. Plötzlich fiel ihm ein, daß Ellen Bandler ihn in dem Café treffen wollte. Es war ein kleines verstecktes Lokal in der Nähe des Lützowplatzes. Sie hatten oft dort zusammengesessen.

»Sie haben Dienst, glaube ich«, erinnerte Elm. »Aber ich begleite Sie noch zum Lützowplatz. Nehmen wir uns wieder eine Taxe?«

Sie saßen fröstelnd in dem Wagen, obwohl es draußen warm war. Elm zündete sich eine Zigarette an. Klaus sah sein dunkles Gesicht in dem Schein aufleuchten. Elm sah angegriffen aus. Offenbar arbeitete er zu viel. »Weshalb haben Sie dem Kommissar eigentlich das alles gesagt?« fragte er. »So schlecht stehe ich mit meinem Onkel lange nicht mehr. Und mit Monika, du mein lieber Gott, das ist doch alles so unsicher, mit der Erbschaft und so. Vorläufig ist doch meine Tante noch da.«

»Sind Sie mir deswegen böse?«

»Natürlich nicht. Ich wunderte mich nur. Haben Sie Ellen übrigens in der letzten Zeit gesehen?«

»Fast gar nicht. Ich denke, Sie sehen Fräulein Bandler jeden Tag.«

Klaus schüttelte den Kopf. »Das ist so langsam auseinandergegangen. Wie so etwas kommt. Aber wittern Sie keine Katastrophen. Ellen und ich sind viel zu vernünftig.«

»Die Geschichte wird Ihnen den Rest Ihres Urlaubs verpatzen«, sagte Elm. »Aber da sind Sie.«

Klaus stieg aus. »Sie fahren noch weiter?«

Elm nickte. »Nach Hause oder sonst wohin. Ich schlafe jetzt schlecht in dieser heißen Zeit und treibe mich die halben Nächte umher.«

»Also sonst wohin. Auf Wiedersehen, Elm.«

»Auf Wiedersehen, Rambin.«

Klaus ging durch das kleine Café. Er war müde und hungrig. Trotzdem war es ihm angenehm, nicht allein zu bleiben. Bandlers wohnten in der Kurfürstenstraße. Wenn er telefonierte, würde Ellen in wenigen Minuten dasein.

Aber sie saß schon in einer Nische des hinteren Zimmers. Ihr hübscher glatter Jungenskopf schaute um die Ecke. Sie winkte ihm zu.

Die beiden Schwestern waren wirklich sehr ungleich. Ellen war älter, schon dreiundzwanzig Jahre alt. An ihr war alles durch sportliche Betätigung straff und gefedert. Die regelmäßigen Züge ihres Gesichts waren klar herausgearbeitet. Nur das blonde Haar hatte sie mit der kleineren und weicheren Monika gemeinsam. Ihre grauen Augen blickten kühl und gaben dem Gesicht etwas Strenges und Sachliches. Gerade das hatte er an ihr geliebt. Sie war ihm immer als die ideale Sportkameradin erschienen, voller Kühnheit und Sachlichkeit.

»Da bist du ja. Ich habe schon auf dich gewartet. Was ist alles inzwischen geschehen!«

»Du hast schon von Onkel Stefan gehört?« fragte er.

»Um Gottes willen, ja. Ich mußte dich sprechen und rief Elm an. Da sagte er mir alles. Gibt es etwas Neues?«

Er legte Mantel und Hut ab und setzte sich. »Ich weiß nicht, was Elm dir erzählt hat. Stefan Rambin jedenfalls ist verschwunden. Am Dienstag hat man ihn noch auf der kleinen Station Lindenberg gesehen. Seitdem fehlt jede Spur.«

»Lindenberg bei Bräsikow?« fragte sie erstaunt. »Wo Steinhammers wohnen?«

»Kennst du Steinhammers?«

»Ein wenig. Ich war doch vor einigen Wochen bei ihnen draußen in Bräsikow.«

»Davon hast du mir nie etwas erzählt.«

»Ach, Klaus, was hast du mir denn in der letzten Zeit erzählt? Ich habe dich seit zwei Wochen überhaupt nicht mehr gesehen. Hältst du es wirklich für möglich, daß Onkel Stefan ermordet worden ist?«

»Ich halte es sogar für sicher.«

»Und gerade in der Gegend von Bräsikow? Das wäre ja furchtbar! Was kann er denn dort gewollt haben?«

»Er fuhr am Dienstag von Hause fort, um ein Gut zu kaufen. Jedenfalls hat er so etwas gesagt.« Er schilderte ihr kurz die Ereignisse des Tages und erzählte von dem Scheck, der bei der Bank ausgezahlt war.

Sie hörte gespannt zu. »Merkwürdig. Eduard Frisch hieß der Agent? Aber ich kenne diesen Mann. Onkel Stefan hatte öfters mit ihm zu tun.«

»Du kennst ihn?« fuhr er auf. »Aber das ist doch der Mann, der Stefan Rambin wahrscheinlich ermordet hat!«

»Ich bin einmal mit Onkel Stefan und diesem Eduard Frisch nach dem Scharmützelsee gefahren. Onkel Stefan wollte sich dort eine Besitzung für eines Bekannten ansehen, und ich begleitete ihn.«

»Nach dem Scharmützelsee?«

»Ja. Es war eine wunderbare Besitzung. Und dieser Eduard Frisch soll Onkel Stefan ermordet haben?«

»Wann war denn das?«

»Vor etwa drei Wochen.« Ellen sah nachdenklich vor sich hin. »Ja, um Gottes willen, wir waren noch so lustig zusammen. Ich hatte Onkel Stefan schon lange nicht mehr so übermütig gesehen. Aber wie kamen denn die nach Bräsikow?«

»Es scheint doch, daß dieser Agent Onkel Stefan dort ein Gut angeboten hat. Wahrscheinlich Lengenfeld. Aber das war gar nicht zu verkaufen.«

»Und dort, gerade dort! Ich habe Lengenfeld liegen sehen. Es liegt sehr hübsch. Ein riesengroßer Wald ist in der Nähe. Ein Teil davon gehört zu Bräsikow, und dann schließt sich ein großer Staatsforst an.«

»Du kennst das alles so genau.«

»Ich war doch dort.«

»Aber wir müssen diesen Agenten finden, diesen Eduard Frisch. Weißt du etwas über ihn?«

»Nichts. Nur den Namen. Es war ein ganz ulkiger Mann. Wir lachten viel über ihn. Und dann mußte es so kommen!«

»Du weißt nicht, wo er wohnt und wo er zu finden ist?«

»Eben nicht.«

Sie schwiegen. Klaus verzehrte seine Pastete. Er schob den Teller zurück und sah nach der Uhr. »Eigentlich müßte ich mit dem letzten Zug nach Michaelsbrück. Tante Agathe ist natürlich völlig zusammengebrochen.«

»Ach Klaus, ich wollte so viel mit dir besprechen, und nun ist diese Sache mit Onkel Stefan dazwischengekommen. Mußt du wirklich hinausfahren? Tante Agathe hat doch die häusliche Monika, die mir zu Hause immer als Muster vorgehalten wird. Aber da fühlst dich wohl schon in deiner Rolle als Familienoberhaupt und Herr des Sägewerks. Vater hat es ja immer vorausgesagt, daß es so kommen würde.«

»Ellen, ich bitte dich! Daran habe ich überhaupt noch nicht gedacht.«

Sie lachte in ihrer spöttischen Art auf. »Dann wird Monika daran gedacht haben. Hat sie vielleicht ihre Taktik dir gegenüber schon geändert? Bisher war sie die feindliche Erbin, aber ich möchte wetten, daß sie jetzt zugänglich geworden ist. Habe ich recht?«

»Du bist nicht recht gescheit!«

»Ach, lehre mich die stillen Gretchennaturen kennen, Klaus! Da wissen wir Frauen besser Bescheid. Führe mich vor ihren Kleiderschrank, und ich werde dir genau sagen, welches Kleid sie zu deinem Empfang anziehen wird. Wie ich sie kenne, wird sie ein weißes Waschkleidchen mit breitem Spitzenkragen wählen. Na, habe ich recht?«

»Ja, du hast recht«, lachte er. »Irgend so etwas trug sie allerdings.«

»Na also, sie wird doch das Sägewerk in Michaelsbrück nicht auslassen!«

»Das hat sie auch nicht nötig«, sagte er ernst. »Wenn Onkel Stefan wirklich etwas zugestoßen sein sollte, dann würde ich natürlich seinen Willen respektieren.«

»Uh!« machte sie belustigt. »Seit wann respektierst du denn Onkel Stefans Willen? Dann hat Monika also bereits das richtige Kleid getragen. Aber würdest du das wirklich? Das Recht ist doch ganz auf deiner Seite. Monika hätte keinerlei Ansprüche.«

»So habt ihr das wohl auch immer Monika vorgestellt?« fragte er scharf. »Und vielleicht sogar, daß ich die Abfassung des Testaments verhindert habe!«

Sie hielt seinem Blick stand. »Nun, jedenfalls hattest du wenig Interesse daran, daß das Testament aufgesetzt wurde. Ich an deiner Stelle hätte Onkel Stefan auch nicht gerade wegen des Testaments für Monika gedrängt.«

»So, nun verstehe ich Monikas Mißtrauen gegen mich. Du bist es gewesen, die ihr klargemacht hat, daß ich ihr Feind bin.«

Ellen lachte auf. »Ich bin eine furchtbare Intrigantin, nicht wahr? Ach Klaus, ich habe zu dir gehalten, als du noch kein reicher Erbe warst. Ich nehme solche Dinge ganz sachlich und natürlich. Monika hat ihr Reitpferd und ihre Boote. Sie hat mit ihren Pflegeeltern große Reisen machen können. Sie ist ein Jahr in London gewesen. Aber ich, was habe ich vom Leben gehabt? Um jedes Paar Strümpfe habe ich darben müssen. Ich weiß, wie schön es ist, Geld zu haben. Ich kann auch ohne Geld leben, Klaus, den Beweis habe ich erbracht. Aber mit Geld lebt es sich schöner. Ich will dir nur gestehen, daß gerade Monika meinen Ehrgeiz gestachelt hat.«

»Wie das?« rief er. »Die kleine bescheidene Monika!«

»Ja eben, die kleine bescheidene Monika, der alles in den Schoß gefallen ist, was sie sich nur wünschen kann. Ich aber mußte selber etwas aus mir machen, und jetzt ist es so weit.«

Er sah sie fragend an. Ihr Gesicht strahlte. »Ich bin zum Großen Preis von Wiesbaden genannt!« rief sie. »In acht Tagen werde ich hinfahren. Das ist erst der Anfang, aber jetzt wird es losgehen mit mir.«

»Donnerwetter!« rief er. Er hatte gewußt, daß sie auf dieses Ziel mit der ganzen Energie ihres Wesens hinsteuerte, aber er hatte nicht geglaubt, daß sie es so rasch erreichen würde. »Eine zweite Helen Wills!«

»Eine erste Ellen Bandler!« widersprach sie lachend. »Zwei Jahre habe ich darauf hingearbeitet. Monika weiß nicht, was es heißt, aus sich selbst etwas machen zu müssen. Sollte ich eine Geheimratsgöre bleiben, mich womöglich mit einem kleinen Assessor verloben und auch mein Leben in diesem Beamtentrott zubringen? Ich habe das Elend zu Hause gesehen. Fünf Kinder waren wir ohne Monika. An jeder Mittagsmahlzeit, an jedem Stück Wurst mußte gespart werden. Wir Kinder durften abends nicht die Lampen brennen, weil das elektrische Licht zuviel kostete. Und jetzt? Ich werde nach Wiesbaden geschickt, und alle sagen, daß ich etwas machen werde.«

»Das ist fabelhaft! Wirklich! Ich gratuliere!«

»Bist du nun mit mir zufrieden? Ach Klaus! Du hast es dir ja auch sauer werden lassen und hast aus dir selber etwas gemacht, ohne Stefan Rambin. Monika aber wird weiter in Michaelsbrück sitzen und wird nichts sein, eine kleine Haustochter. Ich aber werde jetzt die Welt kennenlernen. Mein Name wird in den Zeitungen stehen. Ich werde in den internationalen Sportkreisen leben und Geld haben.«

»Das wirst du!« sagte er. »Du kannst eine gute Klasse werden.«

»Von dir habe ich ja das meiste gelernt«, lachte sie ihn an. »Ich war so glücklich, als ich es heute erfuhr, und dachte gleich an dich. Eigentlich hatte ich mir vorgestellt, daß wir beide das Ereignis feiern würden. Aber da ist nun die Sache mit Onkel Stefan gekommen. Es ist furchtbar, du. Und daß das gerade bei Bräsikow geschehen ist!« Sie rührte zerstreut in ihrer Kaffeetasse und hielt in dieser Beschäftigung nicht inne, als sie mit leiser Stimme fortfuhr: »Höre, Klaus, wir sind doch keine Kinder und können wie vernünftige Menschen sprechen. Unsere Freundschaft ist so allmählich eingeschlafen. Eigentlich tut mir das leid. Wir sind so gute Kameraden gewesen.«

»Ja, das sind wir wirklich gewesen, Ellen. Ich weiß auch nicht, wie es kam. Es war eine Abneigung gegen alle Menschen in mir. Ich habe auf dem Sportplatz in der Sonne gelegen und gearbeitet. Du zogst dich ja auch von mir zurück.«

»Ich mußte wegen Wiesbaden trainieren. Ich wollte dich damit überraschen. Aber als wir uns neulich trafen, merkte ich, daß du anders geworden bist. Und auch heute ist es so. Du bist anders geworden. Klaus. Aber wie du willst. Komm, ich möchte nach Hause gehen.«

Sie wartete seine Antwort nicht ab, sondern stand auf. Noch eben hatten ihre Züge einen fast weichen Ausdruck gehabt, jetzt zeigte sie wieder das klare rassige Sportgesicht. »Komm«, sagte sie noch einmal, »du kannst mir draußen alles sagen.«

Sie gingen über den Lützowplatz und bogen in die Kurfürstenstraße ein. Hier war jeder Schritt voller Erinnerungen für sie beide. Im vergangenen Sommer hatte Ellen jeden Nachmittag am Lützowplatz auf ihn gewartet, wenn er von seinem Büro kam. In endlosen Gesprächen waren sie unter den Kastanien des Kanals entlanggegangen, dann über den Platz zurück und bis zu der Bandlerschen Wohnung. Auch Ellen dachte daran und schob ihren Arm in den seinen.

»Klaus, denke nur nicht, daß ich dir nachlaufen will. Vielleicht habe ich auch gar nicht das richtige Kleid dazu an. Aber es tut mir leid, daß wir auseinandergekommen sind.«

»Es muß etwas in uns gewesen sein, was uns auseinanderdrängte. Vielleicht sind wir zu gute Kameraden gewesen.«

»Du, das kann möglich sein. Ich wollte dich jedenfalls offen fragen, wie wir miteinander stehen. Denn ich bin an einem Kreuzweg angelangt.«

»Das ist anständig von dir, Ellen, daß du diese Unterredung herbeigeführt hast. Du bist ein riesig anständiges Mädel. Da hast also eine neue Liebe?«

»Liebe? Keineswegs!«

»Ich dachte. Es läuft doch in euerm Tennisklub genug herum.«

»Genug und nicht genug«, sagte sie lächelnd. »Nein, Klaus, eine neue große Liebe ist nicht gekommen. Vielleicht will ich auch gar nicht mehr. Ich will vorwärts, hochkommen, berühmt werden. Das will ich, und dazu gibt es jetzt vielleicht eine Chance. Ich kann dir das noch nicht so sagen. Du hättest das vielleicht ändern können. Doch es ist vielleicht besser, wie es jetzt ist.«

Sie waren an ihrem Haus angelangt. »Tu mir einen Gefallen, Klaus. Komme morgen vormittag oder mittags zu uns. Ich möchte vor meiner Familie nicht, daß es so wie ein Bruch zwischen uns aussieht. Wirst du kommen?«

»Aber selbstverständlich, Ellen. Ich komme dann morgen vormittag, bevor ich hinausfahre. Und von Bruch ist nicht die Rede!«

»Also auf Wiedersehen, Klaus!«

Er ging langsam die dunkle Straße weiter.

Kapitel 9

Als Klaus am nächsten Morgen aufwachte, hörte er die laute Stimme seiner Wirtin. Er übernachtete in seiner Wohnung in Eichkamp. Draußen schien jemand nach ihm zu fragen. Er sah nach der Uhr, es war halb zehn. Er hatte wie ein Toter geschlafen. Die Wirtin klopfte an der Tür. Auf seinen Zuruf trat sie herein, und hinter ihr stand Monika. »Wo kommst du her?« rief er überrascht und beruhigte die Wirtin. »Es ist meine Kusine aus Michaelsbrück, Frau Kramer. Sie können sie ruhig hereinlassen.« Monika trat ins Zimmer und schloß die Tür hinter sich. Er sah sie erstaunt an »Was hast du?« fragte er erschrocken, »ist etwas passiert?«

Sie reichte ihm einen Brief. »Da, sieh! Dieser Brief ist heute früh angekommen. Von dem Agenten Eduard Frisch! Wir haben ihn geöffnet, und ich setzte mich sofort auf die Bahn, um ihn dir herzubringen. Das ist doch wichtig, nicht wahr?«

»Ungeheuer wichtig!« rief er aus und besah den Brief von allen Seiten. Auch die Adresse war mit der Hand geschrieben, und die Handschrift hatte nicht die geringste Ähnlichkeit mit dem Girovermerk auf dem Scheck. Die Marke trug den Aufdruck ›Berlin SW 61‹. Der Brief war gestern nachmittag zwischen fünf und sechs Uhr zur Post gegeben worden. Der Bogen war ein Geschäftsbogen des Hotels Konkordia in der Belle-Alliance-Straße. Sein Inhalt lautete:

> Sehr geehrter Herr Rambin! Zu meinem Bedauern sind Sie neulich nicht am Schlesischen Bahnhof gewesen. Ich habe anderthalb Stunden vergeblich auf Sie gewartet. Es ist sehr wichtig, daß Sie sich schnell entscheiden und die Zahlung schnellstens geleistet wird, da andere Reflektanten aufgetreten sind. Ich erwarte morgen, am Sonnabendvormittag, unbedingt Ihren Anruf in meinem Hotel. Sollte ich bis mittags nichts von Ihnen hören, stehe ich für nichts gut.
>
> Hochachtungsvoll
> Eduard Frisch.

Klaus las den Brief zweimal genau durch. »Was ist das?« sagte er verwundert. »Das macht den Eindruck, als wenn es sich um einen ganz richtigen Agenten und um einen richtigen Kauf handelte.« Er dachte daran, was Ellen über Eduard Frisch gesagt hatte, aber er wollte es vermeiden, zu Monika von Ellen zu sprechen.

»Bist du schon auf der Kriminalpolizei gewesen?« fragte Monika.

»Ja, ich war gestern abend mit Elm dort. Heute mittag wollte ich wieder hinauskommen, aber jetzt weiß ich nicht. Ich muß den Brief natürlich schnell zu dem Kommissar tragen, oder vielleicht suche ich auch vorher diesen Herrn Eduard Frisch in seinem Hotel auf.«

»Ich muß nämlich sofort zurückfahren. Mutti hat mich gebeten, mit dem Elfuhrzug wieder da zu sein. Ich bekomme ihn gerade noch, wenn ich eile.«

»Wie geht es der Tante?«

Monika zuckte die Achseln. »Schlecht! Dieser Brief hat sie natürlich wieder sehr aufgeregt. Wie findest du es, daß der Mann geschrieben hat?«

»Wenn ich ganz ehrlich sein soll, gefällt mir dieser Brief nicht. Es sieht doch nun in der Tat so aus, als ob Onkel Stefan wirklich etwas zugestoßen wäre, als er sich auf dem Wege zum Schlesischen Bahnhof befand. Nur ist dann nicht der Agent der Schuldige, sondern irgendwer anders. Jetzt verstehe ich nichts mehr.«

»Genau das denke ich auch. Aber es wird Zeit. Auf Wiedersehen, Klaus.«

»Auf Wiedersehen, Monika. Grüß die Tante. Wir sollten uns übrigens öfters so unterhalten, wie wir es gestern getan haben.«

»Ja«, nickte sie, »vielleicht wäre das gut. Aber wenn du dann mit Bandlers sprichst, ist ja doch wieder alles ganz anders.«

»Du verkennst Bandlers, Monika. Und besonders Ellen.«

Sie lachte hell auf. »Ellen verkenne ich nun bestimmt nicht, Klaus. Aber ich muß laufen. Auf Wiedersehen!«

Sie ging hinaus. Er hörte sie draußen die Korridortür zuschlagen. Dann klingelte er nach dem Kaffee, um während des Anziehens gleich zu frühstücken. Dazwischen las er den Brief des Agenten noch einmal und überlegte sich, ob er in das Hotel in der Belle-Alliance-Straße fahren oder den Brief gleich zu dem Kommissar bringen sollte. Als er sich angezogen hatte und die Treppe hinunterging, hatte er noch immer keinen Entschluß gefaßt. Aber am Zoo stieg er plötzlich aus der Stadtbahn und fuhr mit der Untergrund zum Belle-Alliance-Platz. Als er vor dem Haus stand, merkte er, daß das Hotel ein ziemlich finsteres und billiges Quartier sein mußte. Es nahm den dritten und vierten Stock des großen Geschäftshauses ein. Der Fahrstuhl war nicht in Betrieb. Zwei junge Männer und eine Dame kamen ihm entgegen. In dem Treppenhaus herrschte ein muffiger Geruch. So muß es sein! dachte er. Wenn man mit Mord und geraubten Schecks zu tun hat, dann wird man in eine solche Atmosphäre wie diese hineingestoßen. Er stieg langsam die beiden Treppen in die Höhe.

Von oben kam eine schimpfende Männerstimme, ein schnarrendes, unangenehmes Organ. Die Tür zu der Hoteletage stand offen. Der Hausflur wurde durch eine Gaslampe mäßig erleuchtet. In der Ecke war durch einen primitiven Verschlag eine Art Portierloge eingerichtet. Unter dem großen Telefonapparat saß ein Mann, der offenbar der Wirt war. Eine fette schwarzlockige Frau stand in einer halbgeöffneten Tür im Hintergrund und hörte zu. Vor dem Wirt ging der schimpfende Herr mit kurzen Schritten auf und ab. Er trug einen eleganten Sportmantel, war groß und hager und hatte ein knochiges, brutales Gesicht. Aus dem eingekniffenen Mund hing eine lange Zigarre, die trotz seiner Aufregung ihre Haltung nicht veränderte.

»Stehen Sie wenigstens auf, wenn ich mit Ihnen spreche«, schnauzte der Herr gerade. Der Wirt aber blieb mit behäbigem Lächeln sitzen. Klaus stand im Hausflur und sah sich die Szene an. Der Herr polterte weiter. »Sagen Sie diesem Halunken, daß es eine Unverschämtheit ist, mich herzubestellen und dann nicht da zu sein. Als ob es mir Spaß machte, in Ihre dreckige Spelunke zu kommen!« Auch jetzt lachte der dicke Wirt ihn freundlich an. Der Herr schnauzte fort: »Wo ist der Spitzbube denn? Sagen Sie, er solle sich zu mir scheren, sofort, heute noch. Zu Rittmeister von Tweel! Und daß er nicht etwa wieder die Frechheit hat, mich morgen in Karlshorst auf dem Rennplatz anzuquatschen!« Er drehte sich brüsk um und ging hinaus, mit Klaus Rambin fast zusammenstoßend. »Haben Sie auch mit diesem Schurken zu tun, diesem Eduard Frisch?« fragte er im Vorbeigehen, wartete aber keine Antwort ab, sondern eilte die Treppe hinunter.

Die Frau aus dem Hintergrund legte los und fing an, auf Menschen zu schimpfen, die gebildet sein wollen. »Aber auf dem seinen Gaul setze ich morgen nicht. Da kannste Gift nehmen.«

Klaus mußte sich zusammenreißen, um nicht erschrocken zurückzufahren. Herr von Tweel! dachte er und sah das lange knochige Gesicht vor sich. Das also war Ursulas Mann, mit dem sie in Scheidung lag. Mit diesem Menschen konnte sie allerdings nicht zusammenleben. Aber was suchte der Rittmeister hier bei diesem Agenten? Auch das mußte irgendwie mit Stefan Rambin zusammenhängen.

Er trat näher und lüftete den Hut. »Herr Eduard Frisch ist nicht da?« fragte er. »Wann kommt er denn wieder?«

»Ich werde Ihnen was sagen«, sagte der Mann vertraulich, »es ist jemand von der Polizei dagewesen, und Herr Frisch ist mit ihm mitgegangen. Da weiß man nie, wann man wiederkommt. Manchmal dauert es ein paar Monate, manchmal ein paar Jahre.«

»So, von der Polizei«, sagte Klaus. »Wohnt Herr Frisch hier immer bei Ihnen?«

»Er wohnt manchmal hier, manchmal dort. Gewöhnlich wohnt er in Schlochau, aber er kommt viel umher. Haben Sie Geschäfte mit Herrn Frisch?«

Klaus nickte. »Ich habe manchmal mit ihm zu tun«, sagte er, »Gütersachen.« Er grüßte kurz und ging fort.

»Na, dann beeilen Sie sich nur«, rief die Frau hinter ihm her.

Klaus ging langsam die Treppe hinunter. Was war das alles? Da hatte die Polizei den Agenten Frisch gefaßt, der gar kein Geheimnis aus seiner Existenz machte. Aber wie kam der Rittmeister von Tweel hierher? Das war die Frage, die ihn nicht losließ. Das Rittergut Bräsikow, Ellen

Bandler, Ursula von Tweel, der Rittmeister, Eduard Frisch, das Verschwinden Stefan Rambins –
hing denn das alles zusammen? Er blieb unten auf der Straße stehen und schaute in das Gewühl.
Einen Augenblick kam ihm der Gedanke, einfach zu Ursula von Tweel zu fahren. Er sah sie vor
sich, wie sie gestern auf dem Stettiner Bahnhof mit sich kämpfte, um ihn anzusprechen, und
wie sie dann doch nichts zu sagen wagte. Er ging langsam weiter. Plötzlich bemerkte er eine
elektrische Bahn, die zum Alexanderplatz fuhr. Kurz entschlossen sprang er an der Ecke auf
und ließ sich mitnehmen. Alle Plätze waren besetzt, im Innern und auf der Plattform drängten
sich die Stehenden. Noch immer kann ich abspringen, überlegte er sich, etwa an der Leipziger
Straße. Aber dann blieb er doch stehen und fuhr weiter. Von Zeit zu Zeit griff er nach dem Brief
in seiner Tasche. Noch immer kämpfte er mit sich, als er schon die Treppe im Polizeipräsidium
hinaufstieg. Die Gänge waren um diese Zeit voller Menschen, Beamte eilten mit Aktenmappen
vorbei. Endlich hatte er den dritten Stock erreicht. Auch auf diesem Gang drängten sich die
Gruppen. Er fand die Tür des Kommissars, klopfte kurz und trat ein.

Genau wie gestern saß Herr Weigelt an seinem Schreibtisch, Akten und Bücher vor sich.
Heute aber war schon jemand bei ihm. Mitten in dem Zimmer stand dick und stämmig mit
aufgetriebenem rotem Gesicht und kurzgeschorenem Haar ein Mann, der etwa Viehhändler
oder etwas Ähnliches sein mochte. Als Klaus eintrat, drehte der Mann sich um und richtete
aus kleinen Augen blinzelnde Blicke auf ihn. Das also war Herr Eduard Frisch!

Der Kommissar nickte Klaus zu. »Ich habe Sie seit einer Stunde erwartet.«

Klaus zog den Brief aus der Tasche. »Meine ›feindliche‹ Kusine hat ihn mir morgens in meine
Wohnung gebracht«, sagte er lächelnd und reichte dem Kommissar das Schreiben.

Weigelt nahm es an sich. »Ich möchte nur feststellen, daß Sie mir diesen Brief vor mindestens
einer Stunde hätten bringen können. Sie haben es aber vorgezogen, zuerst auf eigene Faust
Herrn Eduard Frisch zu besuchen.«

»Ja und?« fragte Klaus scharf. »Haben Sie etwas dagegen, daß ich mir diesen Herrn Eduard
Frisch zuerst einmal ansehen wollte?«

»Sie können sich ihn hier genügend ansehen. Da steht er!«

»Das weiß ich!«

Der Kommissar lächelte und fuhr fort, den Agenten auszufragen. »Also Sie können mir nicht
sagen, wie Sie zu Herrn Rambin gekommen sind?«

»Wie soll ich zu einem Kunden kommen, Herr Kommissar? Kunden hören von mir, rufen
mich an, oder ich werde ihnen empfohlen, was weiß ich! Ich hatte gehört, daß Herr Rambin
gern kauft, und so schrieb ich an ihn.«

»Hatten Sie ein besonderes Objekt, das Sie Herrn Rambin anzubieten dachten?«

Der Agent nickte. »Eine großartige Sache, etwas ganz Wundervolles und wie geeignet für
Herrn Rambin.«

»Woher wußten Sie das?« fragte der Kommissar.

»Nun, man hört sich so herum. Da erzählt der eine dies, der andere das, und dann weiß man.«

»Wo liegt das Gut!«

»Gut? Was für ein Gut?«

»Das Sie Herrn Rambin angeboten haben.«

Eduard Frisch lachte auf. »Ich habe Herrn Rambin doch kein Gut angeboten!«

»Ich glaube, es handelt sich um ein Waldgut.«

»Keine Spur! Herr Rambin wollte doch kein Waldgut kaufen, sondern eine Besitzung in
schöner romantischer Lage, ein kleines wunderbares Schloß, und gerade so etwas hatte ich für
ihn. Eine herrliche Besitzung am Scharmützelsee. Drei Morgen Garten, was sage ich, Park mit
Bootshaus und Badesteg. Ein Liebesnest!« Der Agent griff in die Tasche und holte Fotografien
heraus. »Hier sehen Sie selbst, Herr Kommissar. Ist das nicht etwas Wundervolles! Hier das
Schlafzimmer, mahagonigetäfelt, und ein breiter Balkon davor mit Aussicht auf den See und
Südostlage. Und hier das Eßzimmer, ganz in Eiche.«

Auch Klaus trat hinzu und betrachtete die Bilder, von denen Eduard Frisch eins nach dem andern auf den Tisch legte. Eduard Frisch hatte recht. Das war kein Gut, das war ein »Liebesnest«, das Stefan Rambin nach seiner Angabe hatte kaufen wollen.

»Hat Herr Rambin diese Besitzung schon gesehen?« fragte der Kommissar.

»Natürlich hat er sie gesehen. Er war ja mit der Dame dagewesen.«

»Mit welcher Dame?«

»Mit einer sehr schönen Dame. Wie sie zu Herrn Rambin paßt.«

»Und wer war das?«

Der Agent lächelte schlau. »Das weiß ich doch nicht. Aber für die Dame wollte Herr Rambin die Besitzung haben.«

»Sie hatten sich also mit Herrn Rambin am Schlesischen Bahnhof verabredet, um mit ihm zum Scharmützelsee hinauszufahren. Wie war denn das nun? Erzählen Sie!«

Eduard Frisch besann sich angestrengt. »Herr Rambin kam nicht«, sagte er. »Ich wartete einen Zug, ich wartete den nächsten Zug ab, und dann gab ich es schließlich auf. Ich dachte, wenn du nicht willst, dann nicht.«

»Und was machten Sie dann? Hören Sie einmal gut zu, Herr Frisch. Herr Rambin ist offenbar ermordet worden. Sie müssen über jede Minute des Tages Rechenschaft ablegen, denn gegen Sie richtet sich der Verdacht in erster Linie. Sie haben sich mit Herrn Rambin verabredet, um mit ihm in eine entlegene Gegend zu fahren. Sie wußten, daß Herr Rambin wahrscheinlich auch Geld mit sich haben würde, viel Geld.«

»Ja, er wollte einen beglaubigten Scheck über sechzigtausend Mark mitbringen.«

»Ich will Ihnen gleich sagen, daß dieser Scheck eingelöst worden ist. Wer kann das Geld abgeholt haben?«

»Das weiß ich doch nicht«, fuhr der Agent auf. »Ich habe weder den Scheck noch Herrn Rambin gesehen.«

»Also, was taten Sie dann, als Herr Rambin nicht kam?«

Eduard Frisch dachte nach. »Ich bin zu meinem Geschäftsfreund Klein in die Rosengasse gegangen, unmittelbar vom Bahnhof aus. Bei ihm habe ich zu Mittag gegessen und am Nachmittag…«

»Es lag aber doch nahe, daß Sie Herrn Rambin telefonisch anfragten, weshalb er nicht gekommen war.«

»Das habe ich doch auch getan. Ich rief in Michaelsbrück an und fragte.«

»Aber, erst einen Tag später«, sagte der Kommissar. »Herr Rambin ist am Dienstag früh von Haus abgefahren, Sie aber riefen erst am Mittwoch an.«

Der Agent sah nachdenklich zu Boden. »Am Dienstag?« fragte er erstaunt. »Das alles, was ich erzählt habe, war am Mittwoch. Am Mittwoch kam Herr Rambin nicht, und am Mittwoch habe ich auch angerufen.«

Der Kommissar nahm den Scheck aus den Akten. »Der Scheck ist am Montag beglaubigt worden«, sagte er. »Am Dienstag, als er abfuhr, hat Herr Rambin also den Scheck bei sich gehabt. Wo sind Sie am Dienstag gewesen, Herr Frisch?«

»Was geht mich der Dienstag an?« brauste der Agent auf. »Ich habe mich am Mittwoch verabredet, und vom Dienstag weiß ich überhaupt nichts. Vom Mittwoch kann ich über jede Minute Rechenschaft ablegen. Der Dienstag ist mir gleichgültig.«

Der Kommissar und Klaus warfen einander einen Blick zu. »Sie werden aber über den Dienstag Rechenschaft ablegen müssen«, sagte Weigelt. »Was haben Sie am Dienstag gemacht?«

»Am Dienstag bin ich in Züllichau gewesen«, fing der Agent langsam an. »Dort wollte ich einen Geschäftsfreund aufsuchen. Aber er war nicht zu Hause, und so setzte ich mich in ein Gasthaus und habe mich dann betrunken. Ich weiß nicht mehr, wie alles gewesen ist. Später sollen auch Weiber dazugekommen sein. Der Abend hat mich über zweihundert Mark gekostet. Morgens früh wachte ich im Hotel auf und fuhr nach Berlin zurück, um Herrn Rambin zu treffen.«

Der Kommissar nickte. »Das Lokal, in dem Sie in Züllichau gewirkt haben, wird ja herauszufinden sein.« Er sah Eduard Frisch noch einmal scharf an: »Sind Sie jemals bei Herrn Rambin in Michaelsbrück gewesen?«

»Nein, Herr Rambin kam einmal zu mir ins Hotel, und ein anderes Mal trafen wir uns in einem Café.«

Der Kommissar nickte mit dem Kopf. »Dann können Sie gehen, Herr Frisch.«

Der Agent stand auf, machte eine Verbeugung, die zu seinem robusten Äußeren in einem komischen Widerspruch stand, und verließ das Zimmer. Klaus und der Kommissar blieben allein zurück.

»Was sagen Sie nun, Herr Rambin?« sagte Weigelt. »Das sind interessante Neuigkeiten, nicht wahr? Ihr Herr Onkel hat mit einer Dame eine Besitzung am Scharmützelsee besichtigt. Wer war diese Dame?«

Klaus sah nachdenklich vor sich hin. Sollte er dem Kommissar sagen, daß Stefan Rambin Ellen Bandler zum Scharmützelsee mitgenommen hatte? Aber für Ellen war diese Besitzung nicht bestimmt gewesen. Für wen anders konnte sie bestimmt sein als für Ursula von Tweel! Während des ganzen Verhörs hatte er daran denken müssen. Ursula von Tweel und Stefan Rambin hatten sich am Scharmützelsee ein »Liebesnest« einrichten wollen. Es war alles so einfach. Eduard Frisch war der Agent des Herrn von Tweel. Durch Frau von Tweel war Stefan Rambin zu diesem Mann gekommen. Sollte er dem Kommissar diese Zusammenhänge angeben? Aber dann wurde Ursula von Tweel in den Fall hineingezogen. Das durfte nicht sein. »Ja, wer war diese Dame?« wiederholte er laut. »Mein Onkel hat allerhand Damenbekanntschaften gehabt. Aber weshalb ließen Sie Eduard Frisch laufen?«

»Dieser Agent ist harmlos, er hat mit der ganzen Geschichte nichts zu tun. Er erwartete Stefan Rambin brav am Mittwoch mit seinem Scheck. Aber da hatte sich jemand anders dazwischengedrängt, vielleicht ein Konkurrent von Eduard Frisch. Der wird zu Herrn Rambin gesagt haben: ›Bleiben Sie mit Ihrem Liebesnest lieber auf einer Strecke, die auch vom Stettiner Bahnhof abgeht. Es ist bequemer für Sie. Und kaufen Sie nicht nur eine Villa, sondern ein richtiges Gut, etwa Lengenfeld. Für sechzigtausend Mark Anzahlung bekommen Sie auch ein Gut.‹ Herr Rambin wollte also am Dienstag zuerst Lengenfeld besehen und vielleicht sofort kaufen. Deshalb nahm er auch dorthin den beglaubigten Scheck mit. Dieser Scheck war nun allerdings bereits auf den Empfänger Eduard Frisch ausgeschrieben. Aber das machte ja nichts. So wurde Herr Rambin mit seinem Scheck nach Lengenfeld bestellt.«

»Sie glauben also, daß der Täter wirklich, wie wir zuerst annahmen, meinen Onkel unter der Maske eines Güteragenten an eine einsame Stelle gelockt hat?«

»Genau so. Nur war Eduard Frisch nicht dieser fingierte Agent, sondern jemand anders.«

»Aber mein Onkel stieg doch allein bei der Station Lindenberg aus?«

»Sehr richtig. Dieser falsche Agent hütete sich, sich mit seinem Opfer blicken zu lassen. Er hatte vorgeschützt, in dieser Gegend noch sonst etwas zu tun zu haben. Wahrscheinlich hat er versprochen, ihren Onkel von der Station Lindenberg abzuholen. ›Sollte ich nicht da sein‹, wird er ihm gesagt haben, ›so komme ich Ihnen auf diesem Waldweg entgegen.‹ Verstehen Sie? Bei dieser Unterredung wurde auch der Waldweg auf dem Meßtischblatt angestrichen. Die Sache lief dann programmäßig ab. Herr Rambin stieg in Lindenberg aus, ging die Chaussee entlang und bog in den Waldweg ein. Wie es weiter gekommen ist, kann ich Ihnen erst sagen, wenn ich die Gegend besichtigt habe. An jenem Waldweg liegt jedenfalls Stefan Rambins Leiche.«

Herr Weigelt sah hinter halbgeschlossenen Lidern zu Klaus hinüber. »Oder haben Sie an meiner Theorie etwas auszusetzen?« fragte er.

»Es ist alles sehr einleuchtend. Und die Dame?«

»Die Dame ist wahrscheinlich sogar unerheblich. Dabei will ich noch nicht sagen, daß der Mörder der eigentlich Schuldige ist. Sechzigtausend Mark sind eine schöne Beute, die allein schon einen unternehmungslustigen Menschen anlocken kann. Es ist aber auch möglich, daß die Geschichte ganz andere Hintergründe hat und daß dieses Geld nur die Belohnung für einen gedungenen Mörder ausmachte.«

Klaus sah den Kommissar überrascht an.

Der fuhr fort: »Wir haben in unserer Praxis merkwürdige Fälle. Aber über die Möglichkeit, die ich hier angedeutet habe, fehlt mir noch jede Theorie, und überhaupt möchte ich mich nicht voreilig festlegen. Wie denken Sie zum Beispiel darüber, daß Stefan Rambin sich selbst das Leben genommen hat?«

»Daran habe ich auch schon gedacht«, sagte Klaus. »Es kann aber auch ganz anders sein, nämlich daß Stefan Rambin geflohen ist. Vielleicht hat er das Geld durch eine Mittelsperson abheben lassen und ist längst auf dem Wege nach Amerika.«

Der Kommissar lächelte. »Es ist mir sehr interessant, daß Sie das sagen. Sonst noch etwas, Herr Rambin?«

Sie reichten sich die Hände, und Klaus ging fort. Wieder hatte er das deutliche Gefühl, daß der Kommissar ihm nicht vollständig traute.

Kapitel 10

Draußen sah er nach der Uhr. Ihm fiel ein, daß er Ellen Bandler versprochen hatte, am Vormittag zu ihr zu kommen. Er sprang auf eine elektrische Bahn, stieg in der Leipziger Straße um und nahm für das letzte Stück eine Taxe.

Alte Erinnerungen umfingen ihn, als er die Treppe in der Kurfürstenstraße emporstieg. Hier war er oft mit Ellen zusammen hinaufgegangen. Wie weit lag das jetzt alles zurück!

Als er klingelte, öffnete sie ihm selber. »Nun? Gibt es etwas Neues?«

»Ja, Eduard Frisch ist gefunden worden. Der Agent, weißt du. Aber, das ist das Schlimme, er scheint mit der Sache nichts zu tun zu haben.« Klaus hing schon Mantel und Hut auf. Seine Sachen fanden ihren alten Platz.

»Geh, bitte, in mein Zimmer. Ich werde sofort kommen.«

Er wunderte sich über den seltsamen Ausdruck ihres Gesichtes, in dem eine merkwürdige Spannung lag. »Hast du das richtige Kleid noch nicht an?« versuchte er zu scherzen. Aber sie öffnete wortlos die Tür, schob ihn in ihr Jungmädchenzimmer, in dem er alles kannte, und ließ ihn allein. Nach einer Weile hörte er draußen weibliche Stimmen, und im nächsten Augenblick stand die im Zimmer, die er hier am allerwenigsten erwartet hätte: Ursula von Tweel. Er starrte sie an wie eine Erscheinung.

Frau von Tweel schloß sorgfältig die Tür hinter sich, kam auf ihn zu und streckte ihm die Hand entgegen. »Ich habe auf Sie gewartet«, sagte sie. »Aber wir wollen uns an das Fenster setzen und leise sprechen. Sie wissen, wer ich bin, nicht wahr?«

»Ich habe den Namen behalten: Frau von Tweel.« Es war merkwürdig, wie anders sie jetzt aussah. Auf einmal bemerkte er, wie jung sie war, nicht älter als Ellen. Wie ein befangenes junges Mädchen stand sie vor ihm und setzte sich langsam nieder.

»Sie wissen wohl auch, daß ich mit meinem Mann in Scheidung liege?« fuhr sie fort. Sie kämpfte sichtlich um die Worte, die sie ihm sagen wollte. »Es ist für mich notwendig geworden, mich von meinem Mann scheiden zu lassen. Ich konnte dieses Leben einfach nicht mehr fortführen.«

»Ich habe Sie einige Male mit meinem Onkel Stefan Rambin zusammen gesehen.«

»Ja, Stefan Rambin ist mir eine große Hilfe gewesen. Ich weiß nicht, wie ich diese Zeit ohne ihn ertragen hätte. Mein Mann...«

»Ich traf Ihren Herrn Gemahl gerade bei dem Güteragenten Eduard Frisch in einem furchtbaren Hotel in der Belle-Alliance-Straße. Ich sah ihn dort zum erstenmal.«

»Ich weiß«, entgegnete sie, »er hat Frisch beauftragt, sein altes Familiengut zu verkaufen«. Es ist ganz gut, daß er es abstößt. Wir haben entsetzlich viel Geld hineingesteckt.«

»Ist dieser Eduard Frisch von Ihnen Stefan Rambin empfohlen worden?«

Sie nickte. »Soviel ich weiß, hat Stefan Rambin aber nichts sonst mit ihm zu tun gehabt.«

»Und das Grundstück am Scharmützelsee?«

Er dachte, daß sie bestürzt sein würde, aber sie blieb vollkommen ruhig. »Das wollte ich für mich kaufen, um dort, ungestört von meinem Mann, zu leben. Niemand sollte etwas davon wissen. Deshalb hatte ich Ihren Onkel gebeten, alle Formalitäten für mich zu erledigen. Er ist auch mit Ellen hinausgefahren, um es zu besichtigen. Sie hat wunderhübsche Fotografien davon gemacht, übrigens wußte sie damals nicht, daß die Villa für mich bestimmt war.«

»Woher kennen Sie Ellen Bandler?« fragte er.

»Ellen Bandler? Wir sind alte Pensionsfreundinnen, aber wir haben erst im letzten Winter die Bekanntschaft wieder aufgenommen. Durch Ellen habe ich ja auch Stefan Rambin kennengelernt.«

»Davon habe ich nie etwas erfahren.«

Frau von Tweel lächelte. »Ganz mit Absicht. Wir wußten, daß Sie mit Ihrem Onkel nicht besonders gut stehen. Aber einmal haben Sie uns ja doch getroffen.«

»Sie wissen, was inzwischen geschehen ist, gnädige Frau?«

»Ja, es ist furchtbar. Es ist noch viel furchtbarer für mich, als Sie ahnen können. Ich habe Stefan Rambin doch das Geld gegeben.«

»Welches Geld?«

»Das Geld für diese Besitzung am Scharmützelsee. Ich hatte sechzigtausend Mark auf sein Bankkonto überwiesen, damit er den Kaufpreis für mich bezahlte. Nun höre ich, daß der Scheck geraubt und das Geld abgehoben ist.«

»So haben Sie dieses ganze Geld verloren, gnädige Frau?«

»Ja, das ist sehr schlimm für mich. Aber das meine ich nicht. Das Schlimmste ist, daß es nun herauskommt, daß ich an Stefan Rambin ohne jeden Gegenwert sechzigtausend Mark gezahlt habe. Das ist das Erschwerende bei der ganzen Geschichte.«

Klaus überdachte im Augenblick, daß diese Überweisung unter den augenblicklichen Umständen Ursula von Tweel außerordentlich kompromittieren konnte. »Das ist wirklich schlimm!« sagte er.

Sie nickte. »Besonders in dem ganzen Zusammenhang. Ich hatte geglaubt, niemand habe eine Ahnung von meiner Freundschaft mit Stefan. Sie müssen wissen, daß ich die Scheidungsklage gegen meinen Mann wegen fortgesetzter Untreue eingereicht habe. Nun teilte mir sein Rechtsanwalt, vor acht Tagen mit, mein Mann habe die Gegenklage gegen mich erhoben.« Es wurde ihr sichtlich, schwer, weiterzusprechen. »Mein Mann behauptet, ich hätte mit Stefan Rambin die Ehe gebrochen. Ich fiel aus allen Wolken!«

»Und das ist nicht der Fall, gnädige Frau?« Er wurde bei seinen Worten selber rot.

Ursula von Tweel antwortete nicht sogleich. »Sie sind der einzige, der uns einmal zusammen gesehen hat«, sagte sie mit stockender Stimme. »Niemand sonst weiß etwas von Stefan Rambin und mir.«

»Auch Ellen Bandler nicht?«

Sie schüttelte den Kopf. »Auch Ellen nicht. Ellen weiß nur von einer oberflächlichen Bekanntschaft. Und dann habe ich ihr nachträglich erzählt, daß Stefan jene Besitzung für mich kaufen sollte und daß ich mich deshalb am Dienstag mit ihm bei Bräsikow im Walde verabredet hatte ...«

»In Bräsikow?« brach er entsetzt aus. »Wieso in Bräsikow? Aber da ist doch mein Onkel ...«

»Das ist es ja eben! Ich war doch bei meinem Vater zu Besuch!«

»In Bräsikow!« rief er nochmals verwundert. »Gehört das nicht einem Herrn von Steinhammer?«

»Das ist mein Vater. Ich hatte mich also mit Stefan Rambin in dem großen Wald bei Bräsikow verabredet, um auch einmal alles mit ihm durchzusprechen. Das war die letzte Verabredung, vor der Stefan Rambin dann – verschwunden ist.«

»Und Sie haben Ellen gesagt, daß Sie mich deswegen sprechen wollten?«

Sie nickte. »Ich bin in meiner Verzweiflung schließlich zu Ellen gerannt, und Ellen sagte mir, Sie würden heute vormittag bestimmt hierherkommen. Aber sie ahnt nichts davon, was zwischen Stefan und mir gewesen ist. Und gerade darüber muß ich mit Ihnen sprechen.«

Er kam noch immer nicht von der Mitteilung los, daß Stefan Rambin sich mit ihr auf jenem Waldweg verabredet hätte. »Aber dann ist ja ...« Er konnte den Satz nicht zu Ende sprechen.

»Wir hatten uns schon öfters dort getroffen«, sagte sie. »Niemand konnte uns dort beobachten.«

»Verzeihen Sie die Frage, gnädige Frau: lieben Sie Stefan Rambin?«

Sie lächelte ein wenig, und auch in dieser Situation empfand Klaus den unwiderstehlichen Zauber, der von dem Lächeln dieser Frau ausging. »Wie soll ich Ihnen das erklären? Stefan Rambin ist in mein Leben getreten, als ich ganz unglücklich war. Ich muß es gestehen, noch nie hat ein Mensch auf mich einen derartigen Eindruck gemacht wie er. Sie müssen wissen, daß ich unter ungeistigen Sportmenschen aufgewachsen bin. Er hat mir erst den Blick für alles Große und Schöne im Leben geöffnet. Durch ihn bin ich ein neuer Mensch geworden. Ich bin ihm ewig dankbar dafür. Aber geliebt, geradezu geliebt habe ich ihn wohl doch nicht, obwohl ich es mir einige Wochen hindurch eingebildet hatte. Aber er hat mich geliebt, und ich war glücklich über seine Liebe.«

»Und der Brief des Rechtsanwalts?« fragte er nach einer Pause. »Die Behauptung, Sie hätten die Ehe mit ihm gebrochen?«

»Es ist anders, als Sie denken. Stefan Rambin hat mich bestürmt, ihn zu heiraten.«

»Ihn zu heiraten? Aber er ist doch verheiratet!«

»Er wollte sich scheiden lassen.«

»Davon hat er nie etwas geäußert.«

»Davon konnte er doch auch zu niemandem sprechen. Er ist in seiner Ehe unglücklich gewesen. Sein ganzes Leben war ihm verhaßt. Er wollte sich scheiden lassen und ganz neu beginnen.«

»Merkwürdig! Davon hat niemand etwas geahnt. Und Sie? Wollten Sie das wirklich?«

»Ich habe manchmal daran gedacht«, sagte sie leise. »Stellen Sie sich vor, was mir das Leben schuldig geblieben war. Wenn ich an ein großes Glück dachte, dann konnte ich es mir manchmal schon in einem Zusammenleben mit Stefan vorstellen.«

»Dann haben Sie ihn doch geliebt!« sagte er.

Sie schüttelte den Kopf. »Es war anders. Aber einige Wochen hindurch haben wir in der Tat in dem Gedanken an eine ständige Verbindung gelebt. Seine Familie sollte nicht darunter leiden. Sie wissen, daß mein Vater sehr reich ist. Stefans ganzes Vermögen sollte seiner Familie verbleiben. Wir hätten genug Geld zum Leben gehabt. Die Voraussetzung aber war, daß der Scheidungsprozeß glatt ablief. Mein Vater ist nämlich sehr streng und hängt an alten Anschauungen. Wenn mein Mann mir die geringste Verfehlung während unserer Ehe nachweisen konnte, dann war es klar, daß mein Vater mich enterben und aus dem Hause weisen würde. Ich kenne ihn. Er hängt sehr an mir und hält mich für unfehlbar. Einen Fehltritt würde er mir nie verzeihen.«

»Das ist alles so furchtbar!«

»Sie können sich denken, wie mich der Brief des Rechtsanwalts erschreckte. Wie kam mein Mann darauf, Stefan als Beweis für meine eheliche Untreue anzuführen? Es ist mir ein vollkommenes Rätsel. Niemand außer Ihnen hat uns jemals zusammengesehen.«

Klaus war aufgestanden. »Sie wollen also damit sagen, gnädige Frau, daß ich Ihrem Mann eine Mitteilung habe zukommen lassen?«

Sie schüttelte den Kopf. »Nicht so, aber ich wollte Sie wenigstens fragen, ob Sie eine Ahnung davon haben, wie der Name Stefan Rambins meinem Mann zur Kenntnis kommen konnte. Vielleicht haben Sie zu irgend jemandem eine unvorsichtige Äußerung gemacht?«

»Nein, gnädige Frau, ich habe zu niemandem darüber gesprochen.«

»Dann verstehe ich es nicht. Ich hatte mich an den Gedanken geklammert, daß ich es durch Sie erfahren würde.«

»Aber nach Ihren Worten scheint mir doch, daß Sie sich keiner Schuld bewußt sind, oder irre ich mich da?«

»Was ist Schuld? Niemals ist zwischen mir und Stefan Rambin etwas geschehen, was nicht alle Menschen hätten mit ansehen können. Niemals, ich schwöre es Ihnen. Aber wir haben uns doch heiraten wollen. Wochenlang haben wir in diesem Gedanken gelebt.«

»Das ist für Ihren Scheidungsprozeß unerheblich. Das Gesetz hängt am Buchstaben und schreibt meines Wissens genau vor, was unter ehelicher Untreue zu verstehen ist.«

»Das ist richtig. Aber gerade über diese Frage einer späteren Ehe zwischen uns habe ich an Stefan einige Briefe geschrieben. Ich habe ihn nachher beschworen, diese Briefe zu vernichten, aber er hat es nicht getan. Er behauptete, sich davon nicht trennen zu können. Besonders, als ich bereits von dem Gedanken einer solchen Ehe abgekommen war. Ich konnte die Verantwortung nicht tragen, eine Familie zu zerstören. Ich mußte an seine Frau denken, deren Leben vernichtet sein würde. Nein, ich konnte es doch nicht!«

»Und diese Briefe liegen nun in seinem Schreibtisch?«

»Ja, er hat sie dort verschlossen, ich weiß es. Aber jetzt werden sie gefunden werden, und dann bin ich verloren.«

»Und diese Briefe liegen nun in seinem Schreibtisch!« wiederholte er. Seine Gedanken gingen in einer bestimmten Richtung, vor der er erschrak.

»Stellen Sie sich vor: diese Briefe müssen ja in dem Mordprozeß, der jetzt kommen wird, eine Rolle spielen. Ich bin es doch gewesen, mit der er sich in dem Wald verabredet hat. Ich habe ihn doch dorthin gelockt. Der Inhalt dieser Briefe wird durch die Zeitungen gehen. Mein Vater wird alles erfahren!«

»Ja«, sagte er stockend. »Das wird wohl so kommen.«

»O mein Gott!« rief sie. »Ich wüßte nicht, was ich täte, um diese Briefe zu vernichten.«

Klaus sah das schmale, zarte Gesicht vor sich, das vor Verzweiflung aufgelöst war. Ursula von Tweel! klang es in ihm. Wenn ich diese Briefe vernichten könnte! Etwas Großes, Wunderbares mußte es sein, dieser Frau zu helfen, ihr Leben zu retten. Er kämpfte mit sich. Seltsame Gedanken stürzten über ihn. Er stand am Fenster und schloß die Augen. »Ursula von Tweel!« flüsterte er vor sich hin.

Plötzlich stand sie neben ihm. »Helfen Sie mir, retten Sie mich!« hauchte sie ihm zu.

»Soll ich die Briefe suchen?« fragte er fast unhörbar, ohne sie anzusehen.

»Würden Sie das für mich tun?« kam es tonlos geflüstert zurück.

»Ich würde für Sie alles tun«, sagte er ebenso leise.

»Ich wußte es!«

Plötzlich gab er sich einen Ruck und drehte sich um. Er ertrug die Spannung nicht länger. Er mußte die Fäden zerreißen, die ihn umschlangen. »Und die Polizei?« fragte er. »Man wird danach forschen, was Stefan Rambin am Dienstag in der Nähe von Bräsikow machte. Er ist doch Ihretwegen dort gewesen. Man wird auf der Bank Ihre Geldüberweisung an ihn finden.«

»Das – das würde sich alles als geschäftliche Verbindung darstellen lassen. Wenn nur die Briefe nicht gefunden werden!«

»Weshalb kam er denn noch am Dienstag zu Ihnen?«

Sie setzte sich wieder auf den Stuhl und sah vor sich hin. »Der Brief des Rechtsanwalts war gekommen. Wir mußten darüber sprechen.«

»Weiß Ellen von dieser Beschuldigung, die gegen Sie erhoben wird?«

»Um Gottes willen, nein! Ellen weiß nichts. Nur von dem Geld und der Besitzung am Scharmützelsee. Aber Stefan und ich mußten über diesen Brief des Rechtsanwalts sprechen, und zugleich wollte ich ihm noch einmal mit voller Deutlichkeit sagen, daß ich ihm niemals angehören würde. Wir hatten uns doch schon einige Male in jenem Wald getroffen.«

»Deshalb hatte er sich auch den Weg auf der Karte mit Bleistift angestrichen.«

»So, hatte er das?« fragte sie gerührt. Wieder traten ihr die Tränen in die Augen. »Ich habe unendlich viel verloren!«

Sie hat ihn doch geliebt, dachte Klaus bitter. Alle Frauen lieben Stefan Rambin. Und diese Besitzung am Scharmützelsee wollte sie doch für ihn kaufen. »Liebesnest« fiel ihm der Ausdruck des Agenten ein. »Wie war das, als Sie sich das letztemal mit ihm verabredet hatten?«

»Ja, ich muß Ihnen das erzählen. Von jenem Waldweg biegt ein Jagen ab. An ihm steht eine große Linde. Dort pflegten wir uns zu treffen. Am Dienstag wartete ich auf ihn. Er kam nicht. Ich habe zwei Stunden gewartet, und dann ritt ich nach Hause, denn mein längeres Ausbleiben wäre aufgefallen. Die nächsten Tage waren furchtbar. Ich ahnte ja gleich, daß etwas geschehen wäre. Schließlich konnte ich es nicht mehr aushalten und bin nach Michaelsbrück gefahren. Ich habe genau gewußt, daß ich ihn nicht antreffen würde. Aber seine Frau und sein Haus wollte ich wenigstens sehen, und vielleicht erfuhr ich doch etwas.«

Deshalb sind Sie also dort hingefahren.«

»Ja, aber das Furchtbare erfuhr ich erst heute früh durch Ellen. Jemand muß gewußt haben, daß er den Scheck bei sich hatte, und hat ihn aufgelauert. Wahrscheinlich ist er wenige hundert Schritt von unserer Linde ermordet worden.«

»Es ist jedenfalls festgestellt, daß er in Lengenfeld am Dienstag vormittag aus dem Zug gestiegen ist. Der Bahnbeamte hat ihn nach der Fotografie erkannt.«

»O Gott!« Sie schlug die Hände über das Gesicht.

»Vielleicht ist er gar nicht des Schecks wegen ermordet worden. Halten Sie es nicht für möglich, daß Herr von Tweel von Ihrer Verabredung Kenntnis hatte?«

Sie sah ihn entsetzt an. »Ich weiß, was Sie sagen wollen: daß er ihn erschossen hat! Ja, ich habe vom ersten Augenblick an daran gedacht. Aber wie kann er es erfahren haben? Niemand wußte davon. Kein Mensch auf der Welt!«

»Vielleicht ist er Ihnen nachgeschlichen. Kann es nicht sein, daß er seit langem von Ihren Zusammenkünften bei der Linde wußte?«

»Glauben Sie, daß er es gewesen ist?«

»Ich weiß es nicht.«

»Wenn er es gewesen ist, wird man es nie herausbekommen. Er kann wie ein Tier im Walde gehen, ohne eine Spur zu hinterlassen. Nein, man wird ihn nie überführen. Aber jetzt wird er der Kriminalpolizei unsere Verabredung mitteilen. Oh, er haßt mich, weil er durch die Scheidung um den Genuß meines Geldes kommt. Er wird sich geschworen haben, mein Leben zu zerstören. Vielleicht ist es so gewesen. Er hat den Mann vernichtet, von dem er glaubt, daß ich ihn liebe. Und er hat nun auch die Möglichkeit, mich gesellschaftlich und pekuniär zu vernichten. Wenn ich doch wenigstens die Briefe hätte!«

Eine quälende Stille füllte den Raum. Sie sahen sich an, sekundenlang. Ursula hatte die Augen groß aufgeschlagen. Endlich schlugen sich langsam die Lider darüber, und auch er schaute fort. Er fühlte, daß alles Blut aus seinem Gesicht gewichen war.

»Wenn ich Ihnen die Briefe bringe, was dann?« Er flüsterte die Worte kaum hörbar.

»Dann werde ich Ihnen ewig dankbar sein.« Ganz leise kam die Stimme zu ihm, dieselbe leise Stimme, mit der sie vorher am Fenster miteinander gesprochen hatten. »Rufen Sie diese Nummer an!« Sie reichte ihm einen Zettel. »Ich bin immer für Sie da.«

In dem Augenblick öffnete sich die Tür. Ellen stand blond und frisch im Zimmer und sah lächelnd zu den beiden hin. »Nun, seid ihr fertig? Papa kommt nämlich gleich nach Hause.«

Kapitel 11

Klaus wollte auf keinen Fall das Erscheinen des Geheimrats abwarten. Ihm graute davor, in seiner Stimmung an dem Bandlerschen Familientisch zu sitzen und ausgefragt zu werden.

Während er sich den Mantel anzog, standen die beiden Frauen in der Tür. Wie zwei unbefangene junge Mädchen sahen sie aus. Gerade dieser Gegensatz zu dem, was in ihnen allen vorging, berührte ihn unheimlich. Die Gedanken liefen hinter seiner Stirn. Die Unterhaltung mit Ursula von Tweel hatte alles verändert. So war das also, dachte er, aber gleich stieg wieder der Zweifel in ihm auf. Stefan Rambin sollte ermordet worden sein, während Ursula vielleicht nur wenige hundert Schritte von der Stelle entfernt auf ihn gewartet hatte? Mußte sie nicht wenigstens den Schuß oder irgendwelche Geräusche gehört haben? War sie wirklich an dem Vorgang so ganz unbeteiligt? Er sah die beiden Frauen vor sich stehen, beide groß und schmal, Ellens blondes Haar und neben ihr Ursulas dunklen Kopf. Um ihre Lippen lag das kühle Lächeln des Abschieds. Zwischen ihnen aber stießen und trieben die dunklen Kräfte. Es war, als ob die Menschen und Wände für einige Sekunden durchsichtig würden. Irgendwo im Wald lag der Tote. Das hing alles zusammen: die Worte dieser beiden Frauen, die ihm die Hand reichten, und Stefan Rambin.

Er eilte die Treppe hinunter und bog rechts zum Lützowplatz ab, um dem Geheimrat nicht zu begegnen. Erst am Augusta-Ufer blieb er stehen und warf einen Blick auf den Zettel, den Ursula ihm zugesteckt hatte. Eine einfache Fernsprechnummer war darauf geschrieben, und darunter die Worte: »nach Frau Schindler fragen.« Ich bin immer für Sie da, hatte sie ihm gesagt. Er fühlte sich in den magischen Zauberkreis ihres Wesens hineingerissen. Er konnte sie anrufen, wann er wollte. Sicher hatte auch Stefan Rambin diese Nummer gehabt und gewußt, daß man »nach Frau Schindler fragen« mußte. Er lehnte sich gegen das Kanalgeländer und sah in das Wasser hinunter. So hatte er mit ihr zusammengestanden, als sie ganz leise miteinander sprachen. Die Briefe! dachte er, schloß die Augen und sah ihr Gesicht vor sich. Dieses liebliche, stolze Gesicht, hinter dem die Angst stand.

Er ging weiter und schlenderte durch die Straßen dem Potsdamer Platz zu. Plötzlich machte er halt und ging einige Schritte zurück. An der Litfaßsäule, an der er eben vorübergegangen war, war ihm etwas aufgefallen. »Tweel« hatte er gelesen, ganz deutlich den Namen »von Tweel«. Er flog die Anzeigen der Theater durch und starrte das große Plakat an. »Rennen in Karlshorst« las er. Da war es gewesen. »Besitzer: Rittmeister a. D. von Tweel« stand da. Attila hieß das Pferd, und hinter seinem Namen stand in Klammern »Reiter: Besitzer«. Er starrte darauf. Es war, als ob die Buchstaben durcheinandergeschüttelt worden wären und diesen Namen ergeben hätten. Wie ein Spuk war es. Weshalb ließ ihn dieser Name jetzt nicht mehr los und sprang ihn schon von Plakaten an! Er sah den eckigen Schädel vor sich, der fast wie ein Totenkopf aussah, die lange Zigarre zwischen den eingekniffenen Lippen. Morgen würde dieser Mann in Karlshorst reiten. Hatte nicht auch die Frau in dem Hotel irgend so etwas gesagt?

Er stand noch immer und starrte das Plakat an, las es von Anfang bis Ende durch. Noch nie hatte er sich für Pferderennen interessiert. Es war offenbar das längste und schwierigste Rennen, bei dem Tweel genannt war. Wenn Wünsche etwas vermöchten, gingen seine Gedanken, dann würde ich mich irgendwo im Wald auf den Boden legen und alle meine Kräfte darauf konzentrieren. Ich würde mir vorstellen, wie das Pferd sich der Hecke nähert, meine Vorstellungen würden seine Beine umschlingen und einwickeln, daß es zu kurz spränge, dieses Pferd, das Attila hieß. Und dann würde der Sturz kommen!

Er riß sich los und ging weiter. Wo ging er eigentlich hin? Es war die Richtung zum Stettiner Bahnhof. Er mußte nach Michaelsbrück hinausfahren. Tante Agathe wartete auf ihn, und auch Monika würde warten. Wenn er am Potsdamer Platz in den Autobus stieg, konnte er noch den Dreiuhrzug erreichen. Aber plötzlich bog er ab und ging in ein Café. Er hatte noch nicht gegessen. Er ließ sich ein Rührei geben und bestellte Mokka.

Ein Junge bot Zeitungen aus. Er blätterte darin. Wieder wurden die Buchstaben geschüttelt, und der Name »von Tweel« sprang heraus. Er suchte und fand die Notiz über Ellen Bandler, daß sie für Wiesbaden zum Großen Preis genannt war. Das wollte sie doch: in den Zeitungen stehen! Endlich fand er beim Zurückschlagen den Artikel über die Aussichten des morgigen Rennens, und darin gesperrt gedruckt »Rittmeister von Tweel«. Er überflog die Zeilen. »Attila ist ein Ausbrecher«, stand da, »aber er wird gegen die eiserne Faust seines Reiters nicht ankommen. Tweel ist Spezialist darin, widerspenstige Pferde durchs Ziel zu zwingen.« Die Sätze klangen in ihm nach. »Durchs Ziel zu zwingen«, wiederholte er in Gedanken. So war Tweel. Er zwang mit eiserner Faust durchs Ziel. Auch Ursula hatte etwas Ähnliches gesagt.

Man muß Tweel der Tat überführen! Man muß zu dem Kommissar gehen und ihm alles mitteilen: Tweel ist es gewesen! Tweel hat von der Verabredung seiner Frau mit Stefan Rambin etwas erfahren und ist ihm nachgeschlichen und hat ihn im Walde niedergeknallt. Es kann nicht anders gewesen sein! Alle Rätsel lösten sich, wenn man Tweel als Mörder einsetzte. Ursula würde befreit sein. Wenn Tweel der Mörder war, dann würde ihm niemand mehr glauben, das Gericht nicht und auch Herr von Steinhammer nicht. Was war denn gewesen? Ursula hatte einen Bekannten gebeten, ein Grundstück für sie zu kaufen, und hatte noch einmal alle Einzelheiten mit ihrem Bevollmächtigten durchsprechen wollen. Das war harmlos. Auch daß sie sechzigtausend Mark auf Stefan Rambins Konto überwiesen hatte, war leicht zu erklären. Seine Gedanken arbeiteten. Wenn er die Augen schloß, hatte er Ursulas Gesicht vor sich.

Aber da lagen ihre Briefe in Stefan Rambins Schreibtisch! Seine Gedanken sprangen gegen das verschlossene Tor an. Wie kam man an die Briefe in Stefans Schreibtisch heran? Man müßte sich einen Nachschlüssel besorgen und nachts hinunterschleichen. Das war furchtbar einfach. Aber wenn das gewaltsame Öffnen Spuren hinterließ? Es geht nicht! dachte er und ließ die Hände auf die Tischplatte sinken. Er drehte sich um. Wenn jemand ihn beobachtete! Der Kommissar traute ihm nicht, vielleicht wurde er schon beobachtet. Rasch nach Michaelsbrück! entschloß er sich. Er konnte zu Fuß bis zum Bahnhof gehen, dann kam er gerade zum nächsten Zug zur Zeit. Es war über eine Stunde bis dahin.

Er zahlte, stand auf und zog den Mantel an. Plötzlich stutzte er. Es war noch keine Stunde her, daß er sich den Mantel bei Bandlers angezogen hatte. Ursula und Ellen hatten dabeigestanden. Es war da doch etwas gewesen, fiel ihm ein, irgend etwas Ungewohntes. Er hatte sich gewundert, als er den Mantel anzog, ganz unbestimmt gewundert. Und jetzt war es wieder da, etwas Ungewohntes, etwas, das seine Hand berührte. Er pflegte in der rechten Manteltasche nur ein Taschentuch und einiges Kleingeld zu tragen, aber jetzt war noch etwas anderes darin. Er griff hinein und fühlte: ein Schlüsselbund. Während er hinausging, tasteten seine Finger die Schlüssel ab. Es waren sechs Schlüssel an einem Ring. Er zählte sie. Einer war größer, das konnte ein Hausschlüssel sein oder ein Gartenschlüssel. Und dann gab es einige kleinere. Ein Schreibtischschlüssel vielleicht. Er zog das Bund aus der Tasche und betrachtete es. Es war nichts Besonderes daran. Jeder Mensch hatte ein solches Schlüsselbund. Aber wie kam dieses in seine Manteltasche? Ursula! schrie es in ihm. Heute morgen waren die Schlüssel noch nicht darin gewesen. Er ließ jede Minute des Tages an sich vorüberziehen. Da war bei dem Kommissar ein Augenblick gewesen, in dem Eduard Frisch dicht hinter ihm gestanden hatte. Da konnte es gewesen sein. Oder schon früher, als Herr von Tweel in dem Hotel an ihm vorüberging. Er schüttelte den Kopf. Das war es alles nicht. Die Schlüssel kamen von Ursula oder von Ellen oder von beiden. Wie kam er darauf? Aber plötzlich hatte er die Gewißheit, daß das die Schlüssel Stefan Rambins waren. Ursula hatte ihn gebeten, die Briefe zu besorgen, und jetzt fanden sich diese Schlüssel in seiner Tasche!

Er war in der Richtung zum Brandenburger Tor weitergegangen und machte halt. Plötzlich merkte er, daß ihm der Schweiß auf der Stirn stand. Er hatte Angst, nach Michaelsbrück zu fahren. Dort stand der Schreibtisch, zu dem einer von diesen Schlüsseln passen würde. Es war, als ob der schwere schwarze Eichentisch vom Horizont herangeschwommen käme mit dem blinkenden Metallschloß, das größer und größer wurde wie ein metallenes Tor, und er hielt den Schlüssel in der Tasche. Jetzt kam es heran, ein phantastisches Luftgebilde, fuhr über ihn hinweg, und er stand noch immer mit dem Schlüssel in der Hand da. Wenn er jetzt nach Michaelsbrück fuhr, war er verloren. Dann würde er nachts hinuntergehen und den Schreibtisch aufschließen. Dann war er in den Kreis hineingerissen. Er hörte es wie ein Gelächter über sich. Ihre Stimme, Ursulas Stimme!

Wenn sich jetzt eine Hand auf seine Schulter legte, der Kommissar hinter ihm stand und ihn verhaftete! Man fand die Schlüssel bei ihm, die Schlüssel zum Schreibtisch des Ermordeten! Aber ich bin doch am Dienstag auf dem Sportplatz gewesen, ich kann mein Alibi nachweisen! Ihm fiel ein, was er zu Weigelt darüber gesagt hatte. Gerade am Dienstag und Mittwoch vormittag hatte ihn niemand gesehen. Eine wilde Angst ergriff ihn. Er wollte die Schlüssel von sich werfen und laufen, laufen. Aber er stieg auf die elektrische Bahn, die nach dem Westen fuhr, und wußte, daß er zum Sportplatz fahren würde. Er stand wie unter einem Zwang. An der Charlottenburger Brücke stieg er aus und nahm sich ein Auto. Er fuhr an dem Eingang der Avus vorbei. Bei den Ausstellungshallen wehten die Fahnen. Dann durch die kleinen winkligen Straßen der Siedlung Eichkamp, au seiner Wohnung vorüber. »Halt!« rief er und stieg aus, ging durch die verkrüppelte Fichtenschonung zum Wald, an den Tennisplätzen vorüber. Hier hatte Ellen trainiert. Im vorigen Sommer hatten sie sich jeden Morgen hier getroffen und miteinander gespielt, bis er in sein Büro mußte.

Er stand vor dem Blockhaus, hinter dem das Sportgelände lag. Vier oder fünf Bekannte saßen in Trainingsanzügen und tranken Orangeade. Sie winkten ihm zu, aber er ging ohne ein Wort vorüber. Hinten stand die Pächterin und wusch Gläser aus. »Guten Tag«, sagte er. Sie nickte: »Guten Tag, Herr Rambin.« Weshalb schrak sie nicht bei seinem Namen zusammen? Wußte hier noch niemand, daß mit diesem Namen ein Mord verknüpft war? Gleich hinter dem Haus wölbten sich die Hallen des Waldes. Leise Rufe kamen aus den Büschen, das Knarren der Turngeräte. Gestalten liefen vorüber, verschwanden, kamen wieder zum Vorschein, eine Stimme zählte die Minuten. Das war seine Welt, in der er lebte. Wohl, es gab auch Bücher, Theater, Konzerte, aber das ging ihn nicht so viel an wie dieser Waldwinkel, in dem er und hundert junge Menschen an ihrem Körper arbeiteten, Zahlen merkwürdiger Tabellen in die Höhe trieben, Zeitgeschwindigkeiten herabsetzten. Von der Wiese kam das leise, regelmäßige Knarren des Rhönrads, dieses Rhönrads, das er selbst im Frühjahr gestiftet hatte.

»Ich bin gestern nicht hiergewesen« sagte er zu der Pächterin. »Eigentlich verbringe ich nämlich meinen Urlaub außerhalb von Berlin, bei Verwandten in Michaelsbrück.«

»Man muß sich auch manchmal ausruhen«, sagte die Frau.

»Ach«, sagte er, »lieber bin ich schon auf dem Sportplatz. Ich habe schon acht Tage Urlaub gehabt und bin jeden Tag hiergewesen. Von Sonntag ab jeden Vormittag. Besinnen Sie sich? Gestern war der erste Tag, an dem ich nicht hier war.«

»Ja, Sie kamen regelmäßig«, sagte die Frau. Er stand eine Weile, wollte noch etwas sagen. Niemand wird mir glauben, gingen seine Gedanken. Die Angst würgte ihn an der Kehle. Er ging in eine der Kabinen und zog sich den Turnanzug an. Hier im Schatten fror ihn. In diesen Kabinen war es immer kalt. Er lief mit großen Schritten hinaus, über alle Wege des Platzes, konzentrierte sich auf sein Tempo. Seine Beine federten, der Atem ging gut und ruhig. Überall wurde gearbeitet. Eine Gruppe machte Weitsprung. Die dunklen Körper schwangen sich durch die Luft, reckten sich aus, berührten den Boden, schnellten weiter. Er blieb stehen und sah ihnen zu. Den meisten hier war er weit überlegen. In den letzten zwei Jahren war er vorwärtsgekommen. Er und Ellen. Das war die Zeit ihrer wundervollen Sportkameradschaft gewesen. Nun hatte das ein Ende. Er ging langsam nach dem Sonnenbad zu und dachte an die Zeit mit Ellen.

Wundervoll war es gewesen, der Wettkampf mit ihr. Er ihr immer um einige Punkte überlegen, aber sie kam ihm nach und trieb ihn vorwärts. Die herrlichen Sonntage im Paddelboot, wenn sie um sechs Uhr morgens schon auf dem See lagen. Vorbei! dachte er und ging langsam über die Wiese, auf die die Sonne schräg herniederbrannte. Einige von den Holzliegen waren besetzt. Menschen lagen bewegungslos, das Taschentuch über dem Gesicht. Auf einer Liege erkannte er Herbert Elm und trat zu ihm. Elm rührte sich nicht. Sein Körper trank Sonne. Das Gesicht war völlig ausdruckslos und entspannt. Gibt es das, fragte er sich, daß ein Gesicht so gar keinen Ausdruck haben kann? Man wußte nichts von den Gedanken, die hinter dieser

Stirn liefen. »Elm«, rief er ihn leise an. Der schlug die Augen auf und sah hoch. »Haben Sie schon Schluß gemacht heute?«

»Sonnabend!« antwortete Elm kurz und schloß die Augen wieder.

Klaus blieb eine Weile vor ihm stehen und suchte in diesem Gesicht. Du hast es gut! dachte er. Du weißt nichts von Ursula von Tweel und dem Brief und dem Schlüsselbund. Er kehrte sich ab, zog den Turnanzug herunter, legte sich auf eine entfernte Holzliege, schloß die Augen und lag da wie Elm mit entspanntem, ausdruckslosem Gesicht. Das tut gut, dachte er.

Kapitel 12

Von allen Litfaßsäulen schrien die Plakate das Rennen in Karlshorst aus. »Attila; Besitzer: Rittmeister a. D. von Tweel. Reiter: Besitzer.« Die Buchstaben tanzten Klaus vor den Augen.

Wann werde ich endlich nach Michaelsbrück fahren? gingen seine Gedanken, und seine Hände umfaßten den Schlüsselbund in seiner Tasche. Wenn ich draußen bin, bin ich verloren, sagte er sich. Dann werde ich es tun! Er schlief in der Nacht wenig. Die Vorstellungen drangen auf ihn ein. Am Vormittag war er wieder auf dem Sportplatz und legte sich in die Sonne. Hier werde ich liegen bleiben, dachte er, den ganzen Tag. Tweel muß sich das Genick brechen heute. Er übte mit geschlossenen Augen, das Bild heranzuzwingen, wie das Hindernis die Pferde anzog. Ganz deutlich sah er Tweels hagere Gestalt vor sich. So und nicht anders mußte er im Sattel sitzen. Sicher arbeitete er stark mit dem Kreuz. Wie hatte in der Zeitung gestanden? »Widerspenstige Pferde durchs Ziel zwingen.« Er sah die knochigen Hände mit dem aufgesetzten Daumendach darüber, das arbeitende Kreuz.

Dann aber zog er sich doch an, fuhr durch die ganze Stadt und erwischte irgendwo im Osten den Autobus nach Karlshorst. Er saß auf dem Verdeck, eingekeilt zwischen den Menschen, die alle Tweel reiten sehen wollten. Orte schossen vorüber, über hohe Brückengestänge donnerten Eisenbahnen, Schluchten rissen sich in den Grund der Seen. Die Chaussee zwischen den Wäldern war vor Staub wie ein kochender Fluß. Kremser, Pferdewagen, Autos schoben sich hinaus. Eine unübersehbare Schlange, der von den Seitenstraßen die Glieder zuwuchsen. Über das Meer von Köpfen und Hüten hinweg gellten die Klänge der Kapelle, bunte Wimpel wehten. Er drängte sich durch die Menschen, an den Wagenreihen vorüber. Hinten lag der weite Platz mit den Hindernissen, die wie aus einer Spielzeugschachtel aufgebaut waren. Das Gelb der Zelte leuchtete in der Sonne, die Stimmen brodelten wie hoch aus der Luft. Die Tribüne lag glitzernd wie eine Fata Morgana, hob sich mit bunten Menschen über die Welt der Holzbuden, der herumgeführten Pferde, der schreienden Ausrufer. Er drängte sich mit den andern durch das Tor, schob sich an den Kassenfenstern vorüber, nahm seine Karte und ließ sich vorwärtspressen.

Weshalb bin ich hier? dachte er. Um ihm den Tod zu bringen! Alle diese Menschen schienen ungeheuer viel zu tun zu haben und sehr wichtig zu sein. Er ging zum Sattelplatz, suchte sich die Nummern der Pferde nach seinem Programm zusammen. Tweel ritt erst im dritten Rennen. Seine Augen liefen über die blanken Rücken der Tiere. Attila war noch nicht unter ihnen. Er ging weiter zu der Tribüne. Tausende waren wie in ein Blumenbeet gepflanzt, wogten wie ein Feld. Er ging die Stufen hinan. »Ihre Karte!« schrie jemand und hielt ihn am Arm fest. Er hatte keine Tribünenkarte und mußte wieder zurück. Wen suchte er hier eigentlich? Ursula würde hier sein! Er ging an den hölzernen Reihen vorbei und sah sie oben sitzen. Aber nicht sie war es, die er zuerst erkannte, sondern Graf Koska, den schlesischen Magnaten. Jedermann, der mit Sport oder Gesellschaft oder Industrie irgend etwas zu tun hatte, kannte von hundert Bildern her den Grafen Koska, seine große breite Gestalt, das volle gebräunte Gesicht mit den schwarzen Bartkoteletten und dem grauen Zylinder darüber. Natürlich trug sich der Graf auf dem Rennplatz englisch. Er stand in dem grauen Rock, das Fernglas in der einen Hand, und mit der andern zeigte er auf die Bahn hinaus, die einzelnen Hindernisse erklärend.

Den Grafen Koska erkannte Klaus zuerst und dann, neben ihm, Ursula von Tweel. Ihre Augen folgten den Bewegungen seiner Hand. Er sprach auf sie ein. Auf der andern Seite saß neben ihr ein alter Herr mit weißem Backenbart, das Monokel im Auge. Das ist Herr von Steinhammer, wußte Klaus, obwohl er ihn noch nie gesehen hatte. Alle würden sie heute hier sein, die Großgrundbesitzer der Mark. Auch Herr von Berlepsch würde er irgendwo finden. Er suchte sich eine ruhige Stelle, an der er, gegen den Bretterverschlag gelehnt, stehen konnte. Einige Male gingen Bekannte an der Gruppe oben vorbei, begrüßten sie, sprachen, lachten zusammen. Seine Augen hingen an Ursulas Gestalt. Jeden Zug ihres Gesichts konnte er erkennen, bis sie und der Graf sich hinsetzten und unter den wogenden Farben untertauchten. Er ging weiter, suchte sie wiederzufinden, aber sie blieb hinter den fremden Menschen verschwunden. Er ging langsam zum Sattelplatz zurück. Ein Signal ertönte. Mit einem Male wurde es still. Das Stimmengebrodel sank in sich zusammen. Es war wie ein einziges Atemholen von hunderttausend Menschen. Dann fingen die Stimmen wieder an zu summen. Klaus ging langsam weiter, hinter den Rücken der Menschen vorbei, die auf die Bahn schauten. Er sah mit halbem Auge das Feld galoppieren. Kleine Staubwölkchen wirbelten unter den Hufen auf. Die Pferde setzten wie kleine elektrische Spielfiguren über die Hürden.

Auf dem Sattelplatz war noch das gleiche Bild. Jockeis führten Pferde herum, andere kamen von der Waage. Hinter einem Zelt sammelte sich das dritte Rennen. Das ist Attila, stellte Klaus fest und sah nach der Nummer. Ein langbeiniges braunglänzendes Tier mit langem schwarzem Schweif, der bis zu des Fesseln herniederfiel. Attila, der Ausbrecher, des Tweels eiserne Faust »durch das Ziel zwingen« würde. Klaus stand und beobachtete die Bewegungen des Tieres, das ein Mann auf und ab führte. Offiziere, Jockeis, Herrenreiter in schwarzem Samtrock und weißer Hose standen herum, auch einige Damen. Plötzlich bog Tweel um die Ecke des Zeltes, schritt auf das Pferd zu, und an seiner Seite ging Ellen.

Klaus fuhr erstaunt zurück. Am wenigstes hätte er erwartet, diese beides Menschen beisammen zu sehen. Natürlich mußte Ellen den Mann ihrer Freundin kennen, aber Ursula lag doch mit Tweel in Scheidung! Aber vielleicht geschah es gerade auf Ursulas Veranlassung, daß Ellen noch hier und da mit Tweel zusammenkam. Die beiden standen neben dem Tier, das die Nüstern hob und die Ohren zurücklegte, als witterte es in seinem Reiter den Feind. Tweel trug den enganliegenden Reitdreß, die schwarze Mütze hatte er in den Nacken geschoben, daß die eckige gebuckelte Stirn freilag. Die langen Beine stemmten sich fest gegen die Erde, als er sich hinunterbeugte und Attilas Sehnen befühlte. Er warf Ellen eine witzige Bemerkung zu. Sie lachten auf. Die beiden kennen sich gut, dachte Klaus. Auch zwischen ihnen war etwas von der Kameradschaft des Sports. Vielleicht war das schon das neue Leben, das Ellen begonnen hatte. Das Leben in der großen Welt, auf Sportplätzen, Rennbahnen, zwischen den Namen der Sportgrößen. Bald würden die Fotografen kommen und sie auf die Platte bannen: die Tennisspielerin Ellen Bandler mit dem Sieger von Karlshorst. Seine Hände umklammerten das Seil, das den Platz absperrte. Jede Bewegung dieser beiden Menschen schien wichtig. Ellen zeigte beim Lachen ihre schönen weißen Zähne. Sie wippte mit dem einen Fuß, und ihre Hüften bogen sich ein wenig hin und her. Ein Haßgefühl stieg in Klaus auf. Attila soll stürzen und ihn unter sich begraben! dachte er und sah feindselig zu Tweel hin, der sich wieder aufgerichtet hatte, breitbeinig dastand und mit kleinen scharfen Augen in die Sonne blinzelte.

Vieltausendstimmiges Rufen ertönte. Die Menschen winkten, schrien. Das erste Rennen ging durchs Ziel. Ein Rappe lag allen voran. Vier Längen hinter ihm kam ein Fuchs mit hängender Zunge angerast, und dann in weitem Abstand die andern. Klaus wandte sich ab und ging langsam zurück. Das alles interessierte ihn nicht, nur Attila sollte stürzen! Plötzlich hängte sich jemand in seinen Arm. Er sah erstaunt auf: Ellen hatte ihn eingeholt. »Ich habe dich schon gesehen«, sagte sie. »Du machst dir doch sonst nichts aus Pferden?«

»Dich hat anscheinend auch erst Herr von Tweel auf den Geschmack gebracht«, gab er scharf zurück.

Sie lachte. »Ich wollte mir nur einmal Attila besehen. Graf Koska behauptete, daß er überbaut wäre. Du kennst doch Graf Koska? Er macht Ursula mächtig den Hof. Übrigens verstehe ich nichts von Pferden, aber auf dem Rennplatz muß man so tun. Bist du allein?«

Er nickte.

»Schade, ich bin nämlich mit Steinhammers da und muß nachher mit ihnen zurückfahren.«

»Ich habe sie gesehen. Herr von Steinhammer ist doch Witwer, nicht wahr? Frau von Tweel stand mit dem Grafen Koska zusammen. Verkehrst du denn noch mit Tweel?«

»Natürlich nicht. Nur wenn ich ihn zufällig treffe, sagen wir uns guten Tag.«

Seine Hände umklammerten das Schlüsselbund in der Tasche. Wenn ich es jetzt hervorzöge: ›Sieh, das ist das Schlüsselbund Stefan Rambins. Du oder Ursula, eine von euch hat es mir gestern in den Mantel gesteckt?‹ Aber er sagte statt dessen: »Tweel müßte sich heute zu Tode stürzen, dann wäre alles gut!«

»Wieso?« fragte sie erstaunt. »Er ist nicht schlimmer als andere Männer und ein prachtvoller Reiter!«

So! dachte er, aber er sagte nichts.

»Wie gefällt dir Ursula?« fragte sie überraschend. »Du wirst ja ganz rot! Soll ich dir etwas sagen? Sie hat sich in dich verliebt!«

»Du bist wahnsinnig!« fuhr er auf und wurde nun wirklich rot. »Frau von Tweel ist sehr hübsch, das ist alles, und sonst kenne ich sie nicht.«

Sie sah ihn mit einem spöttisches Ausdruck an. »Ihr werdet euch schon wiedersehen. Dann denke an mich! Aber entschuldige, ich muß hinauf. Noch eins: du brauchst Ursula nicht gerade zu erzählen, daß ich mit ihrem Mann zusammen war. Auf Wiedersehen!« Sie winkte ihm flüchtig zu und stieg die Tribünentreppe hinauf. Er sah ihr nach, wie sie sich durch die langen Reihen drängte. Auf einmal entdeckte er wieder den Grafen Koska, der aufstand, um sie vorbeizulassen. Als der Graf sich setzte, konnte er Frau von Tweel erkennen. Für zwei Augenblick wurde sie in der Reihe sichtbar ehe Herrn von Steinhammers weißer Bart und sein Zylinder sie verdeckte.

Die Reiter des zweiten Rennens galoppierten an der Tribüne vorüber zum Start. Klaus ging langsam zum Sattelplatz zurück. Noch einen Blick wollte er auf Tweel und seinen Braunen werfen und dann fortgehen. Es war sinnlos gewesen, hierherzukommen. Attila kam gerade von der Waage. Herr von Tweel stand mit einigen Herren zusammen. Von der Bahn kam der weiche Galoppschlag der rennenden Pferde. In dem Zelt wurden Biergläser gefüllt.

Ich will noch sehen, wie Tweel aufsteigt, nahm Klaus sich vor. Plötzlich durchzuckte ihn ein seltsamer Gedanke: Wer hatte dem Rittmeister von der Freundschaft seiner Frau mit Stefan Rambin berichtet? Nur eine konnte es gewesen sein: Ellen! Dieser Einfall kam ihm so überraschend, daß ihm das Blut aus dem Kopf wich. Er mußte sich gegen einen Pfahl lehnen, um nicht zu schwanken. Er versuchte nachzudenken. Wenn Ellen die beiden nur ein einziges Mal so zusammen gesehen hatte wie er, dann konnte sie sich alles andere ausmalen. Aber wozu verriet sie die Freundin? Es mußte doch einen Sinn haben! Ob sie Ursula haßte? Das allein war es nicht. Er stellte sich die Gruppe auf der Tribüne vor: diese vier Menschen, um die ein fortwährendes Kommen und Gehen war: den alten Herrn von Steinhammer mit seinem weißen Bart und dem Monokel, den breiten und großen Grafen Koska. Wozu? hämmerte es hinter seiner Stirn. Wollte Ellen die Freundin unmöglich machen? Aber wozu?

Das zweite Rennen war beendet. Die Kapelle spielte Tusch. Die Menschen brausten wie ein dunkler Wasserfall. Er stand noch immer an seinem Platz. An der großen Tafel stiegen die Nummern hoch. Die ersten wurden mit Rufen begrüßt. Das dritte Rennen formierte sich. Herr von Tweel saß auf. Der Braune wölbte widerstrebend den Rücken hoch, gab sich aber unter dem Druck des herrischen Kreuzes und der langen Schenkel. Sie sind Feinde, der Reiter und das Tier! dachte Klaus. Aber der Reiter ist stärker! Er ging zum Ausgang. Der Wächter sah ihn erstaunt an. Wie im Traum ging er vorwärts, die Chaussee entlang bis zum Wald und in ihn hinein. Das Signal zeigte den Beginn des drittes Rennens an. Merkwürdig, wie still es hier war. Er legte sich auf den Moosboden und schloß die Augen. Jetzt, dachte er, jetzt würde Herr von Tweel die erste Hürde nehmen. Aber das war ja Wahnsinn, was er dachte. Tweel würde nicht stürzen, oder wenn das Pferd fiel, würde er breitbeinig danebenstehen. Ich will nichts wissen! schrie es in ihm. Er sprang auf, winkelte die Arme an und lief, um nicht denken zu müssen, vorwärts bis zu der Station, wartete auf den Vorortzug und fuhr nach Berlin zurück.

Er stand in der Halle des Stettiner Bahnhofs. Damals hatte ihm Ursula von Tweel an dieser Stelle zugewinkt und sich nach Stefan Rambins Ergehen erkundigt. Wie fern das jetzt war. Jetzt wußte er schon, wer der Mörder war. Aber wußte er das wirklich? Plötzlich mußte er daran denken, daß Tweel jetzt längst durchs Ziel geritten war. Er würde nicht gestürzt sein. Tweel stürzte nicht. Morgen würde man in den Zeitungen lesen, wie Tweel mit seiner eisernen Faust den widerspenstigen Attila durchs Ziel gezwungen hatte.

Sein Blick fiel auf die Telefonzellen. Auf einmal packte ihn der Wunsch, Frau von Tweel anzurufen. »Ich bin immer für Sie da«, hatte sie gestern zu ihm gesagt. Jetzt war sie nicht da, sie konnte nicht da sein. Er selbst hatte sie mit ihrem Vater und diesem Grafen Koska auf der Tribüne von Karlshorst gesehen. Aber irgendwie müßte dieser Anruf sie berühren, in ihre Sphäre vorstoßen. Eine wahnsinnige Neugierde packte ihn. Wie würde es sein, wenn er sie jetzt anriefe? Er trat, in die Zelle und verlangte ihre Nummer. Von der andern Seite kam ein »Hallo«. »Ich möchte Frau Schindler sprechen«, sagte er und wartete. »Frau Schindler ist nicht da«, kam die Stimme zurück. Der Hörer hing tot an seinem Ohr. Es war nichts. Er wartete eine Weile, hängte ab und trat hinaus, ging langsam den Bahnsteig entlang zu dem Zug, der schon dastand und wartete. Nun würde er doch nach Michaelsbrück hinausfahren. Er fühlte das Schlüsselbund in der Tasche. Aber vielleicht waren es gar nicht die Schlüssel Stefan Rambins. Irgendeine Verwechslung würde vorgekommen sein. Wie konnte Frau von Tweel in den Besitz dieser Schlüssel gelangen? Aber vielleicht hatte sie sie ihrem Mann entwendet, und der hatte sie dem Toten abgenommen. Ja, so mußte es sein! Frau von Tweel hatte die Schlüssel ihrem Mann entwendet. Sie hatte den Beweis in Händen, daß er der Mörder war, aber sie mußte schweigen wegen der Briefe.

Er lehnte sich in die Polsterecke zurück. Wenn nur das Abteil nicht leer gewesen wäre! So war er mit seinen Gedanken wie in einer Isolierzelle eingesperrt. Er riß sich zusammen und setzte sich steil hin, als wenn das Abteil voller Menschen wäre, sah die Landschaft draußen vorbeifliegen, die bestaubten Fichtenwälder, die Schlange der Chaussee daneben, die auf und nieder lief. Dann lag unten der See in der tiefen Mulde zwischen dem Hügelgelände, und die roten Dächer von Michaelsbrück leuchteten durch die Büsche. Vor zwei Tagen war er das letztemal hier ausgestiegen. Damals hatte er noch nichts gewußt, und doch lag damals Stefan Rambin schon ermordet im Wald, und Ursula von Tweel saß schon in der Bahn, um in sein Haus einzutreten.

Als er durch das Holztor des Sägewerks ging und rechts die Auffahrt hinanstieg, schlug auf der Veranda ein Hund an. Monika kam mit einem Neufundländer heraus, den sie am Halsband festhielt. Sie hatte also für Tom, den gestorbenen Windhund, Ersatz besorgt. Ihr Gesicht war totenblaß. Er sah es von weitem. »Da kommst du!« rief sie ihm entgegen. »Wir haben schon in der ganzen Welt nach dir herumtelefoniert. Elm ist eben bei dir gewesen, um dich zu suchen.«

»Ist etwas Neues geschehen?« fragte er erschrocken.

Sie sah sich scheu um. »Mutti weiß es noch nicht«, sagte sie leise, und die Tränen stürzten ihr aus den Augen. Er führte sie zu der Bank und strich über das Haar. »Was denn, Monika? Was denn?«

Sie suchte sich zu fassen. »Die Leiche ist gefunden worden. Der Inspektor Arndt hat sie vormittags in dem Wald gefunden.«

»Also doch!« Noch immer war etwas in ihm gewesen, das das Furchtbare nicht glauben wollte. »Aber wie denn?« fragte er. »Wie ist er ermordet worden? überfallen? Erschossen?«

»Ja, erschossen!«

»War der Kommissar schon draußen? Er hätte doch sofort dorthin fahren müssen!«

Sie schüttelte den Kopf, und ihre Tränen stürzten von neuem. »Es ist zu spät geworden. Er will morgen vormittag mit dem Polizeihund dorthin. Und du sollst mitfahren.«

»Ja, natürlich fahre ich mit.«

Sie sah ihn an. »Es klang so sonderbar, wie er sagte, daß du mitsollst. So, als wenn...«

»Du siehst Hirngespinste!« sagte er hart. »Meinst du, er hätte Verdacht auf mich?« Er lachte und schrak selbst zusammen.

»Klaus!«

»Beruhige dich, Monika. Wir sind alle nervös geworden. Wirklich, du siehst Gespenster. Was du denkst, ist völliger Wahnsinn.«

»Klaus, ich...« Sie fuhr auf und drehte sich um. »Sei still, Mutti kommt.«

Agathe trat auf die Veranda hinaus. Sie sah aus wie eine Tote.

Kapitel 13

»Ich habe schon gehört«, sagte Agathe. »Der Kommissar wird morgen herauskommen, um den Schreibtisch zu durchsuchen. Der Agent Eduard Frisch war es aber nicht. Es soll ein andrer sein.«

Klaus nickte. »Frisch ist in meiner Gegenwart vernommen worden.«

Agathe ließ sich auf der Bank nieder. »Du könntest zusehen, Moni, daß Klaus etwas zu essen bekommt. Er wird hungrig sein.«

Monika ging in das Haus und legte hinter Agathes Rücken den Finger auf den Mund, um Klaus zur Vorsicht zu mahnen.

»Was meinst du?« fing Agathe an. »Wenn morgen seine Briefsachen durchsucht werden, dann wird sich allerhand finden. Du weißt von diesen Sachen vielleicht mehr als ich. Ich habe die Augen zugemacht und mein Leben weitergeführt. Ich wollte nichts sehen, und ich will auch nicht wissen, was jetzt alles herauskommen wird. Nur das eine mußt du mir sagen: Hat er nur so Weibergeschichten gehabt, wie Männer sie haben, oder hat er eine Frau geliebt?«

»Ich weiß nichts davon, Tante Agathe!« wehrte er ab. »Es handelt sich doch hier um diesen Scheck, den jemand rauben wollte.«

Sie schien auf seine Worte nicht zu achten. »Er ist bei mir unglücklich gewesen. Seit zehn Jahren habe ich das gefühlt. Wir hätten nicht in Michaelsbrück bleiben sollen. Er gehörte in die große Welt. Er mußte Menschen um sich haben, immer ins Große wirken. Michaelsbrück aber hing ihm wie eine Kette am Bein.«

»Ja, er hat Michaelsbrück nicht geliebt. Das habe ich gewußt. Aber hier verdiente er doch sein Geld!«

»Ja, hier verdiente er sein Geld. Aber es war nicht das richtige. Sage einmal, Klaus, bist du ihm noch böse, daß er Monika ins Haus genommen hat? Du wärest der Erbe gewesen. Und vielleicht bist du es jetzt wirklich.«

»Aber Tante! Davon wollen wir jetzt nicht sprechen!«

»Nein, er wird kein Testament für Monika gemacht haben. Und weißt du, weshalb nicht? Weil wir ihm gleichgültig waren, wir alle: Du und Monika und auch ich! Seine Wünsche waren weit fort von uns. Ich habe das seit vielen Jahren gefühlt. Alle haben mich hier um diesen Mann beneidet, aber ich habe ein furchtbares Leben geführt. Und er war ebenso unglücklich wie ich.«

Er saß neben ihr und streichelte ihre Hand. Das war alles wahr, was sie sagte. Und doch nicht. Denn der Mann an ihrer Seite war von Erfolg zu Erfolg geschritten. Nur sie, seine Frau, hatte er nicht daran teilnehmen lassen, oder doch nur an dem Ungenügen, das er immer empfand, »Laß nur!« sagte er leise.

»Bist du noch böse auf uns, wegen Monika?«

Er schüttelte den Kopf. »Nein, Tante Agathe. Gar nicht! Ich bin aus eigener Kraft etwas geworden. Nein, ich bin euch nie böse gewesen. Und auch Monika nicht.«

»Das ist gut!« Sie erhob sich. »Ich werde wieder in mein Zimmer gehen. Hier unten erinnert mich alles zu sehr an ihn.« Er wollte sie stützen, aber sie wehrte ab. »Auf Wiedersehen, Klaus. Du bleibst doch jetzt bei uns, nicht wahr?«

Er sah ihr nach, wie sie die Treppe hinaufging, legte den Mantel ab und steckte die fremden Schlüssel in die Tasche. Heute nacht! dachte er und ging ins Eßzimmer, wo Monika auf ihn wartete. Der neue Hund lag auf dem Teppich und sah ihn mit dunklen Augen an.

»Mutti ist vollkommen zusammengebrochen«, sagte Monika. »Vielleicht wird es besser werden, wenn die Durchsuchung des Schreibtisches morgen vorüber ist. Ich glaube, Mutti hat furchtbare Angst davor, was man alles finden wird. Komm, du mußt essen.«

Er nickte und betrachtete den Hund. Tom, der Windhund, hatte ihn gekannt, aber von diesem neuen Tier wußte er nichts, und heute nacht würde er wie ein Dieb durch das Haus schleichen. »Woher hast du ihn?« fragte er. Monika erzählte, daß sie ihn von dem Schlachter im Dorf bekommen hatte. »Er soll wenigstens wachsam sein und bellen, wenn sich etwas rührt. Mir war es in dem großes Haus ohne Hund zu unheimlich.«

»Ja, einen Hund braucht ihr hier. Wird er nachts im Hausflur liegen wie Tom?«

»Ich habe schon seinen Korb hergerichtet.«

Er merkte, daß er voller Gier aß. Seit morgens hatte er nichts zu sich genommen. Monika saß stumm vor ihm und stützte den Kopf in beide Hände. »Also morgen wird Weigelt kommen und den Schreibtisch durchsuchen?« fragte er.

»Ja, ganz früh will er kommen. Und dann werdet ihr nach Lindenberg fahren.«

»Ja, dann werden wir nach Lindenberg fahren. In den Wald, in dem er ermordet wurde.« Er legte das Besteck fort und erhob sich. Sie räumte den Tisch auf. Er lehnte in der Tür und sah ihr schweigend zu.

»Warst du bei Bandlers?« fragte sie nach einer Weile.

»Ja, kurze Zeit. Ich habe mit Ellen gesprochen. Sie wird zu dem großen Tennisturnier nach Wiesbaden geschickt.«

»So!«

»Übrigens habe ich sie in der letzten Zeit selten gesehen. Bist du hier fertig? Dann gehen wir vielleicht in das Herrenzimmer hinüber.«

Er hoffte, sie würde nicht mitkommen, sondern gleich in ihr Zimmer hinaufgehen. Dann hätte er die Schlüssel an dem Schreibtisch ausprobieren können. Es wäre eine einfache Sache gewesen. Aber sie nickte und kam hinter ihm her.

»Was hat Mutti gesagt?« fragte sie, als sie an dem Ecktisch saßen.

»Wir haben über Onkel Stefan gesprochen. Ich glaube, daß ich doch mit meiner Meinung über ihn recht habe.«

»Ich habe über alles nachgedacht, was du mir vorgestern sagtest. Aber du kennst ihn doch nicht ganz. Alles, was du sagst, ist richtig, aber es war doch alles anders.«

»Nein, Monika. Ich habe mich oft gefragt, ob ich vielleicht nur neidisch wäre, denn Stefan Rambin war vom Glück begünstigt. Wo er hinkam, standen die Menschen ehrfurchtsvoll auf. ›Das ist der kluge Stefan Rambin‹ – ›Das hat Stefan Rambin gesagt!‹ – ›Und wie wunderbar er aussieht!‹ Frage einmal die Menschen hier. Alle schwören auf ihn, und die Frauen laufen ihm nach. Hast du ihn einmal in einem Ausschuß oder vor einer Versammlung sprechen hören? Die Leute hörten mit offenem Munde zu, und dabei war es nichts, was er sagte. Nur wohlklingende Phrasen und Gemeinplätze.«

»Aber er hat das Sägewerk hochgebracht«, sagte sie.

»Ich glaube nicht daran, daß er auch nur entfernt die Möglichkeiten der Lage hier kaufmännisch erfaßt hat. Er hat Propaganda für seine Person gemacht, das ist alles. Hier in Michaelsbrück war er der Mann mit den weitreichenden Berliner Verbindungen. In Berlin war er der Mann, der in der zurückgezogenen Stille der Provinz Geniales leistete. Siehst du ihn nicht vor dir, wie er hier mit der Aktenmappe zur Bahn eilt und wie er in Berlin von seiner stillen Waldeinsamkeit spricht?«

»Du bist sehr hart!« sagte sie.

»Nein, er ist mit mir härter gewesen. Er vernichtete von Kindheit auf mein Zutrauen zum Leben. So also muß man sein, um Erfolg zu haben, sagte ich mir immer wieder. Ein Ekel vor diesem ganzes Betrieb faßte mich. Deshalb bin ich so still geworden und lebe eigentlich nur auf dem Sportplatz. Mich verlangt nach Ehrlichkeit und Sauberkeit, nach einem Leben, in dem der Einsatz die Leistung bedingt. Aber Onkel Stefan war der Mann des Erfolges ohne Leistung. Hier hast du den Grund meiner Abneigung gegen ihn.«

Monika schüttelte den Kopf. »Das ist es eben«, sagte sie leise. »Alle Menschen glauben immer an den Erfolg von Stefan Rambin. Aber ich weiß nicht, manchmal scheint es mir, als ob eine furchtbare Angst hinter ihm hergewesen sei. Wir glauben immer, daß er reich war.«

»Nun und?« fragte er erstaunt.

»Vielleicht ist er gar nicht reich«, sagte sie langsam. »Es ist mir schon manchmal so vorgekommen, als wenn hier alles in die Luft gebaut wäre. Man sagt, Papa habe alle Menschen und alle Beziehungen für sich ausgenutzt, aber vielleicht mußte er sie ausnutzen, um sich nur halten zu können. Vielleicht war noch alles viel zu wenig. Aber ich weiß darüber nichts. Ich habe es nur so im Gefühl.«

»Daran habe ich nie gedacht.«

»Auch seine Geschichten mit Frauen«, fuhr sie fort. »Hat er es wirklich jemals erreicht, daß eine Frau ihn liebte? Ich glaube, daß er vor wenigen Jahren immer noch auf der Suche nach der großes Leidenschaft war. Vielleicht wollte er sein Leben von Grund auf ganz neu beginnen, und nie ist es ihm geglückt.«

»So also hast du ihn gesehen?« sagte er und mußte an die Worte der Frau von Tweel denken. ›Von Grund auf ganz neu beginnen‹, hatte auch sie gesagt.

Sie nickte. »So habe ich ihn gesehen. Und vielleicht steht auch jetzt hinter seinem Tod eine solche Geschichte. Ich weiß es ja nicht, Klaus, aber als ich diese Frau sah, diese Ursula von Tweel, da durchfuhr es mich wie ein Blitz. Ich mußte denken, diese Frau trägt die Schuld. Und du kennst sie, Klaus. Es ist etwas zwischen dir und ihr!«

Er schüttelte den Kopf. »Ich kenne sie nicht. Hast du dem Kommissar heute am Telefon ihren Namen genannt?«

»Nein, noch nicht. Ich wollte dich zuerst fragen. Aber morgen muß ich es doch sagen, daß diese Frau hier war.«

»Sage es nicht, Monika! Schweige über diese Frau!«

»So ist also doch etwas mit ihr!« sagte sie mit tonloser Stimme.

Er schüttelte wieder den Kopf. »Nein, nein! Diese Frau hat mit Stefan Rambins Tod nichts zu tun. Ich kann dir das jetzt nicht erklären. Aber nenne ihren Namen vor keinem Menschen. Du würdest ein furchtbares Unglück heraufbeschwören.«

Monika antwortete nicht. Sie saßen sich schweigend gegenüber und wagten sich nicht anzusehen. Endlich stand sie auf: »Ich gehe schlafen«, sagte sie leise. »Ich habe die ganze Nacht kaum ein Auge zugetan.«

»Nimm ein Pulver, damit du ordentlich schläfst.« Er fühlte die lauernde Absicht in seinen Worten. Seine Augen sahen zu dem Schreibtisch hin, zu dem gelben Messingschloß, das in der Dunkelheit funkelte.

»Ich glaube, ich werde heute nacht auch so schlafen«, sagte sie und reichte ihm die Hand. »Gute Nacht, Klaus. Bleibst du noch unten?«

Durch seinen Kopf schossen die Gedanken. War es nicht das einfachste, hier unten zu bleiben und den Schreibtisch zu öffnen, wenn sie hinaufgegangen war? Aber vielleicht kam sie noch einmal zurück, oder auch Agathe konnte kommen. Und dann traf man ihn über dem geöffneten Schreibtisch. »Nein, ich gehe auch schlafen!« sagte er.

Sie standen in dem Hausflur. In der Ecke lag der Korb für den Hund. Das große Tier schnupperte daran, drehte sich ein paarmal um sich selber und legte sich schließlich unter Ächzen hin. Klaus streichelte ihn und rief ihn beim Namen, um ihn an sich zu gewöhnen.

»Ein schönes Tier, nicht?« fragte Monika und fuhr ihm über den Kopf.

Sie gingen hinauf. Monikas Zimmer lag neben Agathes Schlafzimmer. Klaus mußte eine Treppe höher steigen. Er horchte auf die knarrenden Dielen. Unten ging Monikas Tür. Seine eigene Tür ließ er vorsichtig ein wenig offen. Durch das offene Fenster kam das Rauschen der Bäume. Fern rollte ein Zug vorüber. Er kannte hier jedes Geräusch. In diesem Zimmer hatte er seine Knabenjahre verlebt. Heute nacht wird es geschehen! dachte er. Er kleidete sich langsam aus und zog den Schlafanzug an. Das Schlüsselbund und die kleine Taschenlampe lagen auf dem Tisch bereit. Es war zweiundzwanzig Uhr. Zwei, drei Stunden will ich noch warten, nahm er sich vor. Er legte sich auf das Bett und schloß die Augen. Die Zeiger seiner Uhr leuchteten geisterhaft vom Nachttisch. Nichts in dem Haus regte sich. Auch aus der Mansarde, in der die Mädchen schliefen, kam kein Laut.

Morgen früh würde der Kommissar herauskommen. Wenn Klaus ihm die Schlüssel gab und sagte: ›Diese Schlüssel hat mir Frau von Tweel in die Tasche gesteckt!‹ – dann war er gerettet, aber ihr Leben war vernichtet. Ursula von Tweel durfte man nicht verraten. Er sah ihr Gesicht zum Greifen deutlich vor sich. Mit dieser Frau hatte Stefan Rambin ein ganz neues Leben beginnen wollen, und es war ihm nicht geglückt. So also war Stefan Rambin gewesen, Monikas Worte klangen in seinem Ohr. Sie hat recht, dachte er. Genau so ist es gewesen. Ursula von Tweel sollte sein letzter großer Versuch sein, und darüber ist er zugrunde gegangen. Klaus lag mit geschlossenen Augen und horchte auf seine Atemzüge.

Plötzlich schreckte er auf. Er war eingeschlafen. Es war halb drei. Die Uhr tickte leise neben ihm. Er stand auf, zog die weichen Lederpantoffeln an und probte im Zimmer seinen geräuschlosen Gang. Wenn der Hund bellt, überlegte er sich, dann habe ich nicht schlafen können und hole mir ein Buch. Er steckte das Schlüsselbund ein und probierte die elektrische Taschenlampe. Gut, daß die Tür offenstand. Ihr Öffnen wäre ihm in der Stille wie ein Donnerschlag erschienen. Er schlich zur Treppe und ging langsam die Stufen hinunter. Ihr Knarren füllte das Treppenhaus. Man hört das selbst lauter, als es ist, beruhigte er sich. Die erste Treppe hatte er hinter sich. Hinter diesen Türen lagen Agathe und Monika. Er ließ die Lampe aufleuchten. Die Türen waren geschlossen, die Schuhe standen davor. Kein Laut drang aus diesen Zimmern. Er tastete sich an dem Geländer hinunter. Jetzt mußte der Hund bellen. Aber es war nichts zu hören »Lord!« rief er ihn leise an. Das mächtige Tier saß vor dem Korb und blickte ihm mit großen dunklen Augen entgegen. Er streichelte ihn und ging an ihm vorbei in das Herrenzimmer. Der Hund folgte ihm und ließ sich zu seinen Füßen nieder.

Jetzt! dachte er und setzte den Schlüssel an. Oft hatte er zugesehen, wie Stefan Rambin auf seinem Stuhl saß, mit der Hand in die Tasche griff und aufschloß. Aber vielleicht war es gar nicht der richtige Schlüssel? Er hielt den Atem an. Da, war da nicht ein Geräusch gewesen? Er stand auf und ging zur Tür, lauschte hinauf. Nichts war zu hören, er mußte sich getäuscht haben.

Er ging zurück. Der Schlüssel ließ sich glatt einführen. Er wußte, daß dieses eine Schloß alle Schubladen und Fächer öffnete. Er zog die obere Lade vor und leuchtete mit der Taschenlampe hinein, suchte in den Papieren. Das war es alles nicht. Aber in dem linken Fach lagen zusammengebundene Päckchen. Er nahm sie einzeln heraus, bog die Kanten auseinander, verglich die Buchstaben mit der Handschrift des Zettels, den Frau von Tweel ihm zugesteckt hatte. Worte sprangen ihm entgegen. Er wollte nicht lesen, aber die Sätze liefen ihn an. ›Übermorgen, Geliebter, an unserer alten Stelle!‹ Er suchte die Unterschrift. ›Ewig Deine Ursula.‹ Das war es! Fünf, sechs Briefe mochten es sein, von einem grünen Band zusammengehalten. Er stecke sie zu sich, schob die Lade leise zu, das Schloß schnappte ein. Er saß im Dunkeln. Minutenlang saß er da und lauschte.

Von draußen dämmerte der Morgen grau herein. Die Umrisse der Möbel wurden deutlich. Er hielt die Briefe in der Hand. Jetzt konnte ihm nichts mehr geschehen. Er schlich hinauf, die erste Treppe, die zweite Treppe. Er stand in seinem Zimmer, zog die Tür hinter sich zu. Es gab fast keinen Laut. Er setzte sich auf die Bettkante. Ihre Briefe! Die Briefe, die über Ursulas Leben entschieden! Die Briefe, die ihm Macht über sie gaben. Seine Hände strichen über das kleine Paket hin. Da plötzlich – er hob den Kopf und steckte die Briefe in seine Rocktasche. In der unteren Etage ging eine Tür. Ganz deutlich war es zu hören. Eine Tür wurde geschlossen. Oder hatte er sich getäuscht? Er suchte sich das leise Knarren und den kurzen Stoß zu vergegenwärtigen. Das konnte doch nur ein Spuk seiner aufgeregten Sinne gewesen sein! Er legte sein Ohr an den Fußboden. Schweigen, nichts als lautloses Schweigen. Minutenlang blieb er so liegen. Und dann wurde unten ein Fenster geöffnet. Auch das hörte er ganz deutlich Er zitterte vor Erregung. Wenn man ihn belauscht hatte! Wer konnte ihn belauscht haben? Monika? Aber das war ja alles Unsinn. Monika hatte einfach ihr Fenster geöffnet oder geschlossen. Er legte sich auf sein Bett und schloß die Augen. Er war furchtbar müde. Sein Herz hämmerte.

Er wußte nicht, wie lange er gelegen hatte. Plötzlich schreckte er auf. Es wurde an seine Tür geklopft. Heller Tag lag im Zimmer. »Herein!« rief er mit möglichst kräftiger Stimme. Das Stubenmädchen war draußen: Er möchte sich anziehen und hinunterkommen. Der Kommissar wäre gleich fertig.

Kapitel 14

Als er herunterkam, saßen Weigelt und Monika auf der Veranda. Der Kommissar hatte einen Haufen Papiere vor sich, mit deren Durchsicht er beschäftigt war. Der Schlosser, der den Schreibtisch geöffnet hatte, ging gerade fort. Klaus gab dem Kommissar die Hand und wollte auch Monika begrüßen. Aber vor dem Ausdruck ihres Gesichts machte er halt. Es war etwas Erloschenes darin. Ihre verweinten Augen irrten an ihm vorüber. Sie hat mich doch belauscht! durchfuhr es ihn. Er sah, daß Weigelt sie beide beobachtete. In der Diele mit den Geweihen war der Korb des Hundes verschwunden. »Wo ist Lord?« fragte er und suchte ihre Antwort zu erzwingen. Aber Monika wandte sich an den Kommissar. Sie hätte den Hund zurückgebracht, er wäre nicht wachsam. Klaus verstand. Sie konnte den Hund nicht mehr ertragen, der in der Nacht den Dieb nicht gestellt hatte.

Auf dem Vorgarten lag die Morgensonne. Von dem Rosenrondell kamen schwere Düfte. Auf dem Holzhof ächzten die Stämme unter der großen Säge. Die Männer riefen ihr Hoi-hupp. Das war wie alle die Sommermorgen, die er hier verlebt hatte. Noch lief alles weiter, als wenn nichts geschehen wäre. Hinter dem Fenster des Büroanbaus sah er das blasse Gesicht des Herrn Schulz. Der hatte, wie immer, die Feder hinter dem Ohr.

Klaus lehnte sich schweigend gegen den Pfosten und blickte hinaus. Das vertraute Bild tat ihm weh. Weshalb kann man die Zeit nicht zurückdrehen! Jetzt hatte es ihn hineingerissen. Wenn Weigelt auf ihn zutrat und ihn durchsuchte! Er trug Ursulas Briefe in der Brusttasche! »Sie haben da etwas in dem Schreibtisch gefunden?« fragte er, um etwas zu sagen. Weigelt schüttelte den Kopf. »Nichts Besonderes. Diese Briefsachen geben keinen Aufschluß.« Er schlug sie zusammen und packte sie in die Aktenmappe. »Haben Sie den Angestellten schon etwas gesagt?«

Monika schüttelte den Kopf. »Sie denken, daß Papa verreist ist.« Sie wandte sich an Klaus, ohne ihn anzusehen. »Im Eßzimmer steht dein Frühstück.«

Klaus ging schweigend hinein und setzte sich an den Tisch. Hier war es still. Das große Fenster blickte auf den See. Jetzt wird sie es ihm sagen, dachte er. ›Heute nacht hat Klaus den Schreibtisch geöffnet und Schriftstücke herausgenommen!‹ Er schrak zusammen. Hinter der Tür hörte er Schritte. Es war das Stubenmädchen, das ein Tablett von der Anrichte holte. Sie ging mit kurzem Gruß durchs Zimmer und sah betreten aus. Auch die Dienstboten merkten, daß etwas in der Luft lag. Klaus ging zu der Veranda zurück. Draußen saß Weigelt allein und wartete auf das Auto des Polizeiarztes.

»Es ist schön hier«, sagte er und sah mit blinzelnden Augen in die Sonne. »Unsereins sieht so etwas nur, wenn etwas passiert ist.«

Klaus setzte sich zu ihm. »Sie kommen viel umher?«

Der Kommissar nickte. »Es ist immer wie hier. Man wird gerufen und kommt. Alles sieht glücklich und friedlich aus. Man fängt an zu suchen und findet die Triebe und Leidenschaften dahinter.«

Klaus schwieg.

Der Kommissar knickte eine Ranke ab. »Ich bin heute früh durch den kleinen Ort gegangen und suchte nach einem Schlosser. Überall stößt man auf den Namen Stefan Rambin. Niemand hat sich den Kopf über ihn zerbrochen. Sein Leben ist vorbildlich, seine Ehe ist glücklich.« Er lächelte. Die Enden seines Schnurrbarts hoben sich. Plötzlich gab er sich einen Ruck, der bis zu Klaus hinüberfuhr. »Ich will Ihnen mitteilen, daß ich schon gestern draußen in Lengenfeld war.«

»O Gott! Sie haben ihn gesehen!«

»Ich habe die Leiche gesehen.«

Jetzt wird es kommen, dachte Klaus. »Die Leiche! Wie fanden Sie ihn? Sprechen Sie!«

»Es ist so, wie ich es vermutet habe. Der Schuß ist aus nächster Nähe abgefeuert, direkt in den Hinterkopf.«

Aus nächster Nähe! Klaus suchte zu überlegen. Wie war denn das? Tweel mußte ihm nachgeschlichen sein. Oder er hatte hinter einem Baum gelauert und auf Stefan Rambin gewartet. Aber das war doch unmöglich! Wenn Stefan Rambin nun in der Mitte des Weges oder auf der andern Seite ging!

»Sie haben sich wahrscheinlich an einer verabredeten Stelle getroffen und sind dann den Jagen entlanggegangen. Der Mörder ist einen Schritt zurückgeblieben und hat sein Opfer von hinten erschossen. Jedenfalls spricht alles dafür, daß der Vorgang so verlaufen ist.«

»Dann bleiben Sie also bei Ihrer Auffassung, daß es ein fingierter Agent gewesen ist, der meinen Onkel dorthin gelockt hat, um ihn zu ermorden?«

»Ich finde die Auffassung wenigstens bis jetzt bestätigt.«

»Schrecklich! Ich habe es doch nicht geglaubt. Immer dachte ich, daß Stefan Rambin noch zurückkommen würde.«

»Sagen Sie von sich aus bitte niemandem etwas davon, daß ich schon gestern draußen war. Ich hatte mir einen Beamten mit einem Polizeihund mitgenommen. Wir streiften die Gegend ab. Ich hatte nach Lengenfeld telefoniert, daß wir erst heute kommen würden. Niemand erkannte uns als Kriminalisten.«

»Haben Sie etwas gefunden?«

»Allerhand, aber nachher wurde es zu dunkel. Ich mußte mir einiges für heute aufsparen. Wir haben die Leiche ordentlich mit Zweigen zugedeckt. Es wird übrigens ein Leichenwagen mit einem Sarg dort sein. Anders kann der Tote nicht mehr transportiert werden.«

»Wohin soll er gebracht werden?«

»Wenn der Arzt den Toten untersucht hat, werden wir ihn zur Bestattung freigeben. Der Leichenwagen kann gleich nach Michaelsbrück dirigiert werden.«

»Hierher!« Nun würde alles über Agathe hereinstürzen. Bisher war das Furchtbare wie eine ferne Möglichkeit gewesen. Noch war Stefan Rambin wie lebendig unter ihnen. Noch eben hatte er an seinem Schreibtisch gesessen oder war zur Tür hereingekommen. Jetzt würde der Totenwagen vor dem Hause stehen, und er lag darin.

Auf der Chaussee hielt ein Auto und gab Signal. Weigelt stand auf. »Kommen Sie! Das ist der Polizeiarzt Doktor Marx.«

Klaus stand verwirrt. »Ich muß noch meine Kusine sprechen. Sie muß wissen, daß der Tote gebracht werden wird.«

»Dann kommen Sie nachher gleich zum Wagen hinunter!« Der Kommissar ging langsam durch den Vorgarten und blickte sich nach allen Seiten um. Er sah nach dem Fenster, hinter dem Herr Schulz mit der Feder hinter dem Ohr arbeitete. Warf an der Ecke einen Blick über den Holzhof und zog den Geruch der Baumstämme ein. Alles war ihm wichtig. Seine Sinne tränkten sich mit Atmosphäre. Er brauchte das. Aus solchen Eindrücken kamen ihm die Gedanken.

Klaus ging in das Haus zurück. Irgendwo mußte Monika sein. Er trat in das Herrenzimmer. Das Schloß des Schreibtisches war herausgebrochen. Der Schlosser hatte zwei Nägel vor die oberste Lade geschlagen. Hier war es gewesen! Seine Blicke irrten in den Raum. Die Möbel standen wie immer, die Goethebüste schimmerte weiß aus der Ecke. Niemals mehr würde Stefan Rambin hier sitzen und von seiner Arbeit aufschauen, wenn jemand hereinkam. Klaus ging durch das Musikzimmer und das Eßzimmer. Monika war nirgends zu finden. Ich muß es ihr sagen, dachte er und hatte Angst vor dem Augenblick, in dem er ihr gegenüberstehen würde. In der Küche fand er die Mädchen. Als er eintrat, verstummte ihr Gespräch. Nur das Wort »Kriminal« fing er noch auf. Das würde jetzt durch den ganzen Betrieb gehen, in den Ort hinübergreifen, überall würden die Menschen zusammenstehen und verstummen, wenn einer von den Rambins vorüberging.

»Wo ist Fräulein Monika?« fragte er und schickte das Stubenmädchen nach ihr. Sie ging hinauf, er wartete unten an der Treppe. Hier irgendwo hatte Monika heute nacht gestanden, als er die Treppe hinaufschlich. Vielleicht war er ganz dicht an ihr vorübergegangen.

Das Mädchen kam. »Fräulein Monika ist bei der gnädigen Frau und kann nicht fort.« Er nickte und wollte gehen, aber sie hielt ihn zurück. »Was ist mit Herrn Rambin passiert?«

»Herr Rambin ist verunglückt.«

»Ist es wahr, daß er ermordet ist? Die Leute sagen, er wäre ermordet worden.«

»Das ist noch nicht festgestellt«, sagte er kurz und ging.

Neben der Toreinfahrt hielt der Wagen. Der Polizeiarzt hatte einen grauen Spitzbart und eine goldene Brille. Der Kommissar stellte vor. Doktor Marx brummte etwas von »Beileid!« Der Wagen setzte sich in Bewegung. »Sie kennen den Weg?« fragte Weigelt. Klaus nickte.

Sie legten den größten Teil der Fahrt schweigend zurück; Doktor Marx lehnte in einer Ecke und hatte die Augen geschlossen. Weigelt beobachtete die Landschaft. Klaus mußte auf den Weg achten. Hinter Oranienburg kam die Kreuzung, bei der man falsch einbiegen konnte. Vor drei Tagen war er hier mit Agathe gefahren. Damit hatte es begonnen. Einzelheiten der Fahrt stiegen auf. Agathes bleiches Gesicht und ihre zitternden Hände. Jedes Wort, das die Gewißheit des Furchtbaren nicht hatte verscheuchen können. Sie fuhren, fuhren. Wechselnde Landschaften flogen vorüber. Dürre Fichtenwälder, Getreideäcker über Hügeln; einmal ein See.

Als die Chaussee aus dem Wald heraustrat, lag die kleine Station vor ihnen. »Da ist schon Lindenberg«, sagte Weigelt. »Dort sind wir gestern ausgestiegen. Herr Struß, der Stationsvorsteher, sah uns mißtrauisch an. Der Mörder ist nach meiner Ansicht am Dienstag bis Bergfriede weitergefahren und von dort seinem Opfer durch den Wald entgegengegangen. Es sind etwa fünf Kilometer.«

Er ließ den Wagen an dem Eingang zu dem Waldweg halten. »Werden Sie hier durchkommen?« fragte er den Schofför. Der besah sich den Weg. »Im ersten Gang sicher.«

Aus dem Wald schlug kühl die Luft heraus. Hoch über dem Weg wölbte sich das Blätterdach. Der Wagen schwankte in den ausgefahrenen Gleisen. Undurchdringlich lag zu beiden Seiten das Dickicht. Der Weg schien kein Ende zu haben.

»Hier ist Herr Rambin entlanggegangen«, erklärte der Kommissar, »und der Mörder kam ihm entgegen. Dann gingen sie zusammen weiter, und hier bogen sie in den Jagen. – Fahren Sie rechts hinein, Pahlke!«

Der Wagen rollte sanft auf der weichen Grasnarbe. Schnurgerade schnitt der schmale Weg durch den Wald. Das Gras war feucht, zwischen den Bäumen hing silbriger Dunst. Einige hundert Meter weiter stand das schwarze Leichenauto, halb von Büschen verdeckt. Vier Männer warteten daneben. »Da sind sie schon«, sagte Weigelt. »Wir wollen aussteigen.« Der Arzt reckte die steifgewordenen Glieder und nahm die Tasche mit den Instrumenten unter den Arm. Sie gingen zu Fuß weiter. Klaus fror in der feuchten Luft, aber es waren die Nerven. Hier ist Stefan Rambin gegangen, um Frau von Tweel zu treffen. Und dann brach der andere aus dem Dickicht und schoß ihn nieder! Oder war es doch so gewesen, wie Weigelt annahm?

Sie näherten sich dem Wagen. Unheimlich wirkte der schwarze Kasten in dem grünen Licht des Waldes, ein gespenstisches Spielzeug mit breiten Gummireifen und gedrehten Säulen, das die Stadt geschickt hatte. Der Sarg stand daneben in dem hohen Gras, und nun sahen sie Stefan Rambin daliegen. Das Haar schimmerte weiß über der zerschossenen Stirn, die Nase stach spitz in die Luft.

Sie waren auf zehn Schritt herangekommen, als sie hinter sich das weiche Aufschlagen von Pferdehufen hörten. Herr von Berlepsch und der Inspektor Arndt kamen angeritten und parierten. Der Baron drängte sein Pferd an Klaus heran und reichte ihm die Hand. Klaus sah das bekannte Gesicht, die kurze Nase und den schwarzen Spitzbart. Damals hatten sie gedacht, daß Lengenfeld mit Stefan Rambins Ende verknüpft wäre. Jetzt wußte er, daß es Bräsikow war. Herr von Berlepsch fragte nach Agathe. »Nun ist es doch so gekommen, Herr Rambin.«

Die Reiter stiegen ab, der Baron winkte einem Arbeiter, die Pferde zu halten. Die Tiere schnaubten ängstlich. Klaus machte die Herren miteinander bekannt. Doktor Marx packte an dem Leichenwagen seine Instrumententasche aus. Er war der einzige, den der Geruch nicht zu stören schien.

»Wir wollen auf die andere Seite gegen den Wind gehen«, schlug der Baron vor. Sie gingen an dem Sarg mit abgezogenen Hüten vorüber. Nur Klaus blieb stehen, faltete die Hände und schaute dem Toten ins Antlitz. Aber die Züge waren schon entstellt. Die scharfen Linien verschwammen wie unter einem trüben Glas. Von der linken Seite der Stirn, wo die Kugel ausgetreten war, schwoll es blau über das Auge und die Nasenwurzel. Er mußte sich abwenden und ging den Herren nach.

Inspektor Arndt erklärte, wie er die Leiche gefunden hatte. »Er lag am Wegrand. Einige Zweige waren über ihn gedeckt, und auf der Brust lagen zwei Glockenblumen.«

»Über die Blumen habe ich mich gewundert, als Herr Arndt mir davon erzählte«, sagte Herr von Berlepsch. »Ist es nicht schade, Herr Kommissar, daß Sie den Toten nicht mehr gesehen haben, wie er ursprünglich dalag? Sie hätten vielleicht manches daraus schließen können.«

»Ich habe ihn gesehen«, sagte der Kommissar. »Ich war gestern nachmittag hier und habe die Leiche fotografiert.«

»Ah, Sie waren schon hier! Aber das mit den Blumen ist merkwürdig, nicht wahr?«

Ursula von Tweel! dachte Klaus. Ursula hat ihm die Blumen auf die Brust gelegt! Er sah auf, und seine Augen fielen auf die große Linde, von der sie gesprochen hatte. Nur zwanzig Meter vor ihnen stand der mächtige Stamm. Seine Krone ragte über die anderen Bäume hinaus. Die unteren Zweige berührten den Boden. Wie ein ganzer Wald stand sie da, eine Riesenkugel voll ausgreifender Äste und grünen Lichts. Das war die Stelle, wo Stefan Rambin und Ursula von Tweel sich zu treffen pflegten, und jetzt lag er kaum fünfzig Meter davon im Sarg!

Herr von Berlepsch folgte seinem Blick. »Ein mächtiger Kerl, nicht wahr? Gleich hinter der Ecke geht eine Schneise ab.«

»Ich bin sie gestern entlanggegangen«, sagte Weigelt. »Sie führt aus dem Wald heraus und mündet auf den Weg nach Waldberg.«

Der Baron nickte. »Der Weg geht an Bräsikow vorüber nach Waldberg. Die Schneise ist die Grenze zwischen Lengenfeld und Bräsikow.«

Kapitel 15

Sie gingen langsam auf die Linde zu. Klaus' Gedanken weilten bei Stefan Rambin. Sein ganzes Leben zog an ihm vorüber. Immer war Stefan Rambin dagewesen. Er sah ihn bei Tisch sitzen, das Gespräch beherrschend, die hohe, gerade Stirn unter dem weißen lockigen Haar, die großen grauen Augen. Er sah ihn über den Holzhof gehen und neben der Kreissäge stehen. Immer näherte sich der Werkmeister mit abgezogenem Hut, wenn Stefan Rambin kam. Lange Gespräche fielen ihm ein, die sie am Nachmittag auf der Veranda gehabt hatten, mit der versteckten Gegnerschaft in der Stimme. Und jetzt lag Stefan Rambin hier mit entstelltem Gesicht im Walde, und der Arzt schnitt an ihm herum. Vielleicht hatte er noch die Linde im Auge gehabt, als die Kugel ihn traf. Die Linde, bei der Ursula ihn erwartete!

»Wie haben Sie eigentlich gestern den Toten aufgefunden?« fragte Weigelt den Inspektor.

»Ich habe die ganzen Tage umhergesucht«, sagte Arndt. »Ich dachte mir, daß ich die Leiche doch irgendwo finden müßte.« Ich habe auch noch einmal die Gegend bei dem Teufelsgrund abgesucht, und schließlich bin ich hier in den Jagen hineingeritten, und da fand ich sie.«

»Von welcher Seite sind Sie gekommen? Von Lengenfeld her oder von Waldberg?«

Der Inspektor zeigte nach hinten. »Dort von Lengenfeld her.«

»Merkwürdig«, sagte der Kommissar und bat die Herren, an den Waldrand zu treten. »Hier ist nämlich auch jemand geritten.« Er kniete auf der Seite des Weges nieder und bog die Halme auseinander. »Hier ist ein Reiter gekommen und wieder zurückgeritten. Ich dachte, daß Sie es gewesen wären. Für wie alt halten Sie die Spur?«

Die Herren beugten sich über den Boden. Weigelt zeigte ihnen die Abdrücke der Hufe. »Hier ist er hergekommen«, sagte er, »und hier ist er zurückgeritten.«

»Wie alt die Spuren sind, ist schwer, zu sagen. Sie können zwei oder acht Tage alt sein.«

Frau von Tweel! dachte Klaus wieder. Nun war alles klar. Ursula hatte nach Stefan Rambin gesucht und war in des Jagen hineingeritten. Dort mußte er von der Station Lindenberg herkommen. Dann hatte sie den Toten gefunden, ihm die Blumen auf die Brust gelegt und das Schlüsselbund an sich genommen.

Weigelt kniete noch immer am Boden. Plötzlich hob er den Kopf. Sie hörten das Knarren von Rädern und das Prusten von Pferden. Durch die Schneise kam ein Jagdwagen gefahren. Die Pferdeköpfe nickten mit klirrenden Kandaren. Die Tiere hatten in dem Sand schwer zu ziehen. »Das ist der Bräsikower«, sagte Herr von Berlepsch. »Ich habe Herrn von Steinhammer benachrichtigt.« Der Wagen näherte sich. Auf dem Bock saß ein livrierter Kutscher und im Innern der Herr, der Klaus gestern auf der Tribüne in Karlshorst gesehen hatte. Herr von Steinhammer stieg aus und kam auf sie zu. Ursulas Vater! Mit dem breiten braunen Filzhut auf dem Kopfe sah er jünger aus als gestern unter dem Zylinder. Auch seine Bewegungen waren betont jugendlich. Er hatte Ursulas Stirn und Nase. Aber die Augen waren grau und streng, besonders das Monokelauge.

Herr von Berlepsch ging ihm entgegen. Die Herren sprachen einige Worte miteinander und kamen zurück. Der Baron stellte vor. Herr von Steinhammer faßte Klaus ins Auge und reichte ihm die Hand. »Sie sind der Neffe des Toten, höre ich. Nehmen Sie mein aufrichtiges Beileid entgegen.« Die Stimme schnarrte die Worte ohne Ausdruck ab. Klaus fühlte die knochige Hand. Dies war der Mann, der seine Tochter verstoßen würde, wenn irgendein Schatten in ihrem Scheidungsprozeß zurückblieb. Ob dieser alte Mann eine Ahnung davon hatte, wie stark der Tod Stefan Rambins in seinen Lebenskreis einschnitt?

Der Kommissar hatte den Besitzer von Bräsikow prüfend angesehen und wandte sich nach der Begrüßung wieder den Pferdespuren zu. »Sie sind also hier nicht geritten, Herr Arndt?« fragte er.

Der Inspektor verneinte.

»Sie halten sich aber manchmal in Waldberg auf? An dem Tag, an dem der Mord passierte, sind Sie auch dort gewesen.«

»Worum handelt es sich?« fragte Herr von Steinhammer. »Ich denke, Herr Rambin ist durch einen falschen Agenten in diesen Wald gelockt worden?«

»Ganz recht«, sagte Weigelt. »Der Fall scheint eindeutig zu liegen. Aber diese Fährte machte mich jetzt stutzig. Ich bemerkte sie bereits gestern nachmittag, nahm aber an, daß sie von dem Inspektor Arndt herrührte. Sehen Sie hier den zerstampften Boden. Der Reiter kam an der Linde vorbei. Offenbar hat das Pferd an dieser Stelle vor der Leiche gescheut. Der Reiter ist dann abgestiegen, hat das Pferd an diesen Ast gebunden und ist zu Fuß weitergegangen. Weshalb hat er das getan? Offenbar, um den Toten zu betrachten, der dort am Wegrand lag, wo jetzt der Leichenwagen steht.«

»Ich bin von dieser Seite her noch niemals durch den Jagen geritten«, sagte der Inspektor und sah den Kommissar verlegen an.

»Am Dienstag sind Sie in Waldberg gewesen. Können Sie mir genau die Zeit angeben?«

»Ich habe nicht nach der Uhr gesehen, es wird gegen sechzehn Uhr gewesen sein.«

»Und von Waldberg sind Sie nach der Schäferei geritten?«

»Ja, ich ritt nach dem Vorwerk, wo die Schafe sind.«

»Aber der Schäfer sagt, daß Sie erst kurz vor achtzehn Uhr bei ihm gewesen wären. Gleich, nachdem Sie wieder fortgeritten waren, hätte er die Vesperglocke vom Gut her schlagen hören.«

»Das ist möglich. Ich war auch noch auf den Wiesen hinten, wo die Kälber weiden, und ritt überhaupt umher.«

»Es steht fest, daß ein Reiter von Waldberg oder von Bräsikow hergekommen ist und den Toten bemerkt hat. Wie würde sich ein Mensch verhalten, wenn er mitten im Walde die Leiche eines Unbekannten liegen sieht? Ich glaube, er würde zum nächsten Landjäger eilen und ihn auf den Fund aufmerksam machen. Das ist hier offenbar nicht geschehen. Man darf deshalb wohl den Schluß ziehen, daß dieser Reiter bei der Tat irgendwie beteiligt gewesen ist oder jedenfalls Veranlassung hatte, diesen Fund zu verschweigen. Es ist aber auch nicht ausgeschlossen, daß dieser Reiter der Täter selbst war. Er kann Herrn Rambin hier begegnet sein. Vielleicht kannten sich die beiden. Der Reiter ist dann abgestiegen. Herr Rambin und er gingen, vielleicht in einem heftigen Gespräch, den Jagen auf und ab, und dabei geschah es. Hat denn der Tote hier in der Gegend jemanden gekannt?«

Der Kommissar sah sich fragend im Kreise um. Klaus' Augen suchten in dem Gesicht Herrn von Steinhammers. Sollte diesem Mann wirklich noch nie der Name Stefan Rambins vorgekommen sein, der in dem Scheidungsprozeß seiner Tochter als Zeuge genannt war? Aber in den Zügen des Bräsikowers veränderte sich nichts.

Der Kommissar fuhr fort: »Wie es auch sei, jedenfalls ist der Täter bald nach seiner Tat in Waldberg aufgetaucht. Es bleibt fraglich, ob er geritten oder zu Fuß gegangen ist.« Weigelt machte eine Pause. Plötzlich zog er eine kleine Tasche aus grünem Leder hervor und hielt sie hoch. »Kennen Sie diese Tasche, Herr Arndt?«

Der Inspektor verneinte.

»Das ist die Brieftasche meines Onkels!« rief Klaus. »Ich kenne sie genau.«

Weigelt nickte. »Es fanden sich einige Briefsachen darin, aus denen der Besitzer zu erkennen war. Es ist in der Tat die Brieftasche des Ermordeten. Sie wurde in Waldberg gefunden, etwa fünfzig Schritte von dem Gasthaus entfernt, vor dem Herr Arndt am Dienstag nachmittag ein Glas Bier getrunken hat.«

»Ich weiß nichts von dieser Tasche.« Der Inspektor stand blutübergossen da.

»Das ist möglich. Ich habe gestern den Gastwirt gesprochen. Die Tasche wurde vor einigen Tagen von Dorfjungen gefunden. Der Gastwirt bewahrte sie auf, da er annahm, daß man sie abholen würde. Am Dienstag nachmittag kam Herr Arndt in vollem Galopp angeritten, stieg vor dem Gasthaus ab und ließ sich ein Glas Bier herausreichen.«

»Das habe ich selbst erzählt«, warf der Inspektor ein.

Weigelt sah ihn aufmerksam an. »Sie scheinen der Ansicht zu sein, Herr Arndt, daß ich den Verdacht auf Sie lenken will. Das ist nicht der Fall. Ich behaupte lediglich, daß sich an der Mordstelle die Anwesenheit eines Reiters und eines Fußgängers feststellen läßt. Vielleicht war der Fußgänger nur der abgesessene Reiter. Das weiß ich nicht. Bald nach der Tat befanden sich in oder vor dem Gasthaus in Waldberg ebenfalls ein Reiter und ein Fußgänger. Der Reiter waren Sie, Herr Arndt.«

»Ja, und der Fußgänger?«

»Der Fußgänger saß drinnen in der Gaststube, während Sie draußen Ihr Bier tranken, und sah Ihnen durch das Fenster zu. Es war ein noch junger Mann. Er trug ein weißes Sporthemd, Kniehosen und hatte dunkles Haar. Er kam gegen fünfzehn Uhr in das Gasthaus und ließ sich etwas zu essen geben. Als Sie weggeritten waren, fragte er den Wirt, wer Sie wären, und der Wirt nannte Ihren Namen. Das ist sehr wichtig, daß der Fremde sich Ihren Namen geben ließ. Denn er hat diesen Namen dann auf dem Scheck gebraucht. Vielleicht hat er ihn sich sogar notiert, um einen richtigen Namen aus dieser Gegend zu verwenden. Die Brieftasche hat er dann offenbar beim Fortgehen in den Graben geworfen, nachdem er ihr den von dem Ermordeten ausgestellten Scheck entwendet hatte. Ganz offensichtlich ließ er einige belanglose Briefe darin. Soweit ist mir alles klar. Nur diese Pferdespur verstehe ich nicht.«

»Es reiten viele Menschen in dieser Gegend herum«, sagte Herr Arndt achselzuckend.

»Aber sicher nur wenige, die es für sich behalten, wenn sie eine Leiche im Wald finden.«

Herr von Berlepsch ergriff das Wort. »Die Sache mit dem Reiter ist vielleicht sehr einfach zu erklären. Es ist nicht unbedingt nötig, daß der Reiter die Leiche bemerkt hat. Er ist durch die Schneise geritten und bog hier in den Jagen ein. Vielleicht war es schon dunkel oder dämmerig. Das Pferd witterte den Toten und war nicht vorwärts zu bekommen. Der Reiter konnte annehmen, daß das Tier vor einem Schatten scheute. Er hat den Kampf aufgegeben und ist wieder zurückgeritten.«

»Das ist möglich«, sagte der Kommissar.

»Hatten Sie gestern nicht einen Polizeihund mit?« fragte Herr von Steinhammer.

»Der Hund hat nichts ausgerichtet«, antwortete Weigelt. »Es war schon zu viel Zeit vergangen.«

Klaus sah verstohlen zu Herrn von Steinhammer hinüber. Einen Augenblick hatte es ihm geschienen, als ob etwas wie Angst in dessen Frage mitschwänge. Der Bräsikower mußte doch wissen, daß seine Tochter am Dienstag ausgeritten war! Aber der Gutsherr hörte kaum auf Weigelts Antwort hin.

»War es nicht ziemlich dumm von dem Täter, einen Namen aus dieser Gegend zu wählen?« fragte Herr von Berlepsch. »Dadurch hat er uns auf die Spur gebracht. Hätte er auf dem Scheck etwa ›Fritz Müller aus Stendal‹ geschrieben, wäre es keinem Menschen eingefallen, hier in Lengenfeld nach der Leiche zu suchen.«

Der Kommissar schien nachzudenken. »Es ist möglich, daß das eine Dummheit war. Bei jedem Verbrechen wird eine Dummheit begangen. Offenbar arbeitet ein Gehirn in dem erregten Zustand nicht völlig tadellos. Der Täter kann aber auch eine Absicht dabei gehabt haben. Vielleicht wollte er alle Spuren gerade hierher lenken. Darauf deutet auch die fortgeworfene Brieftasche. Er hätte sie ja auch irgendwo aus dem Zug werfen oder vergraben können. Aber er wollte, daß man den Toten und den Mörder in dieser Gegend suchte. Seine Absicht ist ihm ja auch bisher geglückt. Fast eine Woche ist vergangen, und wir wissen von dem Mörder noch nichts, als wie er ungefähr aussah und daß er in dem Gasthaus zu Waldberg Rührei mit Schinken gegessen hat. Und Herr Arndt ist ja wirklich fast in Verdacht gekommen.«

Der Polizeiarzt kam von dem Leichenwagen her, trat zu der Gruppe und stellte sich vor. »Die Untersuchung der Wunde hat nichts Neues ergeben«, sagte er.« Der Täter ist unmittelbar hinter seinem Opfer hergegangen. Der Schuß ist aus nächster Nähe gegen den Hinterkopf abgegeben worden. Die Haare sind von dem Mündungsfeuer versengt. Die Kugel hat das Großhirn durchschlagen und ist vorn links zwischen Stirn und Schläfe herausgetreten. Der Schußkanal verläuft etwa waagerecht. Man kann also annehmen, daß der Schießende ungefähr von gleicher Größe wie der Erschossene gewesen ist und den Revolver – es war ein gewöhnlicher Browning – in der rechten Hand gehalten hat. Herr Rambin muß sofort tot gewesen sein. Der Täter hat die Leiche dann an den Wegrand unter die Bäume geschleppt und dort niedergelegt.« Doktor Marx zündete sich umständlich eine Zigarre an. »Wohl dem, der da atmet in rosiger Luft!«

»Dann sind wir also fertig«, sagte Herr von Steinhammer, reichte Herrn von Berlepsch und Klaus die Hand, lüftete den Hut und ging zu seinem Wagen zurück.

Herr von Berlepsch sah ihm lächelnd nach. »Der alte Herr ist ordentlich jung geworden. Er soll auf Freiersfüßen gehen. Man spricht von einem ganz jungen Mädel aus Berlin.«

Klaus sah ihn überrascht an.

»Jawohl, das gibt es, Herr Rambin. Seine Tochter läßt sich scheiden, und der alte Herr wird heiraten.«

»Wer ist seine Tochter?« fragte Weigelt.

»Frau von Tweel. Ihr Mann ist der Herrenreiter. – Wir werden nun hier wohl auch nicht mehr gebraucht, Herr Kommissar?«

»Nein, Herr Baron. Ich danke Ihnen und Herrn Arndt, daß Sie sich herbemüht haben.«

Herr von Berlepsch schüttelte Klaus die Hand. »Wenn Sie mich in dieser Angelegenheit noch brauchen sollten, so stehe ich Ihnen natürlich ganz zur Verfügung. Und sprechen Sie Ihrer Frau Tante mein aufrichtiges Beileid aus. Auf Wiedersehen! Kommen Sie, Arndt!«

Der Gutsherr und sein Inspektor verabschiedeten sich. An dem Leichenwagen gingen sie mit abgezogenen Hüten vorüber und bestiegen ihre Pferde.

»Netter Mann!« sagte der Arzt. »Also, Herr Rambin, die Leute machen jetzt den Sarg zu. Ich habe den Totenschein gleich dem Wagenführer gegeben, damit ihm der Sarg abgenommen wird. Von mir aus kann der Tote zur Beerdigung freigegeben werden. Oder hat die Kriminalpolizei etwas dagegen?«

Weigelt verneinte. »Ich habe den Schofför schon angewiesen, den Sarg nach Michaelsbrück in die Leichenhalle zu schaffen. Es ist das beste, Herr Rambin, Sie kommen mit uns nach Berlin mit. Wir setzen Sie am Stettiner Bahnhof ab. Sie können dann gleich nach Michaelsbrück hinausfahren.«

Klaus nickte. »Kommen Sie!« drängte Doktor Marx, da der Kommissar noch einmal niederkniete und die Hufabdrücke betrachtete. Von dem Leichenwagen kamen die Hammerschläge. Der Sarg Stefan Rambins wurde zugenagelt. Das Hämmern verhallte in den unendlichen Blättermassen wie das leise Klopfen eines Spechtes. Genau so wird der Schuß verhallt sein, mußte Klaus denken. Ein kurzes Klopfen, und dann war es zu Ende.

Kapitel 16

»Ihr Kriminalisten seid komische Leute«, sagte der Arzt, als Weigelt ihm die Vorgänge kurz geschildert hatte. Die Station Lindenberg lag schon lange hinter ihnen. »Ich hätte nun die verdächtigen Hufspuren nachgemessen und mit dem Pferd des Inspektors verglichen. Es stand doch bequem genug da.«

»Das hätte ich auch beinahe getan.«

»Und?«

»Es war nicht mehr nötig. Die Spur rührte bestimmt nicht von dem Inspektor her, sondern von einer Dame.«

»Wie haben Sie das gesehen?«

»Ich sah den Abdruck eines Damenreitstiefels am Boden, gerade als ich dem Inspektor zu Leibe rücken wollte.«

»Ich wunderte mich auch«, sagte Klaus, »daß Sie den Angriff auf den Inspektor so plötzlich abbliesen.« Er hatte das Gefühl, sprechen zu müssen, um seine Aufregung nicht zu verraten. »Sie glauben also, daß eine Frau bei der Angelegenheit im Spiele ist?«

»Meistens sind Frauen im Spiele. Ich möchte allerdings noch nicht von meiner Meinung abgehen, daß es sich in diesem Fall um einen gewöhnlichen, wenn auch besonders geschickt angelegten Raubmord handelt. Es ist wirklich leicht möglich, daß die Reiterin nur zufällig vorübergekommen ist und die Leiche gar nicht bemerkt hat.«

»Aber sie ist abgestiegen«, sagte Doktor Marx.

»Vielleicht ist sie von dem scheuenden Pferd sogar heruntergefallen und wieder aufgestiegen. Es gibt in der Gegend sicher viele Damen, die reiten. Es kann sogar diese Frau von Tweel gewesen sein.«

In dem Augenblick erklang hinter ihnen eine Hupe, und ein schwerer Achtzylinder überholte sie, ein breiter, dunkelblauer Wagen mit silberner Nymphenfigur am Kühler. Zwei Sekunden schwebte das Auto neben ihnen, ehe es vorüberglitt. Lange genug, daß sie die Insassen deutlich erkennen konnten. »Das war doch Herr von Steinhammer«, sagte der Kommissar. »Und eine Dame saß neben ihm. Gerade haben wir von ihr gesprochen.«

Klaus versuchte, gleichgültig zu bleiben. »Es wird seine Tochter gewesen sein.« Aber er hatte Ellen Bandler erkannt, die an Herrn von Steinhammers Seite saß. Plötzlich wurde ihm alles klar: Ellen Bandler war die junge Berlinerin, mit der sich Herr von Steinhammer verloben wollte! Er suchte mit halbem Blick Weigelts Gesicht zu erspähen, aber da war nichts zu erkennen. Der herunterhängende ungarische Schnurrbart verdeckte gerade den Zug um den Mund, auf den es ankam. Das Auto verschwand hinter der nächsten Kurve. Klaus schloß die Augen, um sich nicht zu verraten. Gestern hatte er Ellen mit Tweel getroffen, und dann war sie offenbar mit Herrn von Steinhammer nach Bräsikow hinausgefahren, und jetzt fuhr sie mit ihm wieder nach Berlin. Aber wie stand sie mit Ursula? Welche Rolle spielte sie zwischen diesen Menschen? ›Ich will hochkommen, Geld haben!‹ hörte er ihre Stimme.

Wenn er die Augen aufhob, sah er, daß Weigelt aufmerksam hinausblickte. Vielleicht prägte der Kommissar sich die Landschaft ein, oder er grübelte über den Fall nach. Der Arzt las in den Akten, die er aus der Tasche hervorgeholt hatte.

Wenn sie wüßten! dachte Klaus. Aber heute oder morgen wird der Kommissar alles erfahren. Die Zeitungen werden Nachrichten über Stefan Rambins Ermordung bringen, und dann wird es jemand der Kriminalpolizei anzeigen: Stefan Rambin spielt eine Rolle im Ehescheidungsprozeß Tweel! Dann wird Weigelt wissen, daß sie die Reiterin war und daß sie den Toten kannte.

Wenn ich es ihm sage? gingen seine Gedanken. Herr von Tweel ist der Mörder! Aber er selbst hat es nicht getan, er hat einen anderen geschickt, jenen, der in dem Gasthaus von Waldberg saß. Der hat Stefan Rambin für sechzigtausend Mark erschossen. Es ist Ursulas Geld, dachte er. Ursula hat die Ermordung ihres Freundes bezahlen müssen! Aber er schwieg. Man konnte nicht wissen, was alles geschah, wenn der Name Tweel im Zusammenhang mit dem Fall Stefan Rambin genannt wurde.

Sie näherten sich schon Reinickendorf, als Weigelt endlich aus seinem Brüten zu erwachen schien. »Mir will eine merkwürdige Gedankenverbindung nicht aus dem Sinn: Blumen und Frauen! Bei dem Toten lagen zwei Glockenblumen, und eine Frau war in der Nähe. Man könnte versucht sein, einen Roman zu erdichten.«

»Und der wäre?«

»Die Frau hatte mit Stefan Rambin an der Linde ein Rendezvous. Aber inzwischen erfuhr sie von seiner Untreue. Da schoß sie ihn nieder, ganz plötzlich, während sie durch den Wald gingen. Kann es nicht so gewesen sein?«

Klaus starrte zu Boden, um sein Erschrecken zu verbergen. So konnte es wirklich gewesen sein! Zum erstenmal streifte ihn der Gedanke, daß Ursula von Tweel den Schuß abgegeben haben könnte. Aus Eifersucht oder um den Zeugen zu beseitigen. »Aber der Mann im Wirtshaus und der Scheck?« fragte er mit möglichst ruhiger Stimme.

»Der Mann im Wirtshaus hat vielleicht nichts mit dem Mord zu tun. Er war auf der Wanderschaft, fand den Toten und nahm ihm die Brieftasche fort.«

»Es kann auch anders gewesen sein«, entgegnete Klaus zögernd. »Die Dame hat wirklich ein Rendezvous mit Stefan Rambin. Aber ihr Mann oder ihr Geliebter hatte Kenntnis davon bekommen. Er lag im Walde versteckt und knallte seinen Nebenbuhler nieder.«

»So ist es ganz sicher nicht gewesen«, sagte Weigelt lächelnd. »Die Art der Wunde spricht dagegen. Wie stellen Sie sich das vor? Wenn jemand plötzlich von hinten herangetreten wäre, hätte der Überfallene sich umgedreht. Darauf hätte es der Täter nicht ankommen lassen. Er hätte aus größerer Entfernung, von vielleicht fünf oder zehn Schritten, geschossen.«

»Das muß ich zugeben«, sagte Klaus zögernd. »Aber vielleicht hat der betrogene Mann oder Geliebte einen Mörder ausgeschickt und ihn mit der Aussicht auf diesen Scheck bezahlt.«

»Dann müßte dieser Mörder immer noch mit seinem Opfer gut bekannt gewesen sein.«

»Weil die beiden friedlich nebeneinander hergingen?«

»Ja, das ist das richtige Wort. Nach der Art des Schusses müssen die beiden ›friedlich nebeneinander hergegangen‹ sein. Es kann nicht einmal eine feindliche Spannung zwischen ihnen bestanden haben, denn sonst hätte Herr Rambin sich doch sofort umgewendet, als sein Partner einen Schritt zurückblieb. Aber weshalb nehmen Sie die unbekannte Frau in Schutz? Sie verdient es nach meiner Meinung nicht.«

»Sind Sie wirklich allen Ernstes der Meinung, daß diese Frau für die Tat in Frage kommt?«

»Leider bin ich noch gar keiner Meinung, Herr Rambin. Als wir heute früh von Michaelsbrück fortfuhren, glaubte ich mich der Lösung einigermaßen nahe. Dann gab es heute fünf Minuten, in denen ich den Inspektor Arndt für einen Mitschuldigen hielt. Mindestens für einen Mitschuldigen! Jetzt im Augenblick weiß ich nichts. Aber das ist bei jeder schwierigen Sache so. Kurz vor der Entdeckung verwirren sich alle Fäden. Meistens ist es dann eine Kleinigkeit, die die Lösung herbeiführt.«

Sie fuhren die Müllerstraße entlang. Auf einmal schoben sie sich nur noch langsam in dem Gebrodel der Straßenschluchten vorwärts. Der Lärm hämmerte auf sie ein. »Hier setzen wir Sie ab«, sagte der Kommissar an der Ecke der Invalidenstraße und klopfte gegen die Scheibe. »Sie erreichen bequem den Vieruhrzug nach Michaelsbrück. Werden Sie vorläufig draußen bleiben?«

»Ich denke, ja.«

»Dann stehen Ihnen schwere Tage bevor. Morgen, spätestens übermorgen werden sie den Toten bestatten. Auf Wiedersehen, Herr Rambin!«

Klaus schüttelte den beiden Herren die Hand und stand allein. Aber er ging nicht zum Stettiner Bahnhof, sondern wartete, bis das Auto verschwunden war, schlug die Richtung zur nächsten Untergrund ein und schritt langsam die Stufen hinab. Gerade kam ein Zug an, aber er stieg nicht ein, sondern wartete. Jetzt mußte er Michaelsbrück anrufen. Monika würde am Telefon sein. Monika, die ihn heute nacht belauscht hatte, als er den Schreibtisch aufbrach. Wenn ich mich auf die Bank setze, werde ich einfach losweinen, wußte er und zwang sich, den Bahnsteig auf und ab zu eilen. Das war alles zu viel, was auf ihn einstürmte! Das Gesicht des Toten! Er wurde das Bild nicht los. Die Stirn, die von der Kugel zerschmettert war!

Vielleicht hatte er doch nichts von Stefan Rambin gewußt. Vielleicht war Stefan Rambin doch nicht der Mann des Erfolges gewesen, sondern gehetzt und ruhelos, wie Monika ihn sah. Ein einziges Mal hätten wir zusammensitzen und uns alles sagen müssen. Es gibt solche Stunden, in denen man sich alles sagen kann. Vielleicht wäre alles anders gekommen. Ich hätte mit ihm über Ursula von Tweel sprechen müssen. Vielleicht hat er darauf gewartet, daß ich den Anfang machte. Vielleicht hat er überhaupt auf mich gewartet. Alle andern waren ihm ergeben und hingen an seinen Lippen. Er brauchte und verachtete das gleichzeitig. Ich war der einzige Mensch, der sich von ihm gelöst und selbständig gemacht hatte. Ich war der einzige, der mit ihm hätte sprechen können.

Der Zug brauste heran. Er stieg ein, fuhr zum Bahnhof Friedrichstraße und ging zu dem Postamt. »Ferngespräch nach Michaelsbrück Nummer sieben«, verlangte er und ging in die Zelle. Von jenseits kam Monikas Stimme. Er teilte ihr mit, daß der Leichenwagen unterwegs wäre und jeden Augenblick eintreffen könnte. »Du übergibst die Sache am besten dem Büro. Herr Schulz weiß doch mit solchen Dingen Bescheid?«

»Ich habe schon mit Herrn Schulz gesprochen«, sagte sie, »und auch Mutti habe ich gesagt, daß Papa aufgefunden ist.« Er wunderte sich, wie klar und ruhig sie sprach.

»Ich komme heute abend hinaus. Die Anzeigen müssen aufgesetzt werden.« Sie antwortete nicht. »Oder soll ich nicht kommen?« fragte er, einem plötzlichen Einfall nachgebend.

»Du mußt wohl kommen«, sagte sie zögernd und leise. Dann merkte er, daß sie abgehängt hatte.

Als er auf der Straße stand, spürte er, daß ihm vor Aufregung und Schwäche die Knie zitterten. Ich muß etwas essen, dachte er, und dann werde ich Frau von Tweel anrufen! Nur kurz diese Tatsache ließ er in seine Gedanken herein, schob alles andere zurück. Ich werde Ursula anrufen! Mit einer scheuen Bewegung fühlte er ihre Briefe in seiner Tasche. Hatte er seit diesem Morgen überhaupt an etwas anderes gedacht? Er trat in ein Restaurant ein. Während er auf sein Essen wartete, durchflog er die Mittagszeitung und suchte nach den Ergebnissen des Rennens. Da stand es: Tweel war als Zweiter durchs Ziel gegangen. Das war wie ein Symbol. Hatte er immer noch gehofft, daß das Pferd gestürzt oder wenigstens ausgebrochen wäre? Aber da stand es wirklich: Tweel hatte den zweiten Preis errungen. Es waren zwanzigtausend Mark. Tweel war unangreifbar. Er zwang die Widerspenstigen durch das Ziel.

Plötzlich fiel sein Auge auf eine Notiz über Stefan Rambins Ermordung. Es waren nur wenige Zeilen. »Der Besitzer des Sägewerks in Michaelsbrück, Stefan Rambin, ist hundert Kilometer von seinem Wohnort entfernt in einem Wald erschossen aufgefunden worden. Offenbar liegt Raubmord vor. Die Polizei verfolgt die Spuren des Täters.« Der letzte Satz klang in ihm nach: ›Die Polizei verfolgt die Spuren des Täters.‹ Er las die Notiz einige Male durch. Plötzlich stand er auf, ging in die Telefonzelle und ließ sich Ursulas Nummer geben. »Hallo!« kam die Stimme an sein Ohr. Er fragte nach ›Frau Schindler‹. »Einen Augenblick!« Er hörte Schritte, geflüsterte Worte, und dann kam die Antwort: »Rufen Sie bitte in einer Viertelstunde wieder an.«

Er setzte sich wieder an den Tisch und aß. In einer Viertelstunde! dachte er. Ich werde vor ihr stehen und ihr die Briefe geben. Das wird die wichtigste Unterredung meines Lebens sein. Ich habe sie in der Hand. Ich kann sie vernichten oder befreien. Ich werde ihre leise Stimme hören, ich werde in ihre Augen sehen. Was will ich denn von ihr? Er sah ihr Gesicht zum Greifen deutlich vor sich. Seine Gedanken wagten nicht weiterzugehen. Was will ich von ihr? Er blätterte in der Zeitung. Seine Augen folgten den Ziffern der Armbanduhr. Fünf Minuten, zehn Minuten. Sie muß darauf brennen, mich zu sehen! Sie weiß, daß ich ihr die Briefe bringen werde, von denen ihr Leben abhängt! Ich habe alles für sie aufs Spiel gesetzt, und vielleicht bin ich wirklich verloren, weil ich diese Briefe gestohlen habe. Plötzlich sah er Monikas verweintes Gesicht vor sich und dahinter die Züge Ursulas. Die Gesichter glitten ineinander über.

Die Viertelstunde war herum. Er stand auf und rief die Nummer an. Er kannte sie auswendig. Vielleicht werde ich diese Nummer jetzt oft benutzen, jeden Tag. Wir werden vielleicht viel zusammen sein. Nicht jetzt, nicht in den nächsten Tagen und Wochen, aber dann, wenn alles vorüber ist und sich niemand mehr um uns und Stefan Rambin kümmert. Wenn sie den

Scheidungsprozeß gewonnen hat! Das »Hallo« klang an sein Ohr. Er nannte seinen Namen. »Frau Schindler erwartet Sie.« Er fragte nach der Adresse. »Steht im Fernsprechbuch«, sagte die Stimme.

Er blätterte in dem dicken Band und fand die Adresse in Westend. ›Rittmeister a. D. Hans von Tweel‹. Sie hatte also noch die Wohnung. Ihr Mann würde ausgezogen sein. Er überlegte sich den Weg, zahlte und ging. In einer halben Stunde werde ich bei ihr sein!

Kapitel 17

Ein Mädchen öffnete die Tür. Er zögerte, seine Karte abzugeben. Niemand brauchte zu wissen, daß er zu ihr kam. Alle Welt würde in der Zeitung von der Ermordung Stefan Rambins gelesen haben. Er sah mehrere Mäntel und Hüte in der Diele hängen. Frau von Tweel hatte also Besuch. »Wen darf ich melden?« fragte das Mädchen noch einmal. »Gnädige Frau erwartet, mich«, sagte er. Sie verschwand und kam sofort zurück. »Frau Baronin läßt bitten.« Er legte seine Sachen ab und trat durch die geöffnete Tür.

Es war ein kleines Zimmer. Nur eine Couch und ein kleiner Schreibtisch mit Sessel standen darin. Durch einen halb zurückgeschlagenen Vorhang sah man in ein großes Musikzimmer, dessen Fenster verhängt waren. Auch aus diesem Raum blickte man durch einen halb geschlossenen Vorhang in ein anderes Zimmer. Dort saß Ursula mit ihren Gästen. Er konnte sie im Schein der Lampe deutlich erkennen. Die Stimmen der Sprechenden klangen gedämpft herüber. Neben der Stehlampe saß die massige Gestalt des Grafen Koska, der die Unterhaltung zu beherrschen schien. Einmal beugte sich der dunkle Kopf eines anderen Herrn in den Blickausschnitt. Die übrigen Gäste schienen Damen zu sein. Klaus lehnte an der dunklen Wand und sah die fernen Gestalten unter dem gelben Licht der Lampe wie auf einer Bühne. Ursula stand am Samowar und schenkte Tee ein. Sie weiß, daß ich hier bin, dachte er, und vielleicht merkt sie sogar, daß ich sie jetzt beobachte. Kühl und ruhig stand sie da. Das helle Seidenkleid floß mit mattem Schimmer an ihrer schlanken Gestalt hernieder. Sie hörte lächelnd den Worten des Grafen zu.

Dann kam sie, schloß den Vorhang hinter sich und schritt durch das dunkle Zimmer. Ihr klares, liebliches Gemmengesicht beugte sich in das Tageslicht, das vom Fenster her einbrach. Sie standen sich wortlos gegenüber und sahen sich an. Aus dem Salon kamen die Stimmen der Gäste.

»Ich habe die Briefe gebracht«, fing er an und zog das Päckchen aus der Tasche.

Sie nahm es mit ruhiger Bewegung an sich. »Ich danke Ihnen!«

»Sie haben Gäste«, sagte er. »Ich will Sie nicht aufhalten.« Dabei fiel ihm plötzlich Ellens Behauptung ein, daß Ursula in ihn verliebt wäre. Welch ein Wahnsinn! Er fühlte, wie ihre Gedanken tausend Meilen von ihm fort waren.

»Nein, nein, bleiben Sie!« bat sie und winkte ihm, Platz zu nehmen. Aber sie blieben beide stehen. »Es ist soviel geschehen inzwischen.«

Er nickte. Es war wirklich viel geschehen, seit er mit ihr in Ellen Bandlers Zimmer gesprochen hatte. Damals wußte er nicht, wie nahe sie dem Toten gekommen war, und kein Gedanke hatte ihn gestreift, daß sie selbst den Schuß abgegeben haben könnte. Aber glaubte er jetzt daran, da sie kühl und ruhig vor ihm stand? Konnte sie es gewesen sein? Er wußte es auch jetzt nicht. »Weshalb haben Sie mir nicht die Wahrheit gesagt?« fragte er plötzlich. Seine Stimme klang fast scharf. »Sie sind bei dem Toten gewesen. Sie haben ihm zwei Blumen auf die Brust gelegt, und dann haben Sie ihm die Schlüssel abgenommen.«

Sie sah ihn erstaunt an. »Woher wissen Sie das? Hat die Polizei das auch schon herausbekommen? Sie waren heute an der Stelle. Sagen Sie mir alles!«

Er berichtete ihr von dem Vormittag. Sie hing an seinen Lippen, fragte, wollte jede Einzelheit wissen.

»Ja«, sagte sie endlich, »ich habe ihn damals gleich gefunden. Er lag mitten auf dem Weg. Ich habe ihn beiseite gezogen und einige Zweige über ihn gedeckt. Ich habe ihm auch die Blumen auf die Brust gelegt. Es waren blaue Glockenblumen, die einzigen, die ich weit und breit finde konnte.«

»Weshalb haben Sie mir das nicht gesagt?«

»Ich hatte Angst davor. Ich dachte, wenn ich Ihnen sagte, daß ich bei dem Toten gewesen bin, dann würden Sie glauben, ich hätte ihn erschossen.«

»Und deshalb haben Sie mir auch heimlich die Schlüssel in den Mantel gesteckt. Aber nun werden andere Menschen glauben, daß Sie ihn erschossen haben.«

Sie antwortete nicht, sondern wandte sich zu dem Schreibtisch, löste die grüne Schnur von dem kleinen Paket und sah die Briefe durch. »Ja, es sind meine Briefe!« sagte sie. Ihre Ruhe entsetzte ihn. Einmal waren diese Sätze doch aus ihrem Innern gequollen. ›Ewig Deine Ursula‹ hatte er die eine Unterschrift gelesen. Und jetzt konnte sie ruhig die Blätter daraufhin durchsehen, ob sie vollständig waren Aber plötzlich bemerkte er, daß sie weinte. Er trat näher und sah, daß die Tränen über ihr Gesicht strömten. »Gnädige Frau!« rief er sie leise an, aber sie achtete nicht darauf. Ihre Augen blickten ins Leere. Die Tränen rannen unaufhörlich über ihre Wangen. »Sie haben ihn doch geliebt!«

Sie schüttelte den Kopf, ohne den Blick von den Briefen aufzuheben. »Nein, nein, wenn ich ihn geliebt hätte, dann wäre ja alles anders gekommen!« Endlich riß sie sich von den Briefen los und schloß sie ein.

»Weshalb vernichten Sie diese Blätter nicht?« fragte er.

»Ich werde sie verbrennen, heute abend noch. Aber dazu muß ich allein sein. Es sind Gäste da. Das ist ja so furchtbar für mich, daß ich das Leben weiterführen muß, als wenn nichts geschehen wäre.« Ihre Hände lagen wie tot auf der Tischplatte.

»Sie müssen mir erzählen, wie es war, als Sie ihn fanden.«

»Werden Sie mir glauben? Oder glauben Sie nun, daß ich ihn erschossen habe?«

»Sie hatten doch keinen Grund, ihn zu erschießen?«

»Vielleicht hat Ihr Kommissar damit recht, daß ich eifersüchtig war. Oder ich konnte den Zeugen beseitigen wollen. Sie wissen doch, daß ich in meinem Scheidungsprozeß um mein Leben kämpfe. Wenn Stefan Rambin tot ist, kann er nicht mehr gegen mich aussagen oder, wie man es wohl tut, die Aussage verweigern.«

»Aber Sie haben doch mit ihm nicht die Ehe gebrochen!«

»Und wenn ich Sie in diesem Punkt belogen hätte? Haben Sie die Briefe gelesen, die ich ihm geschrieben habe?«

»Ich habe einige Sätze und Ihre Unterschrift lesen müssen, um zu wissen, ob es die richtigen Briefe waren.«

»Und?«

»Nach diesen wenigen Sätzen hätte ich angenommen, daß Sie ihn geliebt haben.«

»Und wenn Sie die ganzen Briefe lesen würden, würden Sie das noch viel mehr annehmen. Das war wie ein Rausch damals, als ich sie schrieb. Soll ich Ihnen sagen, wie es war? Er riß mich in eine ganz neue Welt hinein. Es war, als ob ich ein anderer Mensch geworden wäre. Damals schrieb ich ihm diese Briefe. Aber dann kam das Erwachen Ich merkte auf einmal, daß ich gar nicht der Mensch war, für den er mich hielt. Ich ertrug plötzlich die Hochspannung nicht mehr, die von ihm ausging. Ich bin eine einfache Frau. Ich will ruhig und mit schönen Dingen um mich leben. Nichts weiter. Er legte zu viel in mich hinein. Ich schämte mich. Ich konnte ihm einfach nicht mehr folgen. Ich merkte, daß ich nicht zu ihm passe. Wirklich, es war so, daß ich nicht für ihn zureichte.«

»Sie!« rief er aus. »Sie, Ursula von Tweel, sollten für Stefan Rambin nicht zureichen?«

»Ach, Sie haben ihn ja nicht gekannt! Sie kannten ihn nur, wie er zu Hause war, in dieser Ehe, die auf ihm lastete. Aber draußen war er anders.«

»Weshalb soll seine Ehe auf ihm gelastet haben? Sie kennen seine Frau nicht. Agathe Rambin ist ein wundervoller Mensch, aber er hat sie kaputt gemacht. Ich glaube, er würde jede Frau kaputt machen.«

»Vielleicht hätte er auch mich kaputt gemacht«, sagte sie lächelnd.

»Ihre gesunde Kraft hat sich gegen ihn gewehrt.«

»Ach nein, es war ja doch anders. Ich konnte nicht mehr. Ich reichte wirklich für ihn nicht zu. Ich versuchte, mich zu zwingen, aber es ging nicht. Ich habe Nächte deswegen durchweint.«

»Hat er das gewußt?«

»Nein, er hat das nicht gewußt. Ich dachte ja immer, alles würde noch gut werden. Zehnmal habe ich mir vorgenommen, es ihm zu sagen, aber ich brachte es nicht über die Lippen.«

»So haben Sie es ihm nie gesagt? Er glaubte bis zuletzt, daß Sie ihn liebten?«

»Ja! An dem Tage, als er ermordet wurde, damals wollte ich die große Aussprache mit ihm herbeiführen. Der Rechtsanwalt meines Mannes hatte mir doch diesen Brief geschrieben. Daran wollte ich anknüpfen. Wir mußten doch jetzt alle Fragen durchsprechen. Aber – dann kam er nicht.«

»Aber Sie fanden dann seine Leiche.«

»Ja, ich fand seine Leiche. Gerade an diesem Tag konnte ich mich zu Hause nur schwer losmachen und ritt zu spät fort. Wenn ich früher gekommen wäre, wäre vielleicht alles anders gekommen. Als ich durch die Schneise ritt, hörte ich den Schuß fallen. Ich gab dem Pferd die Sporen, raste um die Ecke und sah, wie ein Mensch durch das Dickicht davonlief. Mein Pferd scheute, aber ich hätte ihm auch so durch den dichten Wald nicht nachreiten können. Ich habe gerufen und geschrien, aber es war niemand in der Nähe. Dann habe ich das Pferd angebunden und bin zu ihm gegangen.«

»Sie haben also den Mörder gesehen?« fragte er. »Es war nicht Ihr Mann?«

»Das ist es ja eben!« rief sie aus. »Ich weiß nicht, ob es mein Mann war. Nein, ich glaube, er war es nicht, oder er hat vielleicht einen andern geschickt, der es für ihn tat.«

»Sie haben den Toten dann gefunden?« fragte er. »Sie haben ihn gesehen, als er noch warm war?«

»Ja, er war noch warm. Ich dachte zuerst sogar, er lebe noch. Ich habe ihm auch die Augen zugedrückt, die noch offenstanden. Es war furchtbar. Eben hatte ich noch gemeint, ich würde ihn gleich sprechen, und nun lag er da quer über dem Weg.«

»Ich wundere mich, daß Sie in diesem Augenblick so viel Überlegung gehabt haben, um ihm die Schlüssel abzunehmen, und sicher haben Sie auch seine Taschen nach Briefen durchsucht.«

Sie stützte den Kopf in die Hände. »Nun glauben auch Sie, daß ich ihn erschossen habe.«

»Nein, ich glaube Ihnen alles, was Sie sagen.«

»Haben Sie sich nicht gewundert, als Sie das Schlüsselbund in Ihrem Mantel fanden? Was dachten Sie damals?«

»Ich wußte ja nicht bestimmt, daß Sie es mir in die Tasche gesteckt hätten. Ich rechnete auch damit, daß Sie diese Schlüssel Herrn von Tweel fortgenommen hätten.«

»Aber Sie wußten gleich, daß der Schlüssel zu dem Schreibtisch dabei war?«

»Ja, das wußte ich eigentlich sofort. Erst seit heute vormittag war es mir klar, daß Sie selbst dem Toten die Schlüssel und wahrscheinlich auch einige Briefe fortgenommen haben.«

»Die Brieftasche war fort, aber die Schlüssel habe ich ihm wirklich abgenommen. Es ist merkwürdig, nicht wahr, daß ich in diesem Augenblick meine Gedanken sammeln konnte. Aber in mir war eine furchtbare Angst. Ich kniete bei ihm und weinte so sehr, daß ich lange warten mußte, ehe meine Hände ruhig genug waren, um ihm die Augen zuzudrücken. Aber, daneben gingen meine Gedanken ganz klar. Es war, als ob sie nichts mit mir zu tun hätten. Eigentlich war es noch viel schlimmer, aber ich muß es Ihnen sagen. Können Sie sich denken, daß während der ganzen Zeit sogar etwas wie Freude in mir war? Das ist ja das Furchtbarste! Mein erster Gedanke war, daß nun diese entsetzliche Unterredung nicht mehr stattzufinden brauchte.«

»Das gibt es. Solche Gedanken kommen. Man darf ihnen nur keine Gewalt über sich geben.«

»Nein, nein, solche Gedanken dürfte man nicht haben. Aber sie waren in mir. Ich mußte daran denken, daß nun der Zeuge in meinem Scheidungsprozeß fehlte und daß ich jetzt vielleicht die Briefe wiederbekommen würde, da ich seine Schlüssel an mich nehmen konnte. Ja, ich habe seine Taschen nach Briefen durchsucht, die mir unangenehm werden konnten. Ich habe die Schlüssel an mich genommen. Da wußte ich natürlich noch nicht, daß ich sie Ihnen geben würde. Das kam erst später. Ich hatte die Schlüssel auch bei mir, als ich nach Michaelsbrück fuhr.«

»Haben Sie vielleicht gehofft, Sie könnten seinen Schreibtisch aufschließen?«

»Eigentlich nicht. Das war ja fast unmöglich. Aber es zog mich zu diesem Schreibtisch hin, dessen Schlüssel ich bei mir hatte. Aber ich bin gar nicht in dem Zimmer gewesen. Glauben Sie auch jetzt noch nicht, daß ich ihn erschossen habe?«

Er schüttelte den Kopf. »Nein, ich glaube Ihnen jedes Wort. Aber müssen Sie nicht zu Ihren Gästen zurück?«

»Ich habe ihnen gesagt, ich hätte eine Unterredung wegen meines Prozesses. Es sind alles Freunde, die oft bei mir sind.« Sie zögerte eine Weile und sah vor sich nieder. »Ich muß Ihnen noch etwas sagen: Ich wußte schon, daß Sie heute vormittag draußen in dem Wald waren.«

»Durch wen?«

»Mein Vater war bei mir. Er hat mir alles erzählt. Und mein Vater hält mich für den Mörder!«

»Um Gottes willen!«

»Mein Vater erinnerte sich daran, daß ich am Dienstagvormittag ausgeritten war. Er wußte gleich, daß die Pferdespur von mir herstammte. Er hat es mir auf den Kopf zu gesagt. Und er wußte auf einmal auch, daß ich Stefan Rambin kannte. Mein Mann muß draußen bei ihm gewesen sein, oder er hat ihn vielleicht auch in Berlin gesprochen. Aber wie hat mein Mann etwas von meiner Freundschaft mit Stefan Rambin erfahren können? Das ist das Rätsel, über das ich immer nachdenken muß.«

»Sie ahnen es wirklich nicht?« fragte Klaus. »Wissen Sie, daß Ellen Bandler heute in Bräsikow draußen war und mit Ihrem Vater nach Berlin zurückfuhr?«

Sie sah ihn erstaunt an.

»Und gestern bei dem Rennen habe ich Ellen Bandler mit Ihrem Mann zusammen gesehen. Man erzählt sich auch, daß Ihr Vater Ellen Bandler heiraten wolle.«

»Das ist doch ein dummes Gerede. Mein Vater ist ein alter Mann. Und bei dem Rennen wollte sich Ellen nur Attila ansehen. Ich weiß, daß sie zum Sattelplatz gegangen war. Ich habe auch Sie gesehen, Herr Rambin, wie Sie mit Ellen bei der Tribüne standen. Ich dachte, Sie würden mit ihr zu uns kommen, aber auf einmal waren Sie fort.«

»Haben Sie nie daran gedacht, daß Ellen Sie verraten haben könnte? Sie weiß mehr von Ihnen, als Sie ahnen. Ganz sicher hat sie von Ihrer Freundschaft mit Stefan Rambin gewußt. Sie ist es gewesen, die Ihrem Mann davon Mitteilung gemacht hat. Sie hat nun auch Ihrem Vater alles erzählt.«

»Das ist nicht möglich!« rief Ursula aus. »Ellen ist meine Freundin. Ich weiß, sie steht mit meinem Vater gut, aber das wäre doch so gemein ... Nein, ich kann das nicht glauben.«

»Vielleicht hat sie jetzt sogar schon die Polizei benachrichtigt.«

Aus dem Salon kam lautes Lachen. Man hörte deutlich die tiefe Stimme des Grafen Koska. Ursula zuckte zusammen.

»Wenn es Ellen gewesen wäre! Aber jetzt ist doch alles verloren.«

»Sie haben wenigstens die Briefe. Niemand kann Ihnen jetzt beweisen, daß zwischen Ihnen und dem Toten mehr bestand als eine gute Bekanntschaft.«

Sie schüttelte den Kopf. »Das hat jetzt alles keinen Zweck mehr. Seit mein Vater hier war, weiß ich nicht, was ich tue. Ich habe da bei den andern gesessen und mich unterhalten. Ich habe sogar gelacht. Aber in mir ist alles tot. Die Briefe ... ja, es ist gut, daß ich die Briefe zurück habe. Aber jeden Augenblick kann ich verhaftet werden. Alle Anzeichen sprechen doch gegen mich. Man wird mich verurteilen.«

»Das ist unmöglich. Aber Sie müssen diese Briefe vernichten.«

»Ja, die Briefe! Helfen Sie mir um Gottes willen! Diese Briefe müssen fort!« Sie schloß den Schreibtisch auf, nahm die Blätter heraus und sah sich hilflos im Zimmer um. Er merkte, daß sie wirklich kaum noch bei Sinnen war. Ihre Ruhe und Kälte waren Maske gewesen. »Es ist kein Ofen da, und in die Küche kann ich nicht gehen. Die Mädchen würden später aussagen, daß ich etwas im Herd verbrannt habe.«

»Ich werde sie an mich nehmen und vernichten. Sofort, auf der Straße.«

»Das wollen Sie auch noch für mich tun? Sie sind der einzige Mensch, den ich jetzt habe. Ich bin Ihnen ja so dankbar, Herr Rambin.«

Er nahm die Briefe an sich und stand unschlüssig vor ihr. Es war wie damals in Ellens Zimmer. Liebe ich diese Frau? Er sah ihr Gesicht im Dämmerschein, dieses klare Gemmengesicht mit der Lieblichkeit seiner feingeschwungenen Linien. Er konnte von diesem Gesicht nicht loskommen.

»Gehen Sie!« flehte sie ihn an. »Gehen Sie rasch, die Briefe müssen aus der Welt!« Sie reichte ihm die Hand, er drückte seine Lippen darauf.

»Ich – ich möchte Sie wiedersehen!« stammelte er. »Nicht jetzt, aber später, wenn alles vorüber ist. Darf ich wiederkommen?«

»Immer!« sagte sie. »Immer dürfen Sie wiederkommen.« Sie stand bereits an dem Vorhang, um ihn zurückzuschlagen. Er sah erstaunt, wie sich ihre Züge ordneten. Nichts von allen Erschütterungen war ihr mehr anzumerken. Sogar das Lächeln lag wieder um den schmalen Mund. Sie nickte ihm zu. Das war, als ob sie sich in einer festlichen Gesellschaft trennten. ›Sie hat es doch getan!‹ dachte er schaudernd.

Draußen half ihm das Mädchen in den Mantel. Er eilte die Treppe hinunter und ging mit großen Schritten nach rechts die Straße entlang. Jeden Augenblick konnte Ursula verhaftet werden. Vielleicht hatte Weigelt in seinem Büro schon die Mitteilung vorgefunden, daß Stefan Rambin sich am Dienstag mit Frau von Tweel in dem Walde verabredet hatte.

Die Straße war still. Zu beiden Seiten lagen Villengärten. An einer Ecke blieb er stehen und sah sich um. Kein Mensch war in der Nähe. Er zog die Briefe hervor und riß sie durch. Bruchstücke von Sätzen sprangen ihn an. Er zerstückelte die Bogen zu kleinen Fetzen, immer noch einmal riß er sie durch. Plötzlich packte ihn der Schmerz darüber, daß diese Briefe nun vernichtet waren. Was zwischen Stefan Rambin und Ursula von Tweel gewesen sein mochte, nun war es vernichtet. Die Papierfetzen in seiner Hand beschworen wieder das Bild des Toten herauf, aber seine Finger arbeiteten weiter. Er warf einige von den Schnitzeln in den Straßengully und ging weiter zum nächsten, warf wieder einen Teil hinein, ging durch mehrere Straßen von Gully zu Gully. Jetzt waren die Briefe fort. Niemand auf der Welt würde sie je lesen können.

Die Schlüssel mußten folgen. Er fühlte das Bund in der Tasche. Sechs Schlüssel waren es. Er bog in eine Seitenstraße ein, warf einen Schlüssel in einen Garten und ging weiter, die Schlüssel verstreuend. Einen verscharrte er mit den Füßen neben einem Baum in die Erde. Den letzten warf er in den Busch eines Vorgartens. Nur der Ring lag noch in seiner Hand. Er hatte die Kantstraße erreicht und ließ den Ring aus der Hand gleiten. Es klirrte leise. Er sah sich um, niemand achtete darauf. Es war geschehen. Niemals hatte es diese Briefe gegeben. Niemals hatte Ursula dem Toten die Schlüssel entwendet. Niemals hatte er sich in der Nacht zu dem Schreibtisch hinuntergeschlichen.

Plötzlich fiel ihm Monika ein. Monika hatte ihn gesehen. Monika wußte alles.

Kapitel 18

Die Lampen leuchteten wie Lichtflocken in einem milchigen Dämmerschein auf. Klaus ging in seine Wohnung. Jetzt mußte alles weiterlaufen wie es kam. Vielleicht wurde Ursula in diesem Augenblick verhaftet.

Er kramte mit Hilfe der Wirtin den Beerdigungsanzug und den Zylinder hervor. Seit Jahren hatte er den langen schwarzen Gehrock nicht mehr benutzt und den Zylinder noch weniger. Übermorgen, vielleicht schon morgen würde das Begräbnis sein.

»Der schwarze Schlips und die schwarzen Handschuhe?« fragte die Wirtin. Diese Dinge lagen in irgendeinem Fach zuunterst. Wegen des Gehrocks mußte der große Koffer genommen werden. Er war leicht, und die wenigen Sachen rutschten in ihm hin und her. Klaus kam sich lächerlich vor, als er mit dem Koffer und der Zylinderschachtel in der Hand zur Stadtbahn ging. Erinnerungen an alte Familienbegräbnisse tauchten auf. Einmal war die Mutter von Stefan Rambin, seine eigene Großmutter, gestorben und einmal ein Onkel. Es hatte auch damals etwas leicht Lächerliches für ihn gehabt, als die vielen Herren in den schwarzen Röcken und den hohen Hüten sich versammelten. Er suchte diese Gedanken zu verscheuchen. Immer wieder tauchten die schwarzen Männer auf, von denen einer er jetzt bald sein würde.

Es war schon Dämmerung, als er in Michaelsbrück aus dem Zug stieg. Die Begegnung mit Monika lag wie ein Alp auf ihm. In einer Viertelstunde würde er in dem Haus sein. Plötzlich überlegte er es sich anders und schickte einen Dienstmann mit den Sachen zur Villa Rambin. Er atmete auf, als er den Koffer und die Hutschachtel abgegeben hatte. Der Mann ging vor ihm die Bahnhofstraße hinunter. Er stellte sich vor, wie das Stubenmädchen die Sachen auf der Veranda in Empfang nahm und in die Diele stellte. Monika würde kommen und sagen: ›Da sind die Begräbnissachen von Herrn Rambin‹, und dann würde sie wissen, daß er selbst bald kam, und auf ihn warten. Nur nicht jetzt in dieses Haus! Später, am Abend! Vielleicht schläft dann schon alles. Ich werde kommen und gleich in mein Zimmer gehen.

Er ging durch die Berliner Straße. Im Pfarrhaus war ein Fenster erleuchtet. Hinter dem Kirchhofsportal ragte die Leichenhalle wie ein schwarzes Loch. Dadrinnen lag nun Stefan Rambin. Plötzlich hatte er den Klingelknopf an dem Pfarrhaus gedrückt. Ich muß mit dem Pfarrer sprechen, überlegte er sich, als einen Aufschub, der sich bot. Die Pfarrersfrau öffnete selbst die Tür. Sie trug ein Kind auf dem Arm. Er nannte seinen Namen, aber sie kannte ihn. »Kommen Sie herein, Herr Rambin. Mein Mann wird sich freuen, Sie zu sehen.« Ihr fiel ein, daß der Ausdruck der Freude hier nicht am Platz war, und öffnete verlegen die Tür zu dem erleuchteten Zimmer, in dem der Pfarrer an dem Nußbaumschreibtisch saß. Das große Lutherbild schimmerte drohend mit einer gebuckelten Stirn aus dem Dunkel. Der Pfarrer drehte sich um. Seine Züge nahmen im Augenblick den angemessenen Ernst mit einer Mischung voll Erschütterung an. »Mein Lieber«, sagte er, kam auf ihn zugegangen und drückte seine beiden Hände. »Welch ein furchtbares Ereignis! Es ist gut, daß Sie herkommen.«

»Ich weiß noch Nichts, Herr Pfarrer«, sagte Klaus. »Wann wird die Beerdigung sein?«

»Morgen um zehn Uhr in aller Stille wollen wir den teuren Toten beisetzen. Vor einer Stunde war Frau Rambin hier und hat am Sarg gebetet und geweint. Welch schwere Prüfung für die arme unglückselige Frau. Und Ihre Kusine Monika, was ist das für ein tapferes und prächtiges Ding. In ihren Händen ruht jetzt alles. Helfen Sie ihr, Herr Rambin, stehen Sie den Frauen treu zur Seite.«

»Also morgen um zehn Uhr«, sagte Klaus.

»Morgen um zehn Uhr. Wir haben von jeder Veröffentlichung abgesehen, auch der ›Michaelsbrücker Bote‹ hat noch keine Anzeige gebracht. Nur einige Verwandte aus Berlin sollten benachrichtigt werden. Wir verlieren alle viel in Stefan Rambin. Der Ort war stolz auf ihn und konnte stolz auf ihn sein.«

Klaus blickte zu Boden und beobachtete seine beiden Füße, wie sie in gelben Schuhen auf dem Boden standen. Ich hätte dunkle Schuhe anziehen sollen, dachte er und erhob sich. Der Pfarrer stand gleichzeitig mit ihm auf. »Sie gehen jetzt hin zu den Verwitweten und Verwaisten.

Gott geleite Sie und gebe Ihnen Kraft.« Das Wort rührte Klaus irgendwie im Innersten an. Er hatte eine Abneigung gegen die geistlichen Redewendungen, aber plötzlich empfand er diesen Satz wie einen Segen, der sich über ihn ausbreitete. Gott geleite mich und gebe mir Kraft! dachte er, fühlte seine Hand von der Hand des Pfarrers umklammert, und ging hinaus.

Vor der Leichenhalle blieb er stehen und nahm den Hut herunter. Tante Agathe war hier gewesen. Das war nun alles ohne ihn abgelaufen. Wie mochte es gewesen sein, als der Leichenwagen kam? Monika wird alles mit Herrn Schulz erledigt haben, und dann ist sie mit Tante Agathe zu dem Pfarrer gegangen. Und sicher haben sie sich einige Stunden damit beschäftigen müssen, die Trauerkleidung zu besorgen. Er ging an der Dampferanlegestelle vorbei, aber er bog nicht in den Fichtenwald ein, sondern ging weiter durch das Dorf. In den Häusern brannten die Lampen, über dem See brodelte das Dunkel, die Wellen leckten mit kleinen harten Schlägen gegen das Ufer. Man sah in das Nichts hinein. Er stand auf der bewaldeten Landspitze. Links lief die Bucht ab, an der das Sägewerk lag. Dieser Uferhang war vor wenigen Jahren noch Wald gewesen, jetzt lag er grau und erstorben wie ein Totenfeld. Die Kreissäge hatte die Stämme aufgefressen. Er ging weiter, immer am Rand des Sees entlang. Es roch nach Holz. Die dunkle Decke der Stämme deckte die helle Wasserfläche zu. Hier sammelten sie sich, kamen durch Seen und Kanäle aus dem Osten angeschwommen, aus den Wäldern Polens und Litauens, um von Stefan Rambins Stahlsägen zerschnitten zu werden. Er stand an dem Zaun, der den Holzhof absperrte. Zwei Hunde kamen kläffend angesprungen. Hinter ihrem Gebell hob sich unberührbar die große Stille. Nichts bewegte sich zwischen den Baracken und aufgeschichteten Bretterstößen. Das Sägewerk lag tot. Wenn es nun nie wieder erwachte, da sein Schöpfer fort war? Ihm fiel ein, daß morgen der Quartalserste war, der erste Juli. Auch das unterstrich den Einschnitt der Zeit. Er stand noch immer und blickte über den Zaun. Die Hunde hatten sich beruhigt und lagen zu seinen Füßen. Hülle auf Hülle sank herunter. Ihm war, als wollte die Dunkelheit alles Leben ersticken.

Er drehte sich um und tastete sich den Zaun entlang weiter. Von fern blinkten Lichter, das waren die Beamtenhäuser. Er würde bei dem Garten des Werkführers herauskommen und dann die Chaussee erreichen, die Berliner Chaussee. Auch sie lag jetzt ausgestorben. Wenn man die Zeit anhalten könnte. Aus den Gärten kamen Wolken von Duft. Von Zeit zu Zeit fiel ein Apfel klopfend zu Boden. Er kletterte durch den Garten und die Böschung hinauf, ging auf dem Radfahrweg an der Seite. Die Büsche des Rambinschen Gartens bauschten sich über das helle Gitter. Dahinter lag die Villa. Gleich würde er dort sein. Er stand vor der Toreinfahrt. Von den Ställen her sah er den Wächter kommen und rief ihn an. Jetzt war es geschehen. Er kämpfte gegen die Versuchung, umzukehren und fortzulaufen, irgendwohin. Wenn er mit dem nächsten Zug nach Berlin fuhr und dann weiter nach Rom, nach Paris! Er hatte noch vierzehn Tage Urlaub. Sich um nichts mehr bekümmern! In vierzehn Tagen würde er sein Büro betreten und weiterarbeiten, als wenn nichts geschehen wäre. Aber er blieb stehen und sah dem Mann zu, der den Seitenflügel aufschloß. Er ging hindurch und rechts die Auffahrt hinauf. Das Haus lag dunkel. Hinter ihm schloß der Wächter das Tor zu. Er hörte das Klirren der Schlüssel. Vor drei Tagen war er ebenso hier angekommen und hatte an dem Rosenrondell gestanden. Damit hatte alles begonnen. Kein Laut war zu hören. Er stieg die vier Stufen zur Veranda hinauf. An der verabredeten Stelle zwischen zwei Geranientöpfen würde der Schlüssel liegen. Das war immer so gewesen, schon als er als Knabe hier gelebt hatte.

Plötzlich hörte er neben sich eine Bewegung und wußte sofort, daß es Monika war, die hier auf ihn wartete. »Klaus!« rief sie ihn an. Sie trug schon ein schwarzes Kleid. Er sah nur ihr Gesicht, das wie ein bleicher Fleck in der Dunkelheit schwamm. »Klaus, bist du es?«

»Ich bin es. Hast du auf mich gewartet?«

»Ein Mann brachte deinen Koffer und die Hutschachtel. Ich wußte, daß du kommen würdest.«

»Es wird kühl hier, da mußt hineingehen«, versuchte er auszuweichen, obwohl es zwecklos war.

»Klaus, du!« rief sie. Er spürte die Erregung in ihrer Stimme. »Klaus, wir müssen doch darüber sprechen! Ich habe dich gesehen, als du in der Nacht am Schreibtisch warst!«

»So, das hast du gesehen?« Er versuchte, ruhig zu bleiben. »Ich konnte nicht schlafen und wollte mir ein Buch holen.«

»Das ist nicht wahr. Ich habe gesehen, wie du den Schreibtisch aufschlossest und unter den Briefen suchtest und etwas herausnahmst. Ich hörte dich die Treppe hinuntergehen und bin dir nachgeschlichen.«

»Ja«, sagte er. »ich habe etwas aus dem Schreibtisch herausgenommen. Ich werde dir das später einmal erklären.«

»Du mußt es mir jetzt sagen, jetzt! Ahnst du denn nicht, wie du mich quälst? Du weißt doch, wer der Mörder ist. Ich habe dir das doch sogleich angesehen, als ihr von Lengenfeld zurückkamt and ich dir von dieser Frau von Tweel erzählte.«

»Nein, ich weiß nicht, wer der Mörder ist.«

»Klaus, du mußt es mir sagen. Ich habe so furchtbare Angst, daß du etwas Schlimmes getan hast.«

»Ich habe nichts Schlimmes getan.« Hatte er wirklich nichts Schlimmes getan? Wenn Ursula von Tweel nun wirklich den Schuß abgegeben und er die Spuren des Mörders verwischt hatte?

»Ich dachte, du hättest vielleicht nach einem Testament gesucht. Klaus, wenn es doch bloß das wäre!«

»Welches Testament?«

»Das weißt du doch. Das Testament, das mich sicherstellen sollte. Ich bin doch noch nicht adoptiert worden. Klaus, sprich, im hast nur dieses Testament gesucht und hast es gefunden. Du kannst es ruhig vernichten. Wenn du es jetzt bei dir hast, wollen wir es beide zerreißen. Ich will nichts haben. Dir gehört doch hier alles. Ich weiß doch, daß du das alles hier liebst, das Sägewerk und den See und Michaelsbrück. Ich wollte dich doch nicht verdrängen, Klaus. Du sollst hierherkommen, und alles soll dir gehören. Sage, hast du das Testament genommen?«

»Nein, nicht das Testament.«

»Du kannst es mir ruhig sagen. Ich hoffe noch immer, daß du nichts Schlimmeres getan hast. Klaus, sage es doch!«

»Ich habe gar nicht an dieses Testament gedacht, Monika.«

»Also doch! Dann hast du also etwas Schlimmeres getan. Du weißt, wer der Mörder ist und hast etwas fortgenommen, damit es nicht herauskommt. Briefe dieser Frau von Tweel oder irgend so etwas.«

»Was hast du nur immer mit dieser Frau von Tweel? Ich habe etwas aus diesem Schreibtisch herausgenommen, das ist wahr. Aber es hängt nicht mit dem Mord zusammen.«

»Wenn du es mir nicht sagst, dann muß ich es der Polizei anzeigen. Ich will mich nicht mitschuldig machen. Ist es etwas mit Frau von Tweel?«

»Ich kann es dir jetzt nicht sagen, Monika!« rief er verzweifelt. »Später, wenn alles vorüber ist, sollst du es wissen.«

»Hat Onkel Stefan diese Frau geliebt? So ist es gewesen, nicht wahr? Die beiden haben sich geliebt, und nun fürchtet sie, daß ihre Briefe gefunden werden.«

»Ich darf es dir doch nicht sagen, Monika!« wiederholte er.

»Aber Klaus, ich habe doch gesehen, daß du die Schlüssel zu dem Schreibtisch hattest, die richtigen Schlüssel. Das Schlüsselbund, das Onkel Stefan immer bei sich trug. Das war doch kein Nachschlüssel, mit dem du das Schloß aufschlossest, das waren doch die richtigen Schlüssel! Wie bist du zu diesen Schlüsseln gekommen? Sag, waren es die richtigen Schlüssel? Dann mußt du doch mit dem Mörder in Verbindung sein.«

»Und wenn es die richtigen Schlüssel waren? Vielleicht sind sie bei dem Toten gefunden worden. Ich weiß es nicht. Es ist alles ganz anders, als du annimmst, Monika.«

Plötzlich fühlte er, daß sie von Weinen durchschüttelt wurde. »Dann ermorde mich doch auch!« stammelte sie mühsam. »Ich kann doch nicht zu dem schweigen, was ich gesehen habe.«

Er trat zu ihr. Sie hatte die Hände vor das Gesicht geschlagen. »Monika!« sagte er leise, und fuhr ihr mit der Hand über die Stirne. »Was denkst du alles von mir, kleine Monika!« Plötzlich fühlte er, wie ihre Arme ihn umschlangen. Ihr Kopf legte sich an seine Brust. Es war die Haltung des Kindes, das Schutz suchte. »Klaus, ich kann doch nicht anders, ich muß es doch der Polizei anzeigen. Du hast doch Onkel Stefans Schlüssel gehabt.«

Er antwortete nicht. Sie saßen schweigend beieinander. Unaufhörlich rannen die Tränen aus ihren Augen, und ihre Arme blieben um seinen Hals geschlungen. »Monika, kleine Monika, ich kann dir doch nicht helfen. Du mußt mir glauben, kleine Monika!«

»Schwöre mir, daß diese Frau von Tweel nichts mit dem Mord zu tun hat. Kannst du mir das schwören?« Er antwortete nicht. Die Stille lag erstickend um sie. »Kannst du mir das schwören?« fragte sie noch einmal.

»Es ist alles anders, als du denkst«, wich er aus. Ihre Arme ließen seinen Hals frei und sanken zurück. »Glaube mir doch, Monika! Ich tue schon alles, was nötig ist.«

»Sie also hat ihn erschossen. Aus Eifersucht oder aus einem solchen Grunde. Was soll ich tun, Klaus?«

»Ich weiß nicht, was du tun sollst, Monika. Ich habe getan, was ich tun konnte. Ich glaube, daß Ursula von Tweel ein wundervoller Mensch ist und daß sie nichts mit dem Mord zu tun hat.«

»Du kennst sie also doch?«

»Ja, ich kenne sie.«

»Dann hast du mich also damals belogen. Und vielleicht ist sie gar kein wundervoller Mensch, wie du sagst, sondern böse und hat ihn an sich gelockt und umgebracht aus Angst oder aus Eifersucht. Klaus, weißt du denn, wie diese Frau ist?«

Er konnte ihr nicht antworten. Vielleicht wußte er wirklich nicht, wie Ursula von Tweel war. »Glaube mir doch, Monika! Kannst du mir nicht vertrauen, daß ich das Richtige tue?«

»Sie werden dich einsperren und verurteilen, Klaus. Ich habe es gemerkt: dieser Kommissar glaubt, du seist der Mörder. Gestern, als ich mit ihm telefonierte, wurde es mir ganz klar. Weißt du, daß ich schon gestern rasende Angst um dich hatte? Diese Frau hat es getan, und du wirst es büßen müssen, weil du sie retten willst. Sag mir doch ein Wort, ist es so?«

Er fühlte, wie sie vor Angst um ihn zitterte. »Ich kann dir nichts sagen, Monika. Ich glaube oder ich hoffe, daß es nicht so ist. Vertraue mir noch einige Tage, dann werden wir alles wissen. Komm schlafen, Monika. Der morgige Tag wird schwer sein für uns beide.«

Er machte die Tür auf und führte sie hinein. Sie ging willenlos wie ein Kind neben ihm. Weshalb habe ich Monika nicht leiden können? dachte er und spürte die Wärme ihres Körpers. Es war eigentlich wundervoll, sie neben sich zu fühlen. Vor wenigen Stunden hatte jene andre Frau vor ihm geweint. Aber das war anders gewesen, ganz anders. Von ihr wußte er noch immer nichts. Monika aber lag mit allen ihren Regungen offen vor ihm. Zum erstenmal seit vielen Wochen kam etwas wie Ruhe und Gelöstheit über ihn, und er spürte, daß es von diesem Mädchen ausging. Anders und stärker als von der stahlharten Ellen mit ihren kühlen Augen, anders und stärker als von Ursula von Tweel.

Das Treppenhaus lag schweigend und dunkel. Sie gingen die Treppen hinauf. »Ach, wenn du doch nur das Testament genommen hättest!« sagte sie oben. »Ich hoffte ganz stark, daß es nur das gewesen wäre.«

»Dann hätte ich dich doch bestohlen und betrogen, Monika.«

»Ach, nur mich!« sagte sie. »Gute Nacht, Klaus. Ich will dir vertrauen.« Sie standen einige Augenblicke Hand in Hand. »Du bist nicht mein Feind?« fragte sie mit leiser Stimme.

»Nein, Monika, ich bin nicht dein Feind.«

Er stieg die zweite Treppe hinauf. Dabei mußte er an die vergangene Nacht denken. Hier hatte sie ihn gehört, wie er die knarrenden Stufen hinuntergegangen war. Weshalb tat ich das? Weil ich sie liebe, die andre: Ursula von Tweel.

Er stellte sich ans Fenster und starrte in die milchige Nacht hinaus.

Kapitel 19

Als Klaus erwachte, lag das Schrillen der Säge wieder in der Luft. Die Männer auf dem Holzhof riefen ihr »Hoi-hupp«. Das Sägewerk Stefan Rambins lebte. Vom Stall her gackerten die Hühner. Die beiden Gespanne schleppten Stämme. Nichts hatte sich geändert. Genau so war es vor fünfzehn Jahren gewesen und vor fünf Jahren und vor einer Woche.

Als er herunterkam, standen Bandlers auf der Veranda. Sie waren alle zu schwarzen Gestalten geworden. Der Nacken des Geheimrats schob sich über dem ungewohnt hohen Kragen zu Wülsten zusammen, und der blonde Bart sträubte sich über der schwarzen Krawatte. Tante Bandler mußte bei der steigenden Hitze ihr Gesicht immer wieder pudern. Außer Ellen war noch Käthe, die dritte Schwester, mit ihrem Mann, dem Privatdozenten, gekommen. Sie begrüßten sich in den gequälten Redensarten, die die Stunde verlangte. In der Diele lagen die Kränze herum. Das Stubenmädchen rannte in dem schwarzen Servierkleid durch die Zimmer. Sie mußte fertig werden, da sie zum Begräbnis mitkommen sollte.

»Ich bin oben bei meiner Schwester gewesen«, sagte der Geheimrat zu Klaus. »Es ist vernünftig, daß sie nicht zu der Totenfeier kommt. Die arme Agathe ist völlig gebrochen. Was wird nun werden?« Sie standen betreten herum und warteten. Monika telefonierte im Herrenzimmer. Es mußte noch ein Auto bestellt werden. Auf einmal schien das Haus den Bandlers zu gehören. Selbst Klaus verstärkte ihre Partei. Monika war wie verirrt unter ihnen, die sie kaum kannte und deren Nähe sie abgewehrt hatte. Jetzt waren sie alle gekommen. In dem schwarzes Kleid sah sie wie ein schüchternes Kind aus. Ihr Blondhaar rebellierte gegen die Totenfarbe, aber ihre Augen waren vom Weinen gerötet. Klaus trat zu ihr. »Guten Morgen, Monika!« Sie tat ihm leid. Stefan Rambin hatte sie unter den fremden Menschen zurückgelassen und nicht mit einem Federstrich für sie gesorgt. Wie die Verwalterin in einem fremden Haus war sie jetzt, worin ihr nichts gehörte. Klaus strich ihr das Haar aus der Stirn. Ellen schaute mit ihren scharfen Augen herüber. In diesem Augenblick haßte er sie, da ihm ihre Worte über Monika einfielen. Aber Ellen stand die schwarze Farbe gut. Ihr helles Gesicht hob sich schmal und edel aus dem klaren Stoff. Du hast alles verschuldet, dachte er. Du hast Tweel Ursulas Freundschaft mit Stefan Rambin verraten! Du hast Herrn von Steinhammer von der Verabredung im Walde erzählt! Vielleicht war Ursula schon verhaftet.

Herr Schulz und der Werkführer kamen, die Autos fuhren vor. Die Mädchen luden die Kränze ein. »Wir haben auch einen Kranz für dich besorgt, Klaus«, sagte Frau Bandler. Sie wollte ihm den Kranz zeigen, aber der war schon fort. Klaus brachte im Augenblick kein dankendes Wort heraus. Die Brücke zu Bandlers war eingesunken. Er sah Monika nach, die noch einmal zu Tante Agathe hinaufging. Als sie zurückkam, stand sie verwirrt unter den fragenden Blicken. »Mutti kann doch nicht mit«, sagte sie. »Ich wollte bei ihr bleiben, aber sie will es nicht.« Es klang merkwürdig, daß sie »Mutti« sagte, während ihre eigene Mutter vor ihr stand. Alle fühlten das Seltsame ihrer Stellung.

Sie verteilten sich auf die Wagen. Klaus vermied Ellens Nähe und setzte sich neben Monika. Sie nahmen noch den Werkführer herein. Zwei Kränze mit großen weißen Blumen bauschten sich zwischen ihnen. Die drei Autos kamen hintereinander langsam in Bewegung, bogen von der Chaussee in den Ort ab. Einige Menschen blieben stehen und sahen dem Wagenzug nach. Niemand hatte von Stefan Rambins Tod gehört. Nur am Eingang des Kirchhofs hatten sich einige Neugierige eingefunden, die ein Begräbnis witterten.

Sie sammelten sich vor der Leichenhalle und gingen hinein. Da stand der Sarg Stefan Rambins zwischen den brennenden Kerzen. Derselbe Sarg, in den er am Tag vorher im Wald gelegt worden war. Kein prunkvoller Sarg, wie es sich für Stefan Rambin geschickt hätte. Die Kriminalpolizei hatte ihn besorgen müssen. Sie legten die Kränze herum. Die aber verdeckten das billige Fichtenholz nur ungenügend. Die wenigen Menschen verschwanden fast zwischen den langen Bankreihen. Bandlers hatten Monika in ihre Mitte genommen. Plötzlich standen Klaus und Ellen nun doch zusammen. Arme kleine Monika! dachte Klaus, da er sie mit zuckenden Lippen vor dem Sarg stehen sah.

Plötzlich kam noch jemand durch die Tür. Herbert Elm drückte ihnen stumm und hastig die Hand. Auch sein Gesicht sah über der schwarzen Krawatte verändert aus. Klaus wollte eine Frage an ihn richten. Elm würde wissen, was in Berlin geschehen war. Aber in dem Augenblick trat der Pfarrer ein. Sie setzten sich in die Bänke. Auf dem Podium begann der Kirchengesangverein den Choral.

Wie merkwürdig waren sie hier um den Sarg Stefan Rambins versammelt. Alle Michaelsbrücker kannten ihn und waren auf ihn ein wenig stolz. Er hatte ihnen die Verbindung mit der großen Welt bedeutet, wenn sie ihn mit seinem Schlapphut und der pralles Aktenmappe zum Bahnhof eilen sahen. Alle Frauen in Michaelsbrück waren ein wenig in ihn verliebt. In manchen Sitzungen des Aussichtsrats der Gewerbe-Vereinsbank hatte er präsidiert. Wenn er in Versammlungen aufs Podium trat und mit einer Handbewegung die weiße Locke von der Stirn strich, ging eine Bewegung durch die Reihen. Aber alle diese Hunderte von Menschen, die Stefan Rambin liebten und bewunderten, waren nicht an seinem Sarg versammelt. Während das kleine Harmonium seine dünne Stimme erhob, saß noch kein Dutzend Menschen über zwei Reihen der gelbes Bänke verstreut und sah auf den Pfarrer, der mit gefalteten Händen dastand, und unter diesen wenigen war es vielleicht einzig und allein Monika, die den Toten geliebt hatte. Zwischen ihm und den Bandlers hatte es in den letzten Jahres eine gewisse Spannung gegeben, und nun saßen gerade sie vor dem Fußende seines Sarges. Von allen Menschen gerade sie. Es war durchaus nicht in Stefan Rambins Sinne, der keine Menschen leiden konnte, die ihn nicht liebten. Eigentlich hätten Abordnungen und Vereine mit Fahnen und Trauerflören dabeistehen müssen, der lange Zug der Arbeiter mußte draußen warten und hineinlauschen. Die Fülle der Kränze und Blumen hätte den Sarg und die Halle in ein Blütenmeer verwandeln müssen. Nun aber saßen diese wenigen Menschen hier. Vielleicht wäre Stefan Rambin nur mit des zerknittertes Gesichtern des Herrn Schulz und des Werkführers einverstanden gewesen. Die beiden waren ihm ergeben, und außer ihnen noch Elm, sein Vertrauter in geschäftliches Angelegenheiten. Elms Gesicht sah heute gar nicht rosig aus, und das höfliche Lächeln um seinen Mund war seltsam eingefroren und festgekniffen.

Der Pfarrer wußte nicht, wie es in denen, aussah, die zu seinen Füßen saßen. Er sprach auch nicht zu ihnen, sondern zu den vielen. Hunderten, die hier hätten versammelt sein müssen. Er sprach für Michaelsbrück. Von dem trefflichen Menschen und Familienvater ging er zwar aus, dem Gott eigene Kinder versagt und der den Ausgleich dafür in dem angenommenen Töchterchen und in der väterlichen Fürsorge für den Neffen gefunden hatte. Dann aber zog er den Kreis weiter und stellte den Wirtschaftsführer, das Mitglied der Handelskammer gegen den Himmel der großen Welt. Er zeichnete das Sägewerk und das Baugeschäft mit seinen zweihundert Arbeitern und Angestellten, von denen Michaelsbrück lebte, den schöpferischen Kopf, der alle Räder trieb, den genialen Menschen, der aus diesem einsamen Erdenwinkel in den Schnittpunkt der Kraftlinien hineinstrebte.

Herr Schulz und der Werkführer hingen an den Lippen des Pfarrers, der in großen und verschwimmenden Umrissen den Stefan Rambin malte, den sie kannten. Das war der Stefan Rambin von Michaelsbrück, der Stefan Rambin der Legende, die sich um ihn gebildet hatte. Elms Augen wanderten die Balken der Decke und der Empore ab, über deren Brüstung die Köpfe des Kirchengesangvereins ragten. Klaus suchte in Elms Gesicht. Elm hatte ihn doch am besten gekannt, aber aus seinem Gesicht war nichts zu entnehmen. Klaus blickte zu Monika hinüber, die nicht an den Erfolg Stefan Rambins glaubte. Für sie war er der Gehetzte und Gejagte gewesen. Aber Monika hatte die Augen geschlossen. Eigentlich ist sie hübscher als Ellen, dachte er; weicher, blühender. Er zwang sich, den Worten des Pfarrers zu folgen, der das Gericht über den ruchlosen Mörder herabflehte. Es hätte sich jetzt bereits in dem Ort herumgesprochen haben müssen, daß der ermordete Stefan Rambin um diese Stunde begraben wurde. Von den kleinen Beamtenhäusern an der Chaussee konnte es ausgehen oder von den Angehörigen des Kirchengesangvereins oder von den Dienstboten der Villa oder den Schofförren. Wenn sich nun die Tür der Leichenhalle öffnete und der Sarg herausgetragen wurde, dann hätten sie eigentlich alle draußen stehen und warten müssen, um ihm die letzte Ehre zu geben.

Der Gemeindevorsteher und sein Schreiber, der Arzt, die Kaufleute, bei denen Stefan Rambin gekauft hatte, die Hausbesitzer, deren Vorsitzender er war. Aber als der Küster die schweren Flügel zurückschob und die Leichenträger eintraten und die Gurte unter den Sarg schoben, stand niemand draußen. Die Julisonne brannte auf die Büsche, der Himmel blaute unendlich fern. Es waren immer nur noch die wenigen Menschen, die verlegen umherstanden und sich hinter dem Sarg zu einem Zug ordneten. In diesem Augenblick begannen die Glocken zu läuten. Jetzt würde Agathe wissen, daß der Sarg zu Grabe getragen wurde, dieser einfache Fichtensarg mit der dürftigen Pracht der fünf Kränze.

Sie gingen hinter den Trägern her. Frau Bandler schob sie in die richtige Ordnung. Klaus und Monika nahmen den Pfarrer zwischen sich. Das Rambinsche Erbbegräbnis lag ganz hinten an der großen Mauer. Sie gingen minutenlang durch die Straße der Gräberstadt. Dann lag die ausgeschaufelte Erde gelb um das tiefe Loch herum. An der Mauer hatte sich der Kirchenchor aufgestellt und sang von neuem. Klaus suchte zu begreifen, daß Stefan Rambin in jenem Sarg lag. Aber trotz der Rede des Pfarrers blieb es unwirklich und nicht zu fassen. Gerade eine Woche war er jetzt tot, aber eigentlich weilte er noch mitten unter ihnen. Ihm war, als müßte der Tote plötzlich zu ihnen treten und sich gegen die Vorwürfe des Geheimrats verteidigen. Monika müßte ihn anstrahlen, wie sie es immer getan hatte, und er und Ellen müßten sich ein wenig mokante Blicke zuwerfen. Aber da sprach der Pfarrer das Gebet. Die Zylinderhüte senkten sich und hoben sich wieder. Der Sarg sank in die Tiefe. Sie traten einzeln an das Grab und warfen Erde hinein, und dann polterten die Schollen gegen die Planken. Der Pfarrer drückte ihnen die Hand. Klaus erwartete, daß Monika in Tränen ausbrechen würde, aber sie stand ruhig zwischen ihren Eltern, und nur um ihren Mund zuckte es; Frau Bandler hatte ihre Hand ergriffen. Bandlers werden Monika zurücknehmen wollen, dachte Klaus, aber sie wird nicht wollen. Vielleicht verglich sie im Innern den jugendlich gestrafften Stefan Rambin mit dem schwerfälligen Geheimrat.

»Ich muß dich nachher sprechen«, hörte er Ellens Stimme neben sich. Sie gingen zwischen den Gräbern dem Ausgang zu. Ellens graue Augen glitten sachlich über die Kreuze und Grabtafeln. Sie zeigte auf ihre Eltern, zwischen denen Monika ging. »Meine Eltern versöhnen sich mit ihr«, sagte sie in ihrer Art, die immer ein wenig spöttisch klang. »Jetzt könnten sie eine Tochter brauchen.«

»Sie haben doch dich.«

»Nicht mehr lange. Ich werde bald von Hause fortsein.«

»Ich weiß, du wirst Herrn von Steinhammer heiraten.«

Sie sah ihn erstaunt an. »Wer hat dir das gesagt?«

Er zuckte die Achseln. »Das ist doch das neue Leben, das du beginnst, mit Geld und Ruhm und großen Beziehungen.«

»Ja, das ist das neue Leben. Du hättest es verhindern können, Klaus.«

»Danke, es verlangte mich nicht danach.«

»Sei nicht gehässig. Ich war offen und anständig zu dir. Ehe ich Steinhammer mein Wort gab, habe ich mit dir gesprochen. Hast du übrigens Eduard Frisch gesehen? Er kam in die Leichenhalle. Nachher war er auf einmal fort.«

»Ob er dich vom Scharmützelsee her wiedererkannt hat?«

»Natürlich. Weshalb nicht? Also wir sprechen uns nachher. Es ist nötig. Wegen Ursula.«

»Wegen Ursula!« rief er aus. »Du bist es doch gewesen, die zwischen Frau von Tweel und ihrem Mann intrigiert hat. Du hast ihm von Ursulas Freundschaft mit Stefan Rambin erzählt. Du hast nun auch Herrn von Steinhammer alles berichtet. Jetzt ist mir alles klar geworden. Du mußtest den Vater und die Tochter auseinanderbringen, um dich in das warme Nest zu setzen.«

»Ich wußte, daß du das denken würdest«, sagte sie. »Ursula wird dafür gesorgt haben. Wir wollen uns nachher darüber aussprechen. Aber sei still. Elm geht hinter uns.«

Elm trat zu ihnen. Sie standen vor der Kirchhofstür und ließen Herrn Schulz und den Werkführer an sich vorbeigehen. »Es sind merkwürdige Dinge herausgekommen«, sagte Elm mit hastiger Stimme. »Ich muß sofort nach Berlin zurück.«

›Ursula!‹ durchfuhr es Klaus. Auch Ellen sah ihn erschrocken an. Auf der Straße warteten die Herren mit dem letzten Wagen auf sie.

»Es handelt sich um Geldsachen«, sprudelte Elm heraus. »Haben Sie auch geglaubt, daß der Tote sehr reich ist, Rambin? Ich will Ihnen sagen, er war gar nicht reich. Im Gegenteil. Ich fürchte, das Sägewerk ist bankrott!« Damit drehte er sich um und eilte die Straße hinunter.

Sie warfen sich entsetzte Blicke zu. Herr Schulz hielt den Wagenschlag offen. Sie stiegen ein.

Kapitel 20

Das Sägewerk war bankrott! Klaus und Ellen kamen von dem Gedanken nicht los. Es war wie ein Feuer, das zwischen ihnen brannte. Niemand von den andern ahnte etwas.

Die Bandlers gingen durch die großen und kostbar ausgestatteten Räume und bewunderten die Bilder, Bücher, Teppiche. Der Marmor der Goethebüste schimmerte ernst aus der dämmerigen Ecke des Herrenzimmers. Das war das Haus des reichen Stefan Rambin. Das alles hatte er zusammengetragen. Die kleinen kostbaren Bronzen, die hinter dem Glas der Vitrine standen, die Mappen voller Radierungen und Stiche, die schimmernden Porzellanfiguren. Herr Schulz und der Werkführer hielten sich abseits am Fenster. Sie waren auf Monikas Wunsch dageblieben. Ihre Anwesenheit sollte familiäre Erörterungen verhindern. Monika war zu Agathe hinaufgegangen. In dem Eßzimmer klapperte das Stubenmädchen mit Geschirr. Immer wieder suchten Klaus und Ellen sich mit den Augen. Elms Worte rumorten in ihnen. Das Haus Stefan Rambins sollte am Zusammenbrechen sein? Klaus dachte an Monikas Worte. Sie hatte doch recht gehabt: Stefan Rambin war nicht von Erfolg zu Erfolg geschritten, das Schicksal hetzte hinter ihm her. Er hatte halten wollen, was zu halten war., und nun nach seinem Tod stürzte doch alles zusammen.

»Wir müssen uns im Garten treffen«, flüsterte Ellen ihm zu. »Ich gehe voran, und du folgst mir.« Er nickte.

Der Geheimrat winkte Klaus heran. Er stand vor dem Sofa, auf dem seine Frau saß. Klaus wußte, es würde ein Gespräch über das nicht vorhandene Testament geben. Aber worüber hätte Stefan Rambin verfügen sollen? Er hatte seine Lage sicher klar gesehen. Der Geheimrat redete auf Klaus ein. Soll ich es ihm sagen? dachte Klaus, aber dann würden endlose Erörterungen folgen. Er mußte Ellen sprechen. Ellen war schon hinausgegangen.

Endlich konnte er sich frei machen. Er ging ins Eßzimmer. Dort war die lange Tafel gedeckt. In früheren Jahren war der Tisch fast täglich so groß gewesen. Jetzt begriff Klaus, weshalb in diesem Sommer keine Gäste eingeladen worden waren. Nicht einmal mehr dazu hatte Stefan Rambin Geld gehabt. An der Seite des getäfelten Zimmers führte eine Tür in den Garten. Klaus ging hinaus, den schmalen Weg zu dem Tennisplatz hinunter. Hinter dem Tennisplatz lief der Buchengang zum See. Er suchte nach Ellens schwarzem Kleid. Auf der Bank hinter der Hecke sah er sie sitzen. Sie hatten über Ursula sprechen wollen, aber jetzt hatte Elms Mitteilung alles umgeworfen. »Was sagst da?« rief sie ihm entgegen. »Ob das wahr ist, was Elm gesagt hat?«

»Das wäre furchtbar! Elm muß doch seine Lage kennen. Onkel Stefan hat seit Jahren seine Geschäfte mit ihm besprochen. Vielleicht ist das Werk noch zu retten.«

»Ich habe Onkel Stefan immer mißtraut. Wir haben uns ja oft darüber unterhalten, daß er im Grunde kein Geschäftsmann war.«

»Ja, aber es ist furchtbar!« Plötzlich fiel ihm auf, daß der Holzplatz tot und schweigend dalag. Keine von den großen Sägen ratterte. Es war Mittagspause, aber dieses Schweigen war von einer furchtbaren Eindringlichkeit. So war es gestern abend gewesen, als er am See herumstrich. Wie eine Vision war es, daß nun alles erstorben war. Und jetzt schlief vielleicht wirklich alles hier ein. Michaelsbrück war nicht mehr, das Sägewerk und der See.

»Du hast mir Vorwürfe gemacht«, fing Ellen an. »Hat sich Ursula beklagt, daß ich sie verraten habe?«

»Nein, sie hat diesen Gedanken sogar zurückgewiesen. Sie sagte, du wärest ihre Freundin.«

»Ja, ich bin ihre Freundin gewesen. Ich habe sie wirklich gern gehabt. Aber in diesen Tagen ist es mir klar geworden, was für ein Mensch sie ist: kalt und berechnend. Oh, wie Stefan Rambin sie geliebt hat!« rief sie plötzlich lebhaft. »Er war ein ganz anderer Mensch geworden. Du hättest ihn in diesen Wochen sehen müssen. Die beiden haben sich ja durch mich kennengelernt. Alles, was an ihm früher Pose war, das wurde auf einmal echt und wahr.«

»Hast du es denn gewußt, wie es mit den beiden stand? Frau von Tweel sagte mir, du hättest es nur für eine konventionelle Bekanntschaft genommen.«

»Das mußte man sehen! Du hast die beiden doch auch einmal beobachtet, wie sie zusammen waren.«

»Ich habe sie in einer Weinstube sitzen sehen, aber ich hatte eher den Eindruck, als ob Ursula von Tweel gefangen wäre und sich aus diesem Gefängnis heraussehnte.«

»Das ist Ursula!« rief Ellen. »Ein Mann kam an den Tisch, und schon machte sie verängstigte Augen. Ursula im Gefängnis! Jetzt aber wird sie wirklich ins Gefängnis kommen.«

»Ins Gefängnis? Glaubst du...«

Ellen sah ihm scharf in die Augen. »Ja, ich glaube, daß sie Stefan Rambin erschossen hat!«

Klaus fühlte selbst, wie er erblaßte. »Aber wie denn? Und der Scheck?«

»Sie muß einen Vertrauten gehabt haben. Sicher hat sie sogar noch das Geld zurückbekommen und den Scheck dazu benutzt, um den Verdacht auf diesen armen Inspektor Arndt zu lenken.«

»Das ist alles nicht möglich«, stammelte er und wußte doch, daß es möglich war und daß auch der Kommissar schon diesen Gedanken gehabt hatte.

»Aber sie hat ihn doch geliebt!« rief er.

»Ursula weiß nicht, was Liebe ist«, sagte Ellen scharf. »Ich habe auch das jetzt erst verstehen gelernt. Es ist ihr ein Bedürfnis, mit Männern zu spielen. Erst hat sie mit ihrem Mann gespielt. Tweel ist kein Musterbild, wahrhaftig nicht. Aber wie er geworden ist, das hat sie auf dem Gewissen. Dann kam Stefan Rambin, und er mußte fort, weil der reiche Graf Koska auftauchte. Das und nichts anderes ist der Grund, weshalb sie sich von Onkel Stefan lösen wollte.«

»Das ist doch alles ganz anders gewesen, Ellen. Ich habe mit ihr lange über Onkel Stefan gesprochen.«

»Ich aber weiß es aus tausend Anzeichen. Man vernimmt ein Wort und hört darüber hinweg. Und dann sieht man nach Wochen etwas und dann wieder etwas, und auf einmal ist einem alles klar. Ach Klaus, ich habe Ursula noch gern gehabt, als sie vor einigen Tagen zu mir gestürzt kam, um mich zu bitten, sie mit dir zusammenzubringen. Damals habe ich ihr noch alles geglaubt. Was wollte sie denn von dir?«

»Das kann ich dir nicht sagen.«

»Dann werde ich es dir sagen: sie brauchte dich, um irgend etwas zu vertuschen. Das ist mir nachher alles klargeworden. Sie wollte dich über die Tätigkeit der Polizei oder über Einzelheiten aus Stefan Rambins Leben aushorchen. Sie hatte Angst. Sie zitterte ja fast vor Angst, als sie damals zu mir kam.«

»Das ist ja alles Wahnsinn, Ellen! Sie bat mich um etwas ganz Bestimmtes, um eine Auskunft über Stefan Rambin, die ihr wertvoll war. Das und nichts anderes wollte sie von mir. Es ist nicht möglich, daß sie ihn ermordet hat. Nein, das ist nicht möglich!«

»Aber sie hat ihn erschossen! Aus Angst vor dem Skandal hat sie ihn erschossen. In dem Augenblick, als sie erfuhr, daß ihre Beziehungen zu Stefan Rambin bekannt geworden waren, faßte sie den Plan, ihn umzubringen. Das konnte sie ja auch ganz gefahrlos. Niemand würde vermuten, daß sie sich mit ihrem Liebhaber in jenem Walde traf. Dort hat sie ihn hinbestellt, und dann geschah es.«

»Nein, nein!« rief er nochmals. »Es ist nicht möglich!«

»Vielleicht kommt es nicht heraus«, sagte sie. »Nur wir und Steinhammer ahnen, daß es so gewesen ist. Weiß dieser Kommissar schon etwas von Ursula?«

Er zuckte die Achseln. »Wer es Tweel und deinem Herrn von Steinhammer mitgeteilt hat, wird es wohl auch der Kriminalpolizei mitteilen.«

Sie überhörte seine Worte. »Man hat doch die Spuren ihres Pferdes an der Mordstelle entdeckt. Als der Kommissar sie zeigte, wußte Steinhammer sofort, daß Ursula dort geritten war. Er wußte doch auch von den Beziehungen zwischen ihr und Onkel Stefan.«

»Wer hat ihm etwas davon gesagt? Wer hat Herrn von Tweel Stefan Rambins Namen genannt? Das bist du gewesen! Und du wirst es jetzt wohl auch der Polizei anzeigen!«

»Nein, Klaus, ich schwöre dir, daß ich es nicht gewesen bin. Ich weiß, du hältst auch mich für kalt und berechnend, und ich bin es auch. Aber auf eine gewisse Anständigkeit meines

Verhaltens lege ich Wert. Ich habe weder zu Herrn von Tweel noch zu Steinhammer auch nur einmal den Namen Stefan Rambins genannt, und ich war selbst ganz erstaunt darüber, daß Tweel etwas von der Geschichte wußte.«

»Auch zu Herrn von Steinhammer hast du nicht gesprochen? Wenn du ihn heiraten willst, dann muß er dir doch nahestehen. Es ist doch nur natürlich, daß du mit ihm über Ursula gesprochen hast.«

»Ich habe mit ihm selbstverständlich auch über Ursula gesprochen, aber niemals über ihre Beziehungen zu Onkel Stefan.«

»Frau von Tweel sagte mir einmal, ihr Vater würde sie verstoßen, wenn sie nicht völlig makellos aus dem Scheidungsprozeß hervorginge.«

»Welch eine Lüge!« rief Ellen entrüstet. »Steinhammer ist viel zu großzügig. Wenn Ursula eine große Leidenschaft gehabt hätte, so würde er das verstehen. Nur dieses halbe Spielen haßte er an ihr. Aber es war nicht die Angst vor ihrem Vater. Sie fürchtete den Skandal wegen des Grafen Koska. Denn ihn will sie nach ihrer Scheidung heiraten. Er ist reich und gutmütig. Vielleicht hätte sie auch Stefan Rambin geheiratet, wenn Koska nicht aufgetaucht wäre. Da aber mußte Onkel Stefan fort.«

Er wehrte entrüstet ab. »So ist Ursula von Tweel nicht. Ich glaube nicht, daß sie in kalter Berechnung Männer an sich herangezogen hat, um sie wieder fallen zu lassen.«

»Aber es ist doch so gewesen!«

»Es ist anders gewesen. Sie ist zu schön. Glaubst du, daß es einen Mann geben kann, der sich nicht in sie verliebt?«

»Ah, also auch du!« sagte sie spöttisch.

»Ja, sie ist schön. Sie hat ein Gesicht, das einen im Traum nicht losläßt. Es ist nicht so gewesen, daß sie die Männer heranlockte, sondern die Männer kamen, und sie erwehrte sich ihrer. Aber durch wen hat Herr von Steinhammer den Namen Stefan Rambin erfahren?«

»Ich weiß auch das nicht. Auf einmal wußte Steinhammer alles. Der Brief des Rechtsanwalts kam, in dem Ursula des Ehebruchs mit Stefan Rambin beschuldigt wurde, und am selben Tag wußte es auch Steinhammer. Aber er sagte mir nicht, woher er es wußte.«

»Vielleicht hat Tweel es ihm mitgeteilt. Aber woher wußte der es?«

»Das weiß ich doch nicht, Klaus. Von mir jedenfalls nicht. Da muß jemand gewesen sein, der Ursulas Leben überwacht hat.«

»Vielleicht hat Tweel sie durch Detektive beobachten lassen?«

Sie schüttelte den Kopf. »Auch Detektive hätten nichts herausbekommen. Ursula ist viel zu schlau. Sie hatte sogar eine Deckadresse, unter der sie telefonierte. Alle Gespräche, die nicht gemerkt werden sollten, gingen über eine alte Kinderfrau, und auch dort fiel nie ihr Name, sondern sie nannte sich irgendwie anders.«

›Frau Schindler‹, fiel ihm ein. »Woher weißt du das alles?«

»Du hast also auch über diese Deckadresse mit ihr telefoniert? Das konnte ich mir denken. Aber komm, wir müssen ins Haus zurück.«

Sie standen auf und gingen den Gang entlang an dem Tennisplatz vorbei. »Hältst du mich noch immer für eine Intrigantin?« fragte sie. »Ich bin es wirklich nicht, Klaus. Ich will mein Leben aufbauen und will hochkommen, aber ich werde keinem Menschen dabei schaden. Ich werde immer fair play beobachten.«

Er antwortete nicht. Zuviel stürmte auf ihn ein. War das die Wahrheit über Ursula von Tweel? Nein, schrie es in ihm. Ursula ist anders, ganz anders.

Aus dem Fenster des Eßzimmers rief Monika nach ihm. Sie sah die beiden aus dem Garten kommen. »Komm schnell!« rief sie. »Der Kommissar hat angerufen und will dich sprechen.«

Er lief Ellen voran ins Haus. Vielleicht kam jetzt die Entscheidung. Noch immer standen und saßen die schwarzen Gestalten in den Zimmern. Der Hörer lag neben dem Apparat auf dem Schreibtisch. Herr Schulz und der Werkführer standen wie vorher in der Fensternische.

Klaus ergriff den Hörer und meldete sich. Kommissar Weigelt war auf der anderen Seite. »Es sind da einige Sachen zu besprechen«, sagte der Kommissar. »Ich hätte gern, daß Sie so schnell wie möglich zu mir kämen. Sie können den Vierzehnuhrzug erreichen. Kann ich damit rechnen, daß Sie um fünfzehn Uhr bei mir sind?«

»Ich werde kommen«, sagte Klaus und sah nach der Uhr. Alle blickten fragend auf ihn. »Ich muß in die Stadt«, erklärte er. »Der Kommissar will mich sprechen.« Er fühlte Monikas erschrockenen Blick auf sich ruhen.

Als er in der Diele stand, kam Agathe die Treppe herunter.

»Klaus!« rief sie ihn an. Die Tränen erstickten gleich wieder ihre Stimme. Sie hielt sich am Treppengeländer fest. Er stürzte zu ihr und stützte sie. »Ich kann doch nicht hinunter«, stammelte sie mühsam. Er hielt den geschüttelten Körper in seinen Armen. Ein unendliches Mitleid mit ihr packte ihn. Du weinst um Stefan Rambin, dachte er, aber du weißt noch nicht, daß nun alles hier zusammenbrechen wird. Er streichelte ihr leise die eingefallenen Wangen. »Tante Agathe, Tante Agathe!« Wie oft hatte er hier mit ihr gestanden, und sie hatte den Knaben getröstet, weil es einen Zusammenstoß mit dem Onkel gegeben hatte.

Als er die Bahnhofstraße entlangeilte, mußte er daran denken, daß Stefan Rambin viele hundertmal den gleichen Weg gemacht hatte, und nun lief er selber hier und drängte sich im letzten Augenblick durch die Sperre. Ein leichtes Schwindelgefühl ergriff ihn wie damals, als er die Ähnlichkeit ihrer Handschrift festgestellt hatte. Wieder spürte er den Toten in seinem eigenen Blut. Der andere war fortgegangen, als Michaelsbrück zusammenbrach. Er aber blieb zurück und trug an dem zerflatternden Erbe: Michaelsbrück und der Frau, an der Stefan Rambin zerschellt war.

Der Zug lief ein, die Lokomotive prustete.

Kapitel 21

In dem Polizeipräsidium herrschte rege Bewegung. In dem Gang, in dem Weigelts Zimmer lag, standen Wachmannschaften herum. Ein Beamter hielt Klaus an und fragte nach seinem Ziel. Weigelt hatte ein anderes Zimmer bezogen, das neben seinem bisherigen Büro lag. Klaus wurde hineingelassen.

Dieses Zimmer war größer und erinnerte fast an einen Gerichtssaal. Weigelt war nicht allein. Am Fenster saß ein Protokollführer an der Schreibmaschine, und dem Kommissar gegenüber hatte sich ein Herr mit schwarzem Vollbart und Brille niedergelassen. Er war in einige dicke Bücher vertieft, die aufgeschlagen vor ihm lagen. Neben diesem Herrn stand Elm.

»Ich bin umgezogen, wie Sie sehen«, rief Weigelt dem Eintretenden entgegen. »Das andre Zimmer war zu klein, und wir werden heute viel Besuch haben.«

Klaus schaute fragend zu dem Herrn mit dem Vollbart hinüber. »Darf ich die Herren miteinander bekannt machen? Das ist unser Buchprüfer, Herr Owelgaß.« Sie verbeugten sich. Klaus begrüßte Elm.

»Nehmen Sie, bitte, Platz, Herr Rambin.« Der Kommissar drehte seinen Schreibtischstuhl halb zu ihm hin. Man merkte, daß er sich auf eine lange Unterhaltung einrichtete. Der Protokollführer am Fenster hielt den Bleistift bereit. Plötzlich überkam Klaus ein unheimliches Gefühl. Hier war etwas geschehen. Aber Weigelt behielt den Ton der unverbindlichen Unterhaltung bei. »Ihnen ist von der pekuniären Lage Ihres Onkels nichts bekannt gewesen, Herr Rambin?« fragte er. »Es haben sich da leider merkwürdige Dinge herausgestellt. Alle Welt hielt den Toten für reich. Sie auch, nicht wahr?«

»Elm hat mir bereits beim Begräbnis erzählt, das Sägewerk stehe vor dem Zusammenbruch.«

»Aber bis dahin haben Sie Ihren Onkel für reich gehalten?«

Klaus nickte.

»Wir müssen zunächst einmal einen Überblick über die Vermögensverhältnisse des Ermordeten bekommen. Herr Elm war selbst einigermaßen überrascht, als jetzt am Quartalsersten den zahlreichen Forderungen kaum Aktiven gegenüberstanden und das Konto ungewöhnlich stark überzogen war.«

»Sind die Gehälter und Löhne noch gezahlt?«

Elm mischte sich ein. »Die Ultimozahlungen wurden durch die Bank erledigt. Das habe ich noch bewirkt. Sie wissen. Rambin, daß ich in diesen Tagen viel zu tun hatte. Als Sie mich neulich abends aufsuchten, dämmerte mir zum erstenmal etwas von der wirklichen Lage Stefan Rambins. Sie werden mir vielleicht damals sogar eine gewisse Aufgeregtheit angemerkt haben.«

»Kann man das Werk halten?« fragte Klaus.

Elm und der Kommissar warfen sich einen Blick zu. Der Buchsachverständige achtete nicht auf das Gespräch, sondern stellte ruhig Zahlenreihen zusammen. »Das wird sich herausstellen«, sagte Weigelt. »Jedenfalls wird es großer Mühe bedürfen.«

Klaus faßte einen Entschluß. »Wenn Sie gestatten, möchte ich mich an der Prüfung der Bücher beteiligen. Ich bin Kaufmann und juristischer Syndikus einer Exportfirma, wie Sie vielleicht wissen. Das Sägewerk muß gehalten werden, wenn es irgend möglich ist. Ich selbst würde mich zur Verfügung stellen und sogar meine bisherige Stellung aufgeben.«

Niemand antwortete. Elm hüstelte verlegen. Das klang wie ein heimliches Zeichen durch die Stille. »Ich weiß nicht, ob Sie dazu in der Lage sein werden«, sagte Weigelt nach einer Weile ernst. »Es liegt durchaus im Bereich der Möglichkeit, daß Sie in der nächsten Zeit mit andern Dingen beschäftigt sein werden, Herr Rambin.«

Klaus sah ihn erstaunt an. Der Kommissar erwiderte seinen Blick. »Wollen Sie mir zunächst, bitte, mitteilen, wohin Sie sich gestern begaben, nachdem Sie unser Auto verlassen hatten? Sie entsinnen sich: wir kamen von Lengensfeld und setzten Sie an der Invalidenstraße ab. Wir hatten verabredet, daß Sie nach Michaelsbrück hinausfahren würden. Taten Sie das?«

Klaus mußte sich zusammennehmen, um sein Erschrecken zu verbergen. Der Kommissar hatte ihn also schon gestern überwachen lassen. »Nein«, sagte er, »ich bin nicht sofort hinausgefahren. Ich habe meine Kusine Monika angerufen, und dann bin ich in einem Restaurant gewesen.«

»Und dann?«

»Dann habe ich einen Bekannten besucht.«

»Haben Sie nicht in dem Restaurant noch telefoniert?«

»Auch das. Ich habe mich bei dem Bekannten angemeldet.«

»Sie hatten aber zwei Gespräche.«

Er hat mich also wirklich beobachten lassen, stellte Klaus bei sich fest. »Ja, ich hatte zwei Gespräche, aber beidemal mit derselben Stelle. Ich bin dann zu meinem Bekannten hinausgefahren.«

»Ich will Ihnen Ihre Aussage erleichtern, Herr Rambin. Dieser Bekannte heißt Frau von Tweel und wohnt in Westend, nicht wahr?« Der Kommissar sah ihn mit ernstem Gesicht an. Sein herunterhängender Schnurrbart verdeckte vollkommen den Ausdruck seiner Züge.

»Ja«, sagte Klaus, »ich war bei Frau von Tweel.«

»Sie können sich wahrscheinlich denken, Herr Rambin, daß Ihre Beziehungen zu Frau von Tweel mich außerordentlich interessieren. Wir sprachen auf der Fahrt allerhand von dieser Dame. Wir hatten in dem Wald gehört, daß sie mit ihrem Mann, dem Herrenreiter, in Scheidung liegt. Wußten Sie etwas davon, daß der Ermordete in diesem Scheidungsprozeß als Zeuge benannt ist?«

»Ich hatte vor einigen Tagen davon gehört.«

»Das ist mir alles sehr interessant, Herr Rambin. Sie kannten diese Zusammenhänge schon, als ich die Spur der Reiterin dicht am Tatort feststellte, und trotzdem zogen Sie es vor, mir nichts von diesen Dingen mitzuteilen. Sie sind Kavalier. Sie haben die Schonung der Dame so weit getrieben, daß Sie sie schleunigst aufsuchten, um sie über die ihr drohende Gefahr aufzuklären. Denn das war doch wohl der Zweck Ihres Besuchs bei Frau von Tweel.«

»Ich kannte in der Tat diese Zusammenhänge und habe geschwiegen, um Frau von Tweel nicht in falschen Verdacht zu bringen.«

»Wieso in falschen Verdacht?«

»Weil Frau von Tweel an der Ermordung meines Onkels völlig unbeteiligt ist.«

»Wollen Sie das so bestimmt wissen?«

»Ich glaube, das bejahen zu dürfen.«

»Wie kam denn Ihr Onkel ausgerechnet in diesen Wald? Sie entsinnen sich, wir hatten bisher immer angenommen, daß Ihr Onkel durch einen Güteragenten unter dem Vorwande eines Gutskaufs dorthin gelockt worden ist. Aber Sie selbst, Herr Rambin, wissen seit längerer Zeit, daß diese Annahme falsch war. Ihr Onkel fuhr dorthin, weil er sich mit Frau von Tweel an jener Stelle verabredet hatte. War Ihnen diese Tatsache bekannt?«

»Frau von Tweel hat mir das selbst einige Tage nach der Tat mitgeteilt.«

»Was hat sie Ihnen denn mitgeteilt?«

»Daß sie meinen Onkel gebeten habe, eine Besitzung für sie zu kaufen. Stefan Rambin sollte sich verschiedene Besitzungen ansehen. Die eine am Scharmützelsee hat ja, wie Sie wissen, der Agent Eduard Frisch vermitteln wollen. Über diese Dinge wollte sich Frau von Tweel mit meinem Onkel unterhalten. Da sie bei ihrem Vater in Bräsikow zu Besuch war, hatte sie sich mit ihm im Walde verabredet. Wie wir ja jetzt wissen, war dieser Waldweg die kürzeste Verbindung zwischen der Station Lindenberg und Bräsikow. Er sollte von der Station her kommen, und sie wollte ihm entgegenreiten.«

»Und dann?«

»Die beiden hatten sich an der großen Linde verabredet. Dort, wo die Schneise von dem Jagen abbiegt. Sie haben ja auch die Pferdespuren dort bemerkt.«

»Es war also Vormittag und hellichter Tag. Was geschah nun an jener Stelle im Walde?«

»Frau von Tweel stieg ab und wartete, und als mein Onkel nicht kam, ritt sie wieder zurück.«

»Merkwürdig!« Der Kommissar vertiefte sich in die Karte, die vor ihm auf dem Tisch lag. »Stefan Rambin mußte doch durch diesen Jagen kommen. Weshalb ist ihm Frau von Tweel nicht noch ein wenig weiter entgegengeritten? Dann hätte sie die Leiche auf dem Wege finden müssen. Ja, sie mußte die Leiche sogar schon von der Ecke aus bemerken, an der sie hielt. Es sind knapp hundertfünfzig Meter von dort bis zu der Mordstelle. Haben Sie sich das alles nicht selber gesagt?«

»Ich habe mir das nicht so genau überlegt«, sagte Klaus zögernd.

»Haben Sie mit Frau von Tweel nicht vielleicht auch über die beiden Glockenblumen gesprochen, die auf der Brust des Toten lagen?«

Klaus brauste auf: »Wollen Sie mich etwa hier verhören?«

»In der Tat«, sagte der Kommissar ruhig. »Nichts anderes habe ich vor.«

Klaus biß die Lippen aufeinander. Die Situation war ihm deutlich. Die nächsten Stunden mußten die Entscheidung bringen.

Weigelt fuhr in seinen Fragen fort, als wenn nichts geschehen wäre. »Lassen wir also die Blumen aus dem Spiel. Wollte Frau von Tweel mit Ihrem Onkel sich wirklich nur über Grundstücksgeschäfte unterhalten? Frau von Tweel wußte doch, daß sie der ehelichen Untreue, begangen mit Stefan Rambin, bezichtigt war.«

»Das stimmt. Sie hatte von dem Rechtsanwalt ihres Mannes einen diesbezüglichen Brief erhalten und war aus allen Wolken gefallen. Sie konnte es sich auch heute noch nicht vorstellen, wie es zu dieser Anschuldigung kam. Natürlich wollte sie auch darüber mit meinem Onkel sprechen.«

»Und das alles wußten Sie bereits, als Sie gestern vormittag mit mir hinausfuhren, Herr Rambin, und hielten es trotzdem nicht für nötig, mir irgend etwas von diesen Dingen zu sagen? Sie werden zugeben, daß dieses Verhalten Sie in den dringenden Verdacht zum mindesten der Mitschuld bringen muß.«

Klaus zuckte die Achseln. »Ich sehe das vollkommen ein. Aber wie anders hätte ich handeln sollen? Die Verdachtsmomente gegen Frau von Tweel waren naheliegend. Wenn Sie, Herr Kommissar, von der Verbindung zwischen meinem Onkel und Frau von Tweel erfuhren, dann mußte sich Ihr Verdacht notwendig gegen Frau von Tweel richten. Das wollte ich vermeiden, denn ich wußte doch, daß Frau von Tweel nur infolge einer unheilvollen Verkettung von Umständen sich in der Nähe des Tatorts aufgehalten hatte, kurz nachdem der Mord passiert war. Ich habe mit mir gekämpft, ob ich Ihnen nicht einfach die Wahrheit sagen sollte, und wahrscheinlich hätte ich das heute ohnehin getan. Mir tat Frau von Tweel leid. Schon daß sie die Ehe mit Stefan Rambin gebrochen haben sollte, war eine gänzlich sinnlose Anschuldigung. Frau von Tweel hatte keine Ahnung, wie ihr Mann auf diesen Gedanken verfallen konnte. Ihre Beziehungen zu meinem Onkel waren durchaus konventioneller Art.«

»Ich weiß nicht, ob es konventionelle Sitte ist, sich mit einem Bekannten zu einer Unterredung mitten in einem tiefen Wald zu treffen.«

»Dieses Zusammentreffen mußte unter allen Umständen unbemerkt bleiben, um Herrn von Tweel nicht noch weiteren Grund zu sinnlosen Verdächtigungen zu geben.«

»Von diesem so sorgfältig verheimlichten Zusammentreffen haben aber noch andere Menschen gewußt, mindestens einer, Herr Rambin.«

»Wahrscheinlich Herr von Tweel. Er war ja über alle Schritte seiner Frau so ausgezeichnet informiert.«

»Auch über diesen Punkt unterhielten wir uns bereits gestern auf jener Autofahrt. Jetzt verstehe ich erst, weshalb Sie die Reiterin in Schutz nahmen und die Schuld an dem Mord auf ihren Mann oder Liebhaber abwälzen wollten. Aber ich setzte Ihnen bereits gestern auseinander, weshalb ich es für unmöglich halte, daß Ihr Onkel von Herrn von Tweel hinterrücks erschossen wurde. Die Art der Wunde spricht dagegen. Wir haben uns darüber geeinigt, daß Stefan Rambin nur von einem Menschen niedergeschossen sein kann, mit dem er in friedlichem Gespräch zusammenging. Sie werden mir zugeben, daß es von vornherein eine etwas lebhafte Diskussion ergeben hätte, wenn Stefan Rambin und Herr von Tweel sich an dieser Stelle im

Wald begegnet wären. Hingegen läßt sich denken, daß Stefan Rambin etwa mit Frau voll Tweel oder vielleicht auch mit Ihnen dort in friedlicher Unterhaltung auf und nieder gegangen wäre.«

»Wieso mit mir?« fragte Klaus erregt. Ich war an jenem Tag auf dem Sportplatz in Eichkamp.«

»Sie selbst haben mir aber gesagt, daß Ihr Alibi für die in Betracht kommenden Tage schwer nachzuweisen wäre. Wissen Sie, daß Ihre Bemerkung mich schon damals aufhorchen ließ? Seit wann kennen Sie übrigens Frau von Tweel?«

In dem Augenblick tat sich die Tür auf. Ursula von Tweel und Graf Koska traten ein. Hinter ihnen ging ein Beamter in Zivil. Klaus wandte erschrocken seinen Kopf den Eintretenden entgegen. Eigentlich hatte er damit gerechnet, daß auch Ursula vernommen werden würde, aber ihr Erscheinen an dieser Stelle entsetzte ihn dennoch.

»Hier ist Frau von Tweel«, meldete der Beamte. »Dieser Herr, Graf Koska, war gerade in der Wohnung und legte Wert darauf, mitzukommen.«

Weigelt sah erstaunt auf die Eintretenden. »Sie sind Frau von Tweel, gnädige Frau?« fragte er, offensichtlich verblüfft.

Klaus staunte Ursula an, die in ruhiger Haltung dastand. Auch jetzt war ihrem Gesicht keine Erregung anzumerken, nur furchtbar bleich war sie. Der Graf stand groß und massig neben ihr und sah ärgerlich auf den Kommissar. »Ich dachte mir, meine Aussage würde Ihnen angenehm sein, Herr Kommissar. Ich bin über alle hier in Frage kommenden Vorgänge genau unterrichtet.«

Der Kommissar konnte den Blick nicht von Ursula abwenden. »Merkwürdig!« sagte er. »Haben Sie eine Legitimation bei sich, gnädige Frau?«

»Meinen Paß!« Ursula öffnete ihre Tasche und reichte ihm den Paß hinüber, den er sorgfältig prüfte. »Rufen Sie Herrn Eduard Frisch«, befahl er dem Beamten.

Der öffnete die Tür ins Nebenzimmer, und der Güteragent trat ein. »Das ist nicht die Dame vom Scharmützelsee!« rief er sofort. »Diese Dame kenne ich überhaupt nicht!«

Kapitel 22

Einige Augenblicke herrschte Verwirrung in dem Raum. Der Kommissar hielt noch immer den Paß in der Hand und wandte sich endlich an Graf Koska. »Darf ich um Ihre Legitimation bitten?« Der reichte ihm gleichfalls seinen Paß hinüber.

»Es ist gut«, sagte Weigelt und wandte sich wieder Frau von Tweel zu. »Sie sind aber nicht die Dame, die gestern mit Herrn von Steinhammer im Auto nach Berlin fuhr.«

»Nein, das war meine Freundin, Fräulein Ellen Bandler. Und meine Freundin hat auch seinerzeit Herrn Rambin nach dem Scharmützelsee begleitet. Herrn Frisch ist hier ein Mißverständnis unterlaufen. Er hielt meine Freundin Ellen Bandler für mich, und auch Sie haben gestern im Auto meine Freundin für mich gehalten.«

»Aber Herr Rambin hatte diese Besitzung für Sie kaufen wollen, gnädige Frau?«

»Jawohl, in meinem Auftrag. Ich wollte die Besitzung für mich haben.«

»Das Geld dazu stammte also auch von Ihnen?«

»Jawohl, ich habe die Anzahlung von sechzigtausend Mark einige Tage darauf auf das Konto von Herrn Rambin überweisen lassen.«

»Auf das Konto bei der Gewerbe-Vereinsbank?«

»Ja.«

»Das ist ein merkwürdiges Zusammentreffen. Vorhin stürzte Herr Eduard Frisch aufgeregt hierher, um mir zu sagen, er hätte zufällig die Dame wiedergefunden, für die Herr Rambin die Villa am Scharmützelsee kaufen wollte. Diese Dame sollte an dem Begräbnis des Ermordeten teilgenommen haben. Nach meiner Meinung konnte es sich nur um Frau von Tweel handeln.«

»Das war durchaus richtig. Nur bin ich nicht bei dem Begräbnis gewesen, sondern das war wiederum meine Freundin.«

»Ellen Bandler ist meine Kusine«, mischte sich Klaus ein. »Ich habe übrigens ein Bild von ihr da.« Er zog das Foto aus der Tasche. Vor einem Jahr hatte er es auf einem Paddelausflug aufgenommen und trug es seitdem bei sich.

Weigelt und Herr Frisch beugten sich über das kleine Bild. »Ja, das ist sie!« rief Eduard Frisch lebhaft. Der Kommissar reichte Klaus das Bild zurück. »Nun wird es mir klar. Dies ist in der Tat die Dame, die mit Herrn von Steinhammer gestern im Auto an uns vorbeifuhr. Ich hatte sie für Frau von Tweel gehalten. Es ist die Schwester von Fräulein Monika Bandler aus Michaelsbrück, nicht wahr? Sie sind sehr befreundet mit ihr, Herr Rambin, und Fräulein Ellen Bandler ist wiederum mit Frau von Tweel befreundet.« Er wandte sich an den Beamten: »Bringen Sie, bitte, noch einige Stühle herein! Und für Sie, Herr Frisch, habe ich dann im Augenblick eigentlich nichts. Ihre Aussage ist zu Protokoll gegeben.«

Eduard Frisch machte wiederum seine Verbeugung, die zu seinem robusten Aussehen in einem seltsamen Widerspruch stand, und trat ab. Der Beamte trug die Stühle herbei. Wenn die Tür sich öffnete, sah man in den Korridor, der voll lebhafter Bewegung war.

Durch den Eintritt der Frau von Tweel und des Grafen hatte die Versammlung vollends den Charakter einer Gerichtsverhandlung angenommen. Herr Owelgaß, der Sachverständige, ließ sich noch immer nicht bei seinen Büchern stören. Elm saß neben ihm und sah ihm über die Schulter, Erklärungen und Hinweise gebend. Der Protokollführer am Fenster hielt den Bleistift zum Stenographieren bereit. Klaus stand verlegen neben dem massigen Koska. Er wagte kaum, Ursula anzusehen. Die Nähe des Grafen machte ihn beklommen. Das war also wirklich so, wie Ellen gesagt hatte: Graf Koska hatte die Stelle Stefan Rambins eingenommen. Ihn selbst schien Ursula kaum zu sehen.

Weigelt benutzte die Pause, um sich einige Notizen zu machen. Als die Stühle gebracht waren und alle saßen, fuhr er in der Vernehmung fort und richtete das Wort sogleich an Ursula von Tweel.

»Sie kennen Herrn Klaus Rambin, gnädige Frau? Wollen Sie mir, bitte, sagen, wie Sie ihn kennengelernt haben?«

»Er ist der Vetter meiner Freundin. Durch diese habe ich im letzten Winter Herrn Stefan Rambin und später auch seinen Neffen kennengelernt.«

»Können Sie mir nicht genau angeben, wie diese Bekanntschaft vor sich ging?«

Frau voll Tweel zögerte einige Augenblicke. »Ich glaube, es war in einer Weinstube. Ich saß mit einigen Bekannten dort, unter denen sich Stefan Rambin befand. Sein Neffe kam zu uns an den Tisch.«

»Sind Sie später mit ihm noch zusammengewesen?«

»Wir haben uns einige Male getroffen.«

»Und gestern nachmittag war er auch bei Ihnen. Was haben Sie da miteinander besprochen?«

»Herr Rambin erzählte mir, daß er an der Mordstelle in dem Wald zwischen Lengenfeld und Bräsikow gewesen sei.«

»Er erzählte Ihnen auch, daß ich dicht bei der Mordstelle die Spuren einer Reiterin entdeckt hatte, nicht wahr?«

»Auch das.«

»Haben Sie sich nicht gedacht, daß Sie durch diese Entdeckung in den Verdacht des Mordes kommen könnten, gnädige Frau?«

Ursula nickte. »Seit einigen Tagen habe ich mit dieser Möglichkeit gerechnet.«

»Sie waren mit dem Ermordeten befreundet. Sie sollen sogar in recht nahen Beziehungen zu ihm gestanden haben. Ihr Gatte behauptet, Sie hätten mit Stefan Rambin die eheliche Treue gebrochen. Er ließ Ihnen diese Beschuldigung durch seinen Rechtsanwalt mitteilen.«

Ursula nickte.

»Wo befindet sich dieser Brief des Rechtsanwalts?«

»In meinem Schreibtisch.«

»Über diese Angelegenheit wollten Sie mit Stefan Rambin sprechen und verabredeten sich deshalb mit ihm an der Waldstelle, nicht wahr? Sie ritten am Dienstagvormittag dorthin, fanden Herrn Rambin aber nicht vor. Als Sie von der Schneise in den Jagen einbogen, sahen Sie den Toten liegen. Sie banden Ihr Pferd an und gingen zu ihm, nicht wahr? Sie haben ihn mit Zweigen zugedeckt und ihm zwei Blumen auf die Brust gelegt.«

»Nein!« unterbrach sie. »Das stimmt alles nicht. Ich habe ihn nicht liegen sehen. Ich habe bei der Linde gewartet, und als er nicht kam, bin ich schließlich zurückgeritten.«

»Sie verzeihen, gnädige Frau, wenn ich in Ihre Angabe Zweifel setze. Ich verstehe durchaus, daß Sie sich nicht unnötig selbst belasten wollen, aber Sie müssen den Toten gesehen haben. Stefan Rambin war um 10 Uhr 47 auf der Station Lindenberg angekommen. Sie konnten ihn kurz nach elf bei der Linde erwarten. Es war also hellichter Tag. Es ist nicht anders möglich, als daß Sie die Leiche gesehen haben. Was machten Sie dann, als Sie sie sahen?«

Noch immer blieb sie vollkommen ruhig. Klaus' Augen hingen gespannt an ihrem Gesicht. Jeden Augenblick erwartete er, daß sie niederbrechen würde. Statt dessen nickte sie ruhig. »Ich will es zugeben, ich habe die Leiche gesehen. Ich habe sogar den Schuß gehört, ein Mann sprang durch das Gebüsch fort. Ich konnte ihn in dem Dickicht nicht verfolgen.«

»Sie hätten ihn sonst verfolgt?« fragte der Kommissar gespannt. »Sie, eine Frau, allein mitten in dem großen Wald, hätten es gewagt, einen Mörder zu verfolgen, der bewaffnet war? Hatten Sie denn selbst eine Waffe bei sich?«

Frau von Tweel zögerte, ehe sie antwortete. »Ja, ich hatte eine Waffe bei mir. Es ist zu gefährlich für eine Frau, allein herumzureiten.«

»Sie haben die Waffe auch jetzt bei sich?« fragte er.

»Auch jetzt.« Sie entnahm ihrer Tasche einen kleinen Browning und reichte ihn dem Kommissar: »Vorsicht, er ist geladen.«

Der Kommissar begann in aller Ruhe den Browning zu untersuchen, nahm die Patronen heraus und hielt den Lauf gegen das Licht. Endlich war er damit fertig. »Wann haben Sie das letztemal damit geschossen?«

»Vor acht Tagen. Ich schoß hinter dem Mörder her, traf ihn aber nicht.«

»Es ist gut, daß Sie das sagen.« Weigelt warf einen Blick zu Klaus hinüber. »Ich bin nämlich auch der Ansicht, daß vor einigen Tagen aus dieser Waffe ein Schuß abgegeben worden ist. Der Revolver ist fast unbenutzt, aber der Lauf ist nach dem Schuß nicht gereinigt worden. Fünf Kugeln sind noch vorhanden, eine ist verschossen. Es ist übrigens die gleiche Waffe, mit der Stefan Rambin erschossen worden ist.« Wieder schoß unter seinen Lidern ein Blick zu Klaus hin, dessen Augen gespannt an der Waffe hingen.

»Einen solchen Browning hat fast jeder Mensch«, sagte sie.

»Sie wollten erzählen, wie es dann war, als Sie den Toten fanden.«

»Es war genau so, wie Sie es vorhin sagten, aber er lag noch mitten auf dem Weg. Ich selbst habe ihn an den Rand des Waldes gezogen. Das war sehr schwer. Und dann habe ich einige Zweige über ihn gedeckt und ihm die Blumen auf die Brust gelegt.«

»Sie haben ihm aber auch seine Taschen nach etwaigen Briefen und sonstigen Dingen durchsucht. Zum Beispiel ist mir aufgefallen, daß die Schlüssel fehlten. Jeder Mann pflegt doch einige Schlüssel bei sich zu tragen.«

»Von Schlüsseln weiß ich nichts, aber ich will zugeben, daß ich wirklich nach Briefen gesucht habe. Aber die Brieftasche war fort.«

»Weshalb suchten Sie nach Briefen?«

»Ich hatte an Herrn Rambin wegen der Beschuldigung meines Mannes geschrieben. Es wäre mir natürlich unangenehm gewesen, wenn ein solcher Brief von fremden Menschen gefunden worden wäre.«

»Weshalb sind Sie nicht zum nächsten Landjäger geritten, um ihn von der Mordtat in Kenntnis zu setzen?«

»Weil ich befürchtete, daß sich der Verdacht auf mich lenken würde. Ich hatte Herrn Rambin schließlich in den Wald bestellt. Irgendwie könnte das bekanntwerden, und dann könnte man mich für den Mörder halten.«

»Aber Ihr Herr Vater zum Beispiel wußte doch, daß Sie um diese Zeit fortgeritten waren. Auch der Kutscher oder der Stallbursche wußten es. Sie mußten sich sagen, daß Ihr Verhalten auf die Dauer nicht verborgen bleiben konnte.«

»Mein Vater ist gestern bei mir gewesen und hat mit mir über die Angelegenheit gesprochen. Er hält mich für den Mörder.«

Noch immer bewegte sich nichts in ihrem Gesicht, auch jetzt nicht, da sie diese furchtbare Aussage machte. Klaus suchte in ihren Zügen. Immer wieder war es diese unheimliche Ruhe, die ihn stutzig machte.

»Was war dann?« fragte der Kommissar weiter. »Sie ritten also nach Hause. Waren Sie denn nicht sehr aufgeregt?«

»Ich war sehr aufgeregt, aber ich kann mich gut beherrschen. Niemand hat mir etwas angesehen.«

»Sie können sich in der Tat gut beherrschen. Und dann? Wann fuhren Sie nach Berlin zurück!«

»Am nächstes Nachmittag. Es war Mittwoch. Ich blieb den Abend über zu Hause und wagte auch am nächstes Tag nicht fortzugehen aus Furcht, daß sich irgend etwas ereignen könnte. Meine ganzen Gedanken drehten sich um den Toten. Man mußte ihn doch endlich auffinden, oder seine Angehörigen mußten ihn vermissen und suchen. Am Freitag hielt ich es nicht mehr aus. Ich fuhr nach Michaelsbrück hinaus.«

O Gott! dachte Klaus. Weshalb erzählt sie das?

Der Kommissar sah sie erstaunt an. »Sie fuhren nach Michaelsbrück hinaus. Was wollten Sie dort?«

»Ich wollte wissen, was geschehen war, ob man die Leiche gefunden und den Mörder entdeckt hatte. Irgend etwas mußte ich doch erfahren. Ich klingelte an der Tür und wurde eingelassen. Niemand war zu Hause außer Monika. Herr Rambin hatte mir von ihr erzählt.«

»Sie kannten sonst die Angehörigen des Ermordeten nicht, gnädige Frau?«

»Nein, ich kannte sie nicht. Aber Stefan Rambin hatte mir von allen erzählt. Das junge Mädchen sagte mir, ihr Pflegevater wäre für einige Tage verreist und ihre Mutter gerade mit dem Auto fortgefahren. Ich wagte nicht, weiter zu fragen. Es war furchtbar für mich. Nun wußte ich wieder nicht, ob man schon die Leiche gefunden hatte.«

»Nannten Sie bei Rambins Ihren richtigen Namen?«

»Ja, ich sprach ihn zuerst undeutlich aus, aber Monika fragte mich, und da mußte ich ihn nennen.«

Der Kommissar sah zu Klaus hinüber. »War Ihnen von diesem Besuch der Frau von Tweel nichts erzählt worden, Herr Rambin?«

»Ja, Monika hatte meiner Tante und mir davon erzählt.«

»Sie mußten sich doch denken, daß dieser Besuch von höchster Wichtigkeit war. Damals vermuteten Sie doch schon, daß jemand Ihren Onkel ermordet hätte, und nun kam plötzlich Frau von Tweel, die Sie ja kannten, ohne besonderen Grund in das Haus. Was haben Sie sich dabei gedacht? Am Abend waren Sie mit Herrn Elm hier bei mir. Sie hätten mir doch von diesem Besuch berichten müssen.«

»Ich sagte Ihnen bereits, daß ich den Verdacht nicht unnötig auf Frau von Tweel lenken wollte.«

»Wann sind Sie dann mit Frau von Tweel zusammengetroffen?«

»Am nächsten Vormittag, gleich nachdem ich hier bei Ihnen gewesen war. Sie hatten gerade Herrn Eduard Frisch vernommen. Ich fuhr von hier zu meinen Verwandten Bandler und wollte dort hauptsächlich Ellen sprechen.«

Der Kommissar nickte. »Das ist die Dame, die am Scharmützelsee mit war und die gestern mit Herrn von Steinhammer an uns vorüberfuhr.«

»Jawohl, das ist Ellen Bandler. Bei ihr traf ich dann Frau von Tweel.«

»Wie kamen Sie dorthin, gnädige Frau?«

Frau von Tweel schrak auf, faßte sich aber sofort. »Ich war zu Ellen gefahren, weil ich bei ihr etwas zu erfahren hoffte. Sie konnte mir auch endlich Auskunft geben. Und dann kam Herr Rambin. Ich mußte mit ihm den Fall durchsprechen. Er wußte noch gar nichts von meiner Verabredung mit seinem Onkel. Er wußte nicht einmal, daß ich in Bräsikow wohnte. Das alles sagte ich ihm.«

»Und Sie baten ihn, über diese Zusammenhänge zu jedermann zu schweigen?«

»Ja, ich habe ihn darum gebeten. Ich schilderte ihm ausführlich, wie so viele Umstände gegen mich sprechen mußten.«

Der Kommissar sah Klaus an. »Sie sind nicht einen Augenblick auf den Gedanken gekommen, daß Frau von Tweel Ihren Onkel ermordet haben könnte?«

»Nein, niemals!« sagte Klaus. »Aber ich war mir natürlich darüber klar, daß der Verdacht sich leicht auf Frau von Tweel richten könnte. Irgendwann mußte die Polizei ja etwas von der Verbindung zwischen meinem Onkel und Frau von Tweel erfahren. Es konnten zum Beispiel auch seine Bankkonten durchgeprüft werden, und dann hätte sich herausgestellt, daß Frau von Tweel sechzigtausend Mark auf das Konto meines Onkels überwiesen hatte. Von dieser Banküberweisung fürchtete Frau von Tweel ganz besonders die Aufrollung der ganzen Frage.«

Plötzlich kam aus dem Hintergrund die tiefe Stimme des Buchsachverständigen: »An welchem Tage ist diese Überweisung geschehen?«

Alle Augen richteten sich auf ihn. Es war überraschend, auf einmal in dem Raum diese fremde Stimme zu hören. Ursula von Tweel sah ihn erschrocken an. »An welchem Tage?« Sie dachte nach. »Ich weiß das Datum nicht auswendig. Es war einige Tage, nachdem Stefan Rambin mit Ellen zum Scharmützelsee hinausgefahren war. Ja, es war zwei oder drei Tage später. Es muß um den zehnten Mai herum gewesen sein.«

»Und von welcher Bank?« fragte Herr Owelgaß weiter.

»Von der Commerzbank. Mit dieser Bank arbeitete ich immer.«

Herr Owelgaß blätterte in dem dicken Buch. »Der Betrag ist bei der Gewerbe-Vereinsbank nicht eingegangen. Wenigstens nicht auf dem Konto Stefan Rambin.«

»Das ist nicht möglich!« rief Frau von Tweel. »Das ist vollkommen ausgeschlossen! Ich habe von der Commerzbank die Abrechnung darüber erhalten. Ich besinne mich noch genau darauf. Es mußten einige Papiere lombardiert werden, damit ich die Summe zusammenbekam.«

»Die Zahlung wurde vorher schon einmal erwähnt«, sagte Herr Owelgaß. »Ich suche seit geraumer Zeit nach der Eintragung.«

»Vielleicht kann uns Herr Elm darüber Bescheid geben«, sagte Weigelt. Es war ihm anzumerken, daß die Unterbrechung des Verhörs ihn ärgerte.

»Die Summe wird anders verbucht sein«, sagte Elm. Er hatte wieder sein höfliches Lächeln zurückgewonnen. »Stefan Rambins Konto war ständig überlastet. Vielleicht ist mit der Summe ein andrer Saldo ausgeglichen worden.«

»Das ist nicht möglich«, sagte der Sachverständige. »Wenn die Summe überwiesen worden ist, muß sie an dieser Stelle auftauchen. Ich möchte vorschlagen, die Commerzbank anzurufen, damit sie uns den Abgang dieser Summe bestätigt. Hier muß irgendein Irrtum vorliegen. Die sechzigtausend Mark sind am vierundzwanzigsten Juni an den angeblichen Inspektor Arndt ausgezahlt worden. Wenn die eingegangenen sechzigtausend Mark gebucht worden wären, so würde sich die pekuniäre Lage des Ermordeten einigermaßen günstig verschieben.«

Elm stand auf. »Ich werde gleich in die Bank gehen und an Ort und Stelle nachsehen. Herr Owelgaß kann währenddessen von hier aus mit der Commerzbank telefonieren.«

»Das wäre mir sehr unangenehm, Herr Elm«, widersprach der Kommissar, »denn ich werde Sie hier gleich brauchen. Vielleicht könnte Herr Owelgaß zu Ihrer Bank hinfahren.«

»Ich würde den Irrtum schneller aufklären, denn ich weiß in unsrer Buchungsweise besser Bescheid.« Elm machte einige Schritte gegen die Tür hin.

»Die Buchungsweise dürfte überall so ziemlich die gleiche sein«, sagte der Kommissar mit einer kleinen Schärfe im Ton. »Bleiben Sie hier, Herr Elm, und Sie, Herr Owelgaß, fahren vielleicht schnell einmal zu der Bank und sehen nach, woran diese Differenz liegt.«

»Wie Sie wollen«, sagte Elm and setzte sich wieder auf seinen Platz. Der Sachverständige ergriff seinen Hut und ging hinaus.

Kapitel 23

Für einige Augenblicke herrschte Stille im Raum. Der Kommissar las in seinen Notizen. Ursula von Tweel saß auf ihrem Stuhl wie in dem Wartezimmer eines Arztes. In dem breiten Gesicht des Grafen Koska bewegte sich nichts. Elm war in das Studium des Kontoauszuges vertieft.

Noch war nichts geschehen, was unmittelbar auf eine Katastrophe hinführen konnte. Klaus überdachte die Situation: der Kommissar war hinter die Beziehungen Ursulas zu Stefan Rambin gekommen, und er selbst hatte zugestehen müssen, diese Beziehungen gekannt und verheimlicht zu haben. Aber alle Gründe, die er für seine Haltung angeführt hatte, mußten einleuchten. Nur Ursulas Browning und der Schuß beängstigten ihn. Weshalb ließ sie sich alle Tatsachen mühsam entreißen! Auch ihm gegenüber hatte sie sich so verhalten. Wie lange hatte es gedauert, ehe sie eingestand, daß sie den Toten gesehen und durchsucht und ihm die Augen zugedrückt hatte. Und auch dann hatte sie ihm noch nichts von dem Revolver und dem Schuß gesagt. Es war, als ob Schicht auf Schicht ihres Tuns abgehoben wurden. Sie war nicht nur bei dem Toten gewesen, sie hatte nicht nur seine Taschen durchsucht, jetzt stellte sich sogar heraus, daß sie zur gleichen Zeit in jenem Wald einen Schuß abgefeuert hatte und aus einer Waffe, die der des Mörders gleich war. Was würde nun kommen? Wenn nun noch eine neue Schicht abgehoben wurde!

Dabei hatte Klaus den deutlichen Eindruck, daß der Kommissar eine Überraschung bereithielt. Offenbar hatte Weigelt dieser Vernehmung einen genauen Plan zugrundegelegt, und dieser Plan war ihm durch die Verwechslung Ellen Bandlers mit Ursula gestört worden, aber irgend etwas führte er noch im Schilde.

Weigelt beendete die Pause und wandte sich an Klaus. »Welche Kleidung haben Sie am Dienstag getragen, Herr Rambin?«

Er horchte auf. »Meinen gewöhnlichen Anzug, und auf dem Sportplatz natürlich den Turnanzug und nachher den Trainingsanzug. Als ich fortging, habe ich diesen Anzug wieder angezogen.« Er sah an sich hernieder und bemerkte plötzlich, daß er noch den Gehrock trug. »Natürlich nicht diesen Anzug, sondern den grauen, den ich in diesen Tagen immer zu tragen pflegte.«

Der Kommissar sah nach der Uhr. »Wir werden bald wissen, ob Sie die Wahrheit gesprochen haben, Herr Rambin. Ich fürchte, daß Sie am Dienstag ein weißes Sporthemd und Kniehosen trugen. Jedenfalls besitzen Sie doch solche Kleidungsstücke?«

»Natürlich, auf Wanderungen und Ausflügen pflege ich so zu gehen.« Er begriff nicht, worauf Weigelt hinauswollte, und hatte nur das beklemmende Gefühl einer drohenden Überrumpelung.

»Ich will Ihnen nur gestehen, daß ich mir bereits gestern erlaubt habe, Ihre Wohnung aufzusuchen und in Ihren Sachen Umschau zu halten. Augenblicklich sieht sich jemand anders in Ihrem Zimmer um.«

»Sie lassen also bei mir Haussuchung machen!«

»Ganz recht. Ich wundere mich, daß die Herren mit dem Ergebnis noch nicht zurück sind. Nun, wir werden sehen.« Er wollte sich von neuem an Frau von Tweel wenden, die dem Gespräch aufmerksam gefolgt war, als sich die Tür öffnete und Ellen und Monika eintraten. Alle drehten sich nach ihnen um. Es kam völlig überraschend, daß die beiden jungen Mädchen in ihren schwarzen Kleidern plötzlich in dem Raum standen. Man merkte ihnen an, daß sie selbst in größter Erregung waren. Sie schritten auf den Kommissar zu und blieben unentschlossen auf dem halben Weg stehen.

»Sie sind Fräulein Ellen Bandler«, sagte Weigelt. »Ich sah Sie gestern mit Herrn von Steinhammer im Auto. Und dann haben wir eben ein Bild von Ihnen gesehen.«

Er grüßte Monika, die er von Michaelsbrück kannte. »Was führt Sie hierher, meine Damen?«

Klaus wurde die Situation im Augenblick deutlich: die beiden Schwestern hatten eine Aussprache gehabt, und Ellen hatte Monika klargemacht, daß sie ihre Beobachtungen zu Protokoll geben müßte.

»Wir sind gekommen, um unsre Aussagen zu machen, Herr Kommissar«, fing Ellen an. Monika stand mit verweinten Augen neben ihr. »Meine Schwester hat bisher nicht gewagt zu sagen, was sie weiß.«

»Er ist es nicht gewesen!« brach Monika unvermittelt aus. »Aber er wird alle Schuld auf sich nehmen, um die Frau zu retten!«

»Sie meinen Frau von Tweel?« fragte der Kommissar.

»Ja, Frau von Tweel. Ich weiß, daß er sie retten will.« Plötzlich sprudelten ihre Worte heraus. »Frau von Tweel ist am Freitag bei uns gewesen. Vom ersten Augenblick an wußte ich, daß sie die Schuld hat, und auch Klaus wußte es sofort. Ich habe es ihm angesehen.« Sie stockte und sah sich hilflos unter den fremden Menschen um. Plötzlich erkannte sie Elm. »Herr Elm weiß auch nichts davon, aber ich habe alles mit angesehen.«

Klaus sah zu Ursula hinüber. Die starrte mit entsetzten Blicken auf das junge Mädchen. Selbst in das Gesicht des Grafen Koska kam Bewegung.

»Wir wußten bereits, daß Frau von Tweel am Freitag in Michaelsbrück draußen war«, sagte der Kommissar.

»Aber Sie wußten nicht, daß Frau von Tweel die Schlüssel zu Papas Schreibtisch hatte. Sie hat Klaus die Schlüssel gegeben, und Klaus hat in der Nacht etwas aus Papas Schreibtisch herausgenommen, Briefe oder Papiere, und nun wird er verurteilt werden. Aber sie hat die Schuld. Frau von Tweel hat Papa erschossen!«

Für einige Sekunden hörte man keinen Laut im Zimmer. Alle Anwesenden schienen in ihrer Haltung festgefroren zu sein. Nicht ein Augenlid bewegte sich.

»Aus welchem Grund glauben Sie, hat Frau von Tweel Ihren Pflegevater erschossen?« fragte der Kommissar.

Monika sah Ellen an. »Das weiß ich nicht, aber meine Schwester kann es Ihnen sagen.«

Ellen trat einen Schritt näher. »Ursula von Tweel hat Stefan Rambin erschossen, um den Zeugen ihres Scheidungsprozesses zu beseitigen. Sie hat ihn erschossen, damit ihr neuer Liebhaber, Graf Koska, nichts von ihren Beziehungen zu Stefan Rambin erführe.«

Der Kommissar sah den Grafen an. »Stehen Sie zu Frau von Tweel in engen Beziehungen, Herr Graf?«

Graf Koska erhob sich. Seine Gestalt schien den Raum zwischen den Stuhlreihen und dem Schreibtisch des Kommissars fast auszufüllen. »Frau von Tweel und ich werden heiraten, sobald die Scheidung vollzogen ist«, sagte er mit seiner mächtigen Stimme. »Ich kenne die Vorgänge der letzten Wochen genau. Frau von Tweel ist an dem Tod des Herrn Stefan Rambin völlig unschuldig. Sie hat außerdem zu ihm niemals engere Beziehungen gehabt.« Seine Augen blickten vernichtend zu den beiden jungen Mädchen hin.

»Graf Koska irrt sich«, sagte Ellen mit harter Stimme. »Jeder, der Ursula und Stefan Rambin beobachtet hat, mußte wissen, daß die beiden ein Liebesverhältnis miteinander hatten. Aber Ursula war ihres Liebhabers überdrüssig geworden. Sie versprach sich mehr von Graf Koska, der sehr reich ist und der eine Rolle in der großen Welt spielt. Wenn Graf Koska die Wahrheit erführe, würde er ihr den Rücken drehen. Deshalb durfte er auf keinen Fall etwas von Stefan Rambin erfahren.«

»Für Ihre Behauptungen werden Sie den Beweis schuldig bleiben, gnädiges Fräulein«, sagte der Graf, ging ruhig zu seinem Stuhl zurück und setzte sich.

»Was hat Klaus in der Nacht vom Sonnabend zum Sonntag aus dem Schreibtisch Stefan Rambins herausgenommen?« Ellens Stimme klang hell und scharf durch den Raum. »Ursula hatte ihm Stefan Rambins Schlüsselbund gegeben, damit er mit dem richtigen Schlüssel den Schreibtisch aufschließen konnte. Woher hat Ursula die Schlüssel des Toten gehabt?«

»Wollen Sie sich bitte dazu äußern, Herr Rambin?« forderte der Kommissar auf.

Klaus stützte sich mit der einen Hand auf die Schreibtischplatte. Die Bilder vor seinen Augen verschwammen. »Es ist wahr«, fing er mühsam an. »Ich habe das Schlüsselbund des Toten gehabt. Frau von Tweel hatte es mir gegeben. Sie hat es dem Toten abgenommen, als sie ihn in dem Walde liegen fand und seine Taschen nach Briefen durchsuchte. Frau von Tweel hätte das ruhig gestehen können. Sie hat die Schlüssel in keiner besonderen Absicht an sich genommen.«

»Aber sie hat sie Ihnen in einer besonderen Absicht gegeben?«

Klaus versuchte scharf nachzudenken. Seine nächsten Worte mußten alles entscheiden. »Frau von Tweel hat keine besondere Absicht mit diesen Schlüsseln gehabt. Sie hat sie mir gegeben, um sie los zu sein.«

»Und wozu haben Sie diese Schlüssel benutzt?«

»Ich habe mit den Schlüsseln etwas getan, was Frau von Tweel nicht wissen konnte und womit sie nichts zu tun hat. Ich habe den Schreibtisch meines Onkels nach seinem Testament durchsucht. Mein Onkel hatte ein Testament gemacht, das seine Pflegetochter Monika Bandler zur Erbin einsetzte. Wenn dieses Testament nicht gefunden wurde, fiel mir als dem einziges Blutsverwandten des Toten die Hälfte des Erbes zu.«

Da war es heraus! Mit aller Kraft hatte er die Sätze zu Ende gesprochen. Er schlug die Augen nieder, um nicht die Blicke Monikas und Ursulas auf sich zu fühlen. Er hörte durch das Dunkel die Stimme Weigelts auf sich zukommen: »Sie glauben, mir etwas Neues damit zu sagen, Herr Rambin. Aber seit gestern weiß ich, daß es so war. Haben Sie das Testament gefunden? Fräulein Monika Bandler sagte ausdrücklich, Sie hätten dem Schreibtisch einige Papiere entnommen. War es das Testament?«

»Ja, das war das Testament. Ich habe es vernichtet.«

Monika stürzte auf den Schreibtisch zu. »Das ist nicht wahr!« schrie sie. »Das ist nicht wahr! Er hat nicht das Testament genommen, es war gar kein Testament da. Er hat etwas genommen, was mit Frau von Tweel zusammenhängt. Ich weiß es bestimmt.«

»Beruhigen Sie sich, Fräulein Bandler«, sagte Weigelt. »Es war doch das Testament, das Ihr Vetter entwendet und vernichtet hat. Er hat Sie ganz persönlich bestohlen und betrogen.«

»Nein, nein!« schrie Monika. »Das ist nicht wahr.«

Der Kommissar sah sie ernst an. »Klaus Rambin hat nicht nur das Testament genommen, sondern er hat noch viel mehr getan. Er wußte, daß Sie in einem Vierteljahr von Ihrem Pflegevater adoptiert werden würden. Nicht nur das Testament mußte verschwinden, Stefan Rambin selbst mußte bis zu seinem fünfzigsten Geburtstag verschwunden sein. Und er hat ihn verschwinden lassen. Klaus Rambin ist am Dienstag vormittag in der Gegend von Bräsikow und Waldberg gesehen worden. Jeden Augenblick erwarte ich den endgültigen Beweis dafür. Klaus Rambin und Frau Ursula von Tweel, geborene von Steinhammer, haben sich zusammengetan, um gemeinsam den Mann umzubringen, der ihnen beiden im Wege stand.«

Weigelts Stimme war immer ruhiger geworden. Er hatte die Worte nicht herausgeschmettert, sondern fast leise vor sich hin gesprochen, aber gerade dadurch wirkten sie mit einer unerhörten Wucht. Plötzlich sank Monika in sich zusammen. Es gab einen harten Fall, und sie lag am Boden. Ellen und Gras Koska sprangen hinzu und hoben sie auf. Der Polizeibeamte, der bis dahin unbeweglich in der Ecke gestanden hatte, nahm sie wie ein Kind auf den Arm. »Ins Nebenzimmer!« ordnete der Kommissar an. »Dort ist jetzt niemand. Die Sanitätswache soll eine Tragbahre bringen.« Er machte die Tür auf und rief hinaus. Alle waren um Monika beschäftigt, die leblos, von zwei Beamten gestützt, auf zusammengestellte Stühle gelegt wurde.

Klaus hatte sich nicht zu rühren vermocht. In seinen Ohren klangen noch immer die furchtbaren Worte Weigelts. Zwei Sanitäter kamen mit der Bahre herein. Monika wurde ins Nebenzimmer getragen. Wie eine Tote sah sie aus. Ein Stöhnen entrang sich Klaus' Brust. Ich habe Ursula gerettet, dachte er noch einmal, aber er konnte seine Augen nicht von dem blasses Gesicht abwenden. Plötzlich wußte er, daß Monika für ihn zu Michaelsbrück gehört hatte. Sie und Michaelsbrück, das war dasselbe gewesen. Aber nun waren alle Träume ausgeträumt.

Die Tür zu dem Nebenzimmer wurde leise geschlossen. Auf einmal sah der Raum wieder aus, wie er vorher gewesen war. Der Kommissar hatte seinen Platz eingenommen. Sie standen oder saßen alle herum, wie es gewesen war, bevor Monika umfiel. Weigelts letzte Worte hingen noch in der Luft: ›Klaus Rambin und Ursula von Tweel haben sich zusammengetan, um Stefan Rambin umzubringen, der ihnen beiden im Wege stand!‹

Ehe der Kommissar von neuem das Wort ergreifen konnte, stand Ursula von Tweel plötzlich vor ihm. »Ich will die Wahrheit sagen. Klaus hat nicht das Testament seines Onkels genommen. Er wollte mich nur retten. Ich selbst habe ihn gebeten, bestimmte Briefe von mir, die in Stefan Rambins Schreibtisch lagen, zu suchen und mir zu geben. Diese Briefe belasteten mich schwer. Sie waren zu einer Zeit geschrieben, als ich Stefan Rambin zu lieben glaubte. Klaus hat mir gestern die Briefe, die er aus dem Schreibtisch seines Onkels herausgenommen hat, zurückgebracht und sie dann vernichtet.«

»Wollen Sie nun Ihrerseits Klaus Rambin retten?« fragte der Kommissar. »Es ist zwecklos, gnädige Frau.«

»Ich will niemanden retten, aber ich will kein Opfer annehmen.«

Klaus sah sie entsetzt an. Jetzt war sie verloren. Ellens Stimme kam durch den Raum: »Vielleicht überlegt sich Graf Koska, was in den Briefen gestanden haben mag. Diese Briefe bewiesen, daß ein Liebesverhältnis zwischen Ursula und Stefan Rambin bestand.«

Graf Koska trat auf Frau von Tweel zu. »Was sagst du dazu? Hast du jemals solche Briefe an Stefan Rambin geschrieben?«

Sie antwortete nicht, sondern neigte nur ihren Kopf und blieb in dieser Haltung vor dem mächtigen Mann stehen.

Ellen sprach weiter: »Sie hat nicht nur diese Briefe geschrieben, sie hat Stefan Rambin auch nach ihrer Scheidung heiraten wollen. Sie wollte diese wundervolle Besitzung am Scharmützelsee kaufen und dort mit ihm leben. Das war alles besprochen. Jetzt kann ich es sagen. Stefan Rambin selbst hat es mir anvertraut. Er liebte diese Frau abgöttisch. Er hat mir sogar einen Teil der Briefe zu lesen gegeben, die sie ihm geschrieben hatte. Und in diesen Briefen war ständig von ihrem späteren gemeinsamen Leben die Rede. Das alles kann ich beschwören.«

»Ist das wahr, Ursula?« fragte der Graf.

Ursula stand noch immer mit geneigtem Kopf vor dem Schreibtisch. »Ja«, sagte sie leise.

Graf Koska drehte sich schweigend um und ging zu seinem Platz zurück. »Ich möchte bemerken, Herr Kommissar, daß ich nur noch an der kriminellen Seite des Falles interessiert bin und mit meinen Aussagen zur Verfügung stehe.«

»Es ist doch alles anders gewesen!« brach Ursula los. Die Tränen stürzten ihr aus den Augen. »Ich habe doch Stefan Rambin nicht geliebt. Er tat mir nur immer so furchtbar leid, und ich habe mich zwingen wollen. Ich paßte doch nicht zu ihm. Es war, als wenn er mich in seinem Bann hielt. Ich war wie gefangen bei ihm. Deshalb wollte ich ja die Briefe zurückhaben, denn sie waren nicht wahr. Ein andrer Mensch, der nicht ich war, hatte sie aus mir geschrieben. Wenn ich ihn hätte lieben können, dann wäre ja alles anders gekommen. Dann wäre ja alles gut gewesen. Und jetzt ist alles zu Ende!« Sie sank auf den Stuhl zurück und bedeckte das Gesicht mit den Händen.

Der Kommissar schwieg und blätterte in den Papieren. Man hörte nur das leise Knistern der Bogen und Ursulas unterdrücktes Schluchzen. Ellen stand ratlos da, Klaus lehnte sich gegen die Wand und schloß die Augen.

Die Tür tat sich auf, und Herr Owelgaß kam herein.

Kapitel 24

Dem Kommissar schien diesmal das geschäftliche Intermezzo willkommen zu sein. Er wußte offenbar im Augenblick nicht, wie er die Vernehmung weiterführen sollte. Die Männer, auf die er wartete, kamen immer noch nicht. Das waren, wie Klaus nun wußte, die Leute, die in seiner Wohnung nach irgend etwas suchen sollten. Er konnte sich denken, daß es ein Polizeibeamter und vielleicht der Gastwirt aus Waldberg waren, von denen Weigelt die Entscheidung erwartete.

»Nun?« fragte der Kommissar den Eintretenden.

Herr Owelgaß begab sich an seinen Platz zurück. »Auf dem Konto Rambin sind Unregelmäßigkeiten vorgekommen«, sagte er. »Die Commerz-Bank hat die Überweisung der sechzigtausend Mark von Frau von Tweel bestätigt. Bei der Gewerbe-Vereinsbank ist der Eingang nicht gebucht. Es sieht so aus, als ob man mit dem Geld frühere Unregelmäßigkeiten ausgeglichen hätte.«

Der Kommissar schaute fragend zu Elm hinüber. Der blickte erstaunt auf. »Ich halte das für unmöglich. Keinem unsrer Beamten würde ich so etwas zutrauen. Ich werde gleich hinübergehen, um die Angelegenheit zu prüfen.« Er erhob sich und machte wiederum einige Schritte zur Tür. Der Kommissar entsann sich, daß er ihn schon einmal an der gleichen Stelle zurückgehalten hatte.

»Die Sache ist geprüft«, sagte Herr Owelgaß mit entschiedener Betonung. »Die sechzigtausend Mark sind eingegangen, aber nicht gebucht worden.«

»Aber das Geld wurde dann doch am 24. Juni diesem falschen Inspektor Arndt ausgezahlt?« fragte der Kommissar.

»Das ist sehr die Frage«, entgegnete Herr Owelgaß. »Vielleicht ist das Geld gar nicht ausgezahlt worden. Ich habe den Eindruck, daß die Buchung dieser Auszahlung falsch ist. Die Überweisung der Summe ist nicht gebucht, die Auszahlung, die nicht geschehen ist, wurde gebucht. Ergebnis: Einsparung von einhundertzwanzigtausend Mark.«

Alle Anwesenden waren noch zu sehr von den Erschütterungen der letzten Minute erfüllt, als daß sie dieser geschäftlichen Auseinandersetzung zu folgen Lust hatten. Erst jetzt horchte Klaus auf und bemerkte im gleichen Augenblick, daß auch Graf Koska den Kopf hob und durch sein Monokel Herrn Owelgaß fixierte. Auch Ellen, die sich hingesetzt hatte, sah aufmerksam hinüber. Elm blätterte wie rasend in den Seiten des dicken Rechnungsbuches.

»Sie halten es für möglich, daß der Scheck dieses falschen Gutsinspektors gar nicht vorgelegt ist?« fragte der Kommissar.

»Ich habe jeden einzelnen Beamten auf Herz und Nieren geprüft. Kein einziger konnte sich auf diesen Scheck besinnen. Wenn Herr Elm nicht selbst den Scheck entgegengenommen hat, so ist er am Mittwoch, dem vierundzwanzigsten, oder an einem der darauffolgenden Tage nicht vorgekommen. Wie ist das, Herr Elm? Wissen Sie sich bestimmt darauf zu besinnen, daß Sie diesen Scheck nicht entgegengenommen haben?«

Elm schwieg eine Weile. Er schien angestrengt nachzudenken. »Ich überlege mir, welche Herren an diesem Tag Schalterdienst hatten«, fing er langsam an. »Ich will es aber nicht als ganz unmöglich hinstellen, daß ich den Scheck vielleicht selbst angenommen haben könnte.«

»Ich halte das für ausgeschlossen«, sagte der Kommissar. »Sie würden sich bei Ihren nahen Beziehungen zu Stefan Rambin doch bestimmt darauf besinnen. Stammte nicht auch die Beglaubigung auf diesem Scheck von Ihnen?«

»Ja, ich selber habe den Scheck beglaubigt.«

»Dann würden Sie sich doch bestimmt erinnern, wenn Sie ihn zur Auszahlung angenommen hätten. Bei Ihren engen Beziehungen zu Herrn Rambin interessierten Sie sich doch wohl auch für den beabsichtigten Gutskauf. Sie hätten den Inspektor Arndt doch wahrscheinlich ausgefragt?«

»Falls ich nicht vielleicht sehr überlastet gewesen wäre.«

Herr Owelgaß hob die Hand. »Einen Augenblick, meine Herren. Wie konnte ein Scheck Stefan Rambins in dieser Höhe von der Bank beglaubigt werden? Auf dem Konto war nicht entfernt eine solche Summe vorhanden.«

Elm lächelte höflich und wandte sein rosiges Gesicht dem Fragenden zu. »Wenn ich den Scheck beglaubigt habe, so war auch das Geld vorhanden. Ich dachte wahrscheinlich an die sechzigtausend Mark. Ja, ich besinne mich jetzt genau darauf, daß ich diese Summe dem Konto Stefan Rambins zuzählte, obwohl der Eingang noch nicht eingetragen war. Jawohl, so war es. Ich sah zwar, daß Rambin sein Konto überzogen hatte, aber ich überlegte, daß da ja noch diese sechzigtausend Mark hinzukämen, und so beglaubigte ich den Scheck.«

»Sie wußten also von diesen sechzigtausend Mark?«

»Ja, das heißt nicht als Bankbeamter, sondern weil Stefan Rambin mir davon erzählt hatte.«

»Um so mehr hätte es Ihnen auffallen sollen, daß der Eingang dieser Summe, der doch schon im Mai geschehen sein mußte, nicht vermerkt war.«

»Ich hatte an dem Tage wenig Zeit. Jetzt fällt mir ein, daß ich Stefan Rambin auf die Überziehung seines Kontos aufmerksam machte, als er die Beglaubigung haben wollte. Jawohl, ich erinnere mich ganz genau. Darauf sagte er, es handle sich doch nur um die Summe, die neulich von der Commerz-Bank überwiesen wäre, und da gab ich die Beglaubigung. So war es. Ich habe dann nicht mehr nach der Buchung gesucht, sondern mich auf seine Angabe verlassen.«

Klaus mischte sich ein. »Dann ist also die katastrophale Lage des Sägewerks in erster Linie auf diese fehlenden sechzigtausend Mark zurückzuführen, die nicht auf seinem Konto gebucht sind?«

»Das glaube ich nicht«, sagte Herr Owelgaß gelassen. »Es sind Unterschlagungen begangen worden, die nur mit Einwilligung des Kontoinhabers möglich waren. Gehörte Stefan Rambin nicht auch dem Aufsichtsrat der Bank an? Nach meiner Erinnerung war er sogar einer der Prüfer.«

Elm starrte in das Buch. »Das muß sich alles aufklären. Es wäre ja schrecklich, auch für mich persönlich, wenn in meiner Abteilung solche Unregelmäßigkeiten vorgekommen wären. Sie behaupten, daß Stefan Rambin Gelder unterschlagen hätte?«

»Es sieht so aus«, sagte Herr Owelgaß bedächtig. »Aber vielleicht tat er es nicht allein. Ich halte es für möglich, daß dieser beglaubigte Scheck niemals in andere Hände gekommen ist. Die Auszahlung wurde lediglich in den Büchern fingiert.«

Klaus' Gedanken arbeiteten angestrengt. Stefan Rambin hatte Betrügereien und Fälschungen begangen! Ganz langsam begriff er. Der vergötterte Stefan Rambin war ein Betrüger?

Eigentlich mußte jetzt ein Triumphgefühl über den Feind seiner Jugend in ihm aufklingen. Aber es war merkwürdig, auf einmal spürte er ein Gefühl des Mitleids und der Teilnahme mit dem unglücklichen Mann, den er immer für so glücklich und erfolgreich gehalten hatte. Monika hatte ihn besser erkannt und tiefer durchschaut. Seine Gedanken liefen zu Monika. Ob sie noch immer ohnmächtig war? Aber er riß sich zurück. Von Monika war er jetzt auf ewig getrennt. Jetzt würde der große Mordprozeß gegen ihn und Ursula geführt werden. Wie er auch ausgehen mochte, auf seinem Namen blieb der Makel haften. Nie wieder würde er zu seinem jetzigez Leben zurückfinden. Oder sollte dennoch überraschend eine Rettung kommen, vielleicht durch die merkwürdigen Entdeckungen, die dieser Buchsachverständige gemacht hatte?

Weigelt trommelte nervös mit den Fingern auf der Tischplatte. »Meine Herren«, sagte er, »diese Sache ist ein Fall für sich. Für etwaige Unregelmäßigkeiten in der Geschäftsführung des Ermordeten bin ich nicht zuständig. Ich habe es hier mit der Ermordung Stefan Rambins zu tun. Der Zustand seines Kontos steht meiner Meinung nach mit der Tat in keinem Zusammenhang. Die Geschichte mit diesem Scheck ist eine Sache für sich. Sie hat von Anfang an die Spuren verwirrt. Bei diesem Fall handelt es sich nicht um einen Raubmord, sondern um andere Motive.«

»Das weiß ich noch nicht«, sagte Herr Owelgaß.

In dem Augenblick traten hastig zwei Männer ein, die Klaus nicht kannte. Der eine hatte ein gerötetes Gesicht, war klein und dick und dennoch von lebhafter Beweglichkeit. Dem anderen merkte man den Kriminalbeamten an. Über Weigelts Gesicht ging ein Ausdruck der Erleichterung. Es ist die Entscheidung, fühlte Klaus. Das waren die Personen, auf die der Kommissar seit einer Stunde gewartet hatte. »Nun?« fragte Weigelt.

»Er ist es nicht!« rief der Dicke, in dem Klaus den Gastwirt aus Waldberg vermutete. »Der andere hat Haferlschuhe getragen. Wir fanden das weiße Sporthemd und die Kniehosen, aber in der ganzen Wohnung keine Haferlschuhe.«

»Und sonst?«

Der Kriminalbeamte, der mitgekommen war, blickte verwundert auf die vielen Menschen. »Es war nichts zu finden. Kein fremder Schlüssel, kein Schriftstück oder Testament, nichts. Herr Doktor Klaus Rambin war am Dienstag, wie immer in diesen Tagen, morgens fortgegangen und abends nach Hause gekommen.«

Der Kommissar wandte sich an den Gastwirt. »Sehen Sie sich um, Herr Krüger. Erkennen Sie den jungen Menschen wieder, der vor einer Woche in Ihrem Gasthaus war und nach dem Namen des Inspektors Arndt fragte?«

Herr Krüger ließ seine lebhaften braunen Augen umherwandern. Er betrachtete den Grafen Koska und Klaus und schüttelte des Kopf. »Von diesen beiden Herren war es keiner.«

»Sie können also mit Bestimmtheit angeben, daß Herr Klaus Rambin, der hier vor Ihnen steht, nicht die Person ist, die Sie gesehen haben?«

»Er war es nicht, Herr Kommissar.«

Weigelt preßte die Lippen zusammen. »Das macht die Sache schwieriger.« Er war ganz offenbar ratlos, da er sich in seiner Erwartung getäuscht sah. Er wandte sich an Klaus: »Wollen Sie, bitte, nun genau angeben, wo Sie sich am Dienstag der vergangenen Woche aufgehalten haben?«

»Ich war auf dem Sportplatz«, fing Klaus an.

»Das ist er!« schnitt plötzlich die Stimme Herrn Krügers durch den Raum. Seine Augen waren auf Elm gefallen, der sich über das Buch gebeugt hatte. »Das ist er!« schrie er nochmals. »Der Herr da hat am Dienstag in meinem Gasthaus gesessen und nach dem Inspektor Arndt gefragt.«

Elm suchte seinem Blick standzuhalten, aber die Farbe wich aus seinem Gesicht, das plötzlich grau wurde. »Ich … ich …« stammelte er.

»Sie sind am Dienstag in Waldberg gewesen?« fragte der Kommissar. Er brachte kaum die Worte heraus, denn auch ihn hatte die Überraschung überwältigt. Einige Sekunden herrschte völlige Stille. Auch Elm rührte sich nicht. Es war nur, als ob er langsam in sich zusammensänke und sein Gesicht immer mehr an Farbe verlöre.

Noch immer fand der Kommissar keine Worte. Seine Augen schienen sich in Elm hineinzubohren. Herr Owelgaß räusperte sich. Es war wie ein Signal, das dem Kommissar die Fassung wiedergab. »Sie haben Stefan Rambin ermordet!« sagte Weigelt mühsam. »Sie haben Stefan Rambin ermordet, um Ihre Unterschlagungen zu decken!«

Elm konnte nicht antworten. Sein Gesicht juckte vor Aufregung. Seine Hände klammerten sich an der Kante des Tisches fest. Endlich brachte er stockend Sätze hervor. »Ich habe nicht für mich unterschlagen. Mir blieb nichts anderes übrig, als ihn zu erschießen. Er hätte sich selbst erschießen müssen.«

»Und da haben Sie es getan?«

»Ja, da habe ich es getan.«

»Sie kannten die Lage des Toten?«

Elm nickte. »Ich wußte alles von ihm. Seit zwei Jahren befand sich Stefan Rambin in geschäftlichen Schwierigkeiten. Er suchte darüber hinwegzukommen. Ich ließ es zu, daß er sein Konto überzog. Aber es wurde immer schlimmer!«

»Weshalb haben Sie sich als Bankbeamter nicht korrekt verhalten?«

»Sie kennen Stefan Rambin nicht. Er hat eine furchtbare Macht über Menschen. Ich stand völlig in seinem Bann. Das war allmählich so gekommen. Er zog mich zu sich heran. Es gab nichts Schöneres für mich, als mit ihm zusammenzusitzen und seinen Reden zuzuhören. Ich war stolz darauf, daß dieser Mann mich auszeichnete. Einmal – es war in diesem Winter, ich glaube im Dezember – setzte er mir seine ganze Lage auseinander. Damals mußte ich ihm zum erstenmal helfen. Wir haben zusammen falsche Buchungen gemacht. Er war furchtbar geschickt darin. Bei der Jahresprüfung, bei der er selbst einer der Prüfer war, verstand er es, alles zu vertuschen. Aber es wurde schlimmer und schlimmer. Und dann kam Sie Sache mit Frau von Tweel.«

Ursula hatte noch immer die Hände vor das Gesicht geschlagen. Jetzt nahm sie sie langsam herunter und sah Elm an.

»Wie war das mit Frau von Tweel?« fragte der Kommissar.

»Stefan Rambin hatte Frau von Tweel kennengelernt und merkte, daß sie sich für ihn interessierte. An einem Abend, im März, sagte er mir alles. Frau von Tweel sollte sehr reich sein. Darauf baute er seinen Plan. Er wollte diese Frau gewinnen, sich scheiden lassen und sie heiraten. Dann konnte alles gut werden. Jede Woche kamen wir zusammen, und er berichtete mir von den Fortschritten, die er bei ihr machte. Nach einigen Wochen war er so weit, daß sie bereit war, ihn zu heiraten. Als er es mir erzählte, war er in ganz seltsamer Stimmung. Halb freute er sich über den großen Erfolg, der ihn in der Tat retten konnte, halb war er von seiner Lage niedergedrückt.«

»Liebte er Frau von Tweel?« fragte der Kommissar.

»Daraus bin ich nie klug geworden. Vielleicht hat er sie geliebt oder es sich wenigstens eingeredet. Hauptsächlich aber wollte er ihr Geld. Die Heirat mit ihr beherrschte alle seine Gedanken. Inzwischen wurde unsre Lage immer kritischer. Wir wußten keinen Ausweg mehr, als er auf den Gedanken verfiel, Frau von Tweel zu überreden, sich eine Besitzung zu kaufen und alles Geschäftliche ihm zu überlassen. Das Geld kam an, und ich benutzte es dazu, unterschlagene Gelder zu ersetzen. Deshalb wurden diese sechzigtausend Mark nicht gebucht. Ich konnte nicht ahnen, daß gerade diese Sache zur Sprache kommen würde.« Elm sprach leise und mit monotoner Stimme. Jedes Wort schien er sich einzeln herauszuquälen.

»Sie sind also an den Unterschlagungen mitschuldig, die der Tote begangen hat?«

»Ich bin nicht nur mitschuldig, sondern ich habe sie für ihn begangen. Stefan Rambin hat mich dabei nur unterstützt und beraten und mir bei plötzlichen Kassenrevisionen geholfen. Einmal brachte er sogar achttausend Mark an, die er sich für eine Revision geliehen hatte. Nach einigen Tagen mußte ich sie ihm zurückgeben.«

»Das Geld stammte von mir«, warf Ursula ein. »Er lieh es sich aus und gab es mir nach einigen Tagen zurück.«

»Die sechzigtausend Mark aber retteten uns nicht. Einmal mußte die Katastrophe kommen. Auf seine Beziehungen zu Frau von Tweel richtete sich unsere ganze Hoffnung. Ich hatte in der letzten Zeit den Eindruck, daß Frau von Tweel sich von ihm zurückzog. Stefan Rambin wollte es nicht glauben. Wenn wir zusammensaßen, sprachen wir jedes einzelne Wort der Frau von Tweel durch und wogen es daraufhin ab, ob er seinem Ziel näherkam oder nicht.«

»O Gott!« stöhnte Ursula. Sie schlug von neuem die Hände vors Gesicht und saß zusammengebrochen auf ihrem Stuhl.

»Es war uns beiden klar, daß etwas geschehen mußte«, fuhr Elm fort. »Die Besitzung am Scharmützelsee, für die Frau von Tweel bereits vor Wochen das Geld gezahlt hatte, mußte endlich gekauft werden. Der Agent wartete auf den Abschluß. Stefan Rambin schrieb den Scheck aus, und ich beglaubigte ihn. Als der Scheck vor mir lag, stieg zum erstenmal der Plan in mir auf. Ich überlegte, daß man alle Unregelmäßigkeiten zudecken könnte, wenn die Auszahlung nur fingiert würde. Ich wäre dann wieder sicher gewesen. Seit diese Verbindung mit Stefan Rambin bestand, hatte ich keine ruhige Minute mehr gehabt. Ach, es war ja alles so furchtbar!«

Er holte tief Atem und sprach weiter. »Inzwischen ging die Beziehung zu Frau von Tweel weiter. Mir schien die Sache immer hoffnungsloser zu werden. Stefan Rambin tröstete mich. Er pochte auf den Einfluß, den er auf alle Menschen ausübe, wenn er nur wolle. Am vorigen Mittwoch mußte der Scheck dem Agenten Eduard Frisch übergeben werden. Am Dienstag sollte eine entscheidende Besprechung zwischen Frau von Tweel und Stefan Rambin stattfinden.«

»Damals wußte Herr von Tweel aber bereits von der Freundschaft seiner Gattin mit Stefan Rambin?«

Elm nickte. »Ich war es, der ihn durch einen anonymen Brief benachrichtigte. Ich habe auf demselben Wege auch Herrn von Steinhammer von den Abwegen seiner Tochter verständigt.«

Ellen und Klaus sahen sich an. Elm also war es gewesen, der Stefan Rambin und Ursula verraten hatte.

»Weshalb taten Sie das?« fragte der Kommissar.

»Ich wollte den Scheidungsprozeß beschleunigen, denn ich hatte den Eindruck, daß Frau von Tweel ihn nur lässig betrieb. Wenn Tweel in der Lage war, die Gegenklage zu erheben, konnte der Prozeß in zwei Terminen zu Ende gehen.«

Der Kommissar wandte sich an Ursula. »Von allen diesen Dingen hatten Sie keine Ahnung, gnädige Frau?«

»O Gott, nein! Wenn Stefan Rambin doch nur mit mir wegen des Geldes gesprochen hätte! Ich hätte alles in Bewegung gesetzt, um ihm zu helfen.«

»Mich leitete aber noch eine andre Absicht«, fuhr Elm fort. »Stefan Rambin erwartete alles von der Unterredung mit Frau von Tweel. Ich hingegen glaubte, daß diese Unterredung mit einem völligen Bruch enden würde. Was sollte dann kommen? Immer stand der Gedanke vor mir, die Auszahlung des Schecks nur zu fingieren. Aber ich wußte noch nicht, wie ich es machen sollte! Ganz dunkel und unbewußt lag in mir die Vorstellung, daß Stefan Rambin von der Erde verschwinden müßte, damit ich mich wieder sicher fühlen könnte. Ich hatte das alles noch nicht in klare Gedanken gefaßt, es war nur ein dunkler Drang, der mich beherrschte. Ich wollte die Qual der letzten Jahre abschütteln. Ich dachte sogar an die Möglichkeit, daß Herr von Tweel Stefan Rambin niederknallte. Das war vielleicht der eigentliche Grund gewesen, weshalb ich ihm den anonymen Brief schrieb. Aber wenn Stefan Rambin auf andre Weise verschwände – ich überlegte mir nicht, wie das geschehen sollte –, dann müßte jemand da sein, auf den der Verdacht gelenkt werden konnte. Es war doch natürlich, daß man Tweel verdächtigen würde. Selbst Herr von Steinhammer würde annehmen, Tweel wäre der Täter. Ich hatte sogar einen Tag lang den Plan, Tweel von der Zusammenkunft der beiden bei der Linde zu unterrichten. Dann wäre er hinausgefahren und hätte Stefan Rambin vielleicht wirklich erschossen. Ich tat das dann doch nicht.«

»Als Sie soweit waren, hatten Sie noch immer nicht den klaren Entschluß gefaßt, Stefan Rambin zu erschießen?« fragte der Kommissar.

»Nein, so weit war ich in meinen Gedanken nie gegangen. Es stand bei mir nur unumstößlich fest, daß dieser Scheck nie ausgezahlt werden dürfe. Am Dienstag vormittag sollte die Unterredung mit Frau von Tweel stattfinden. Stefan Rambin hatte mir das gesagt. Ganz plötzlich kam mir der Gedanke, ebenfalls dorthin zu fahren, denn ich wußte, daß alles verloren wäre, wenn ich nicht aufpaßte und eingriffe. Ich benutzte einen früheren Zug, stieg aber nicht in Lindenderg aus, sondern fuhr bis Bergfriede weiter. Ich hatte mir die Gegend auf der Karte genau angesehen, wanderte über Waldberg und Bräsikow und bog dann in die Schneise ein. Eigentlich hatte ich die Absicht, mich irgendwo versteckt zu halten und die Unterredung der beiden abzuwarten. Aber es trieb mich vorwärts. In dem langen Jagen sah ich Stefan Rambin von weitem kommen und ging ihm entgegen. Ich wußte nicht, wie ich meine Anwesenheit erklären sollte, und sagte ihm schließlich, es wäre eine plötzliche Bankrevision angesagt.«

»Merkte man auf der Bank nicht Ihre Abwesenheit?« fragte der Kommissar. »Bis jetzt ist noch niemand auf den Gedanken gekommen, daß Sie an dem Tag nicht auf der Bank gewesen sein könnten.«

»Ich bin einfach fortgeblieben. Meine Stellung ist ja einigermaßen selbständig. Zufällig fragte an dem Tag niemand nach mir, und in unsrer Abteilung drücken wir untereinander manchmal die Augen zu, wenn der eine oder der andre aus einem wichtigen Grunde fernbleibt. Ich sagte Stefan Rambin also, eine Revision stünde bevor und die Unregelmäßigkeiten müßten jetzt endgültig beseitigt werden. Ich riet ihm, völlig auf die Verbindung mit Frau von Tweel zu verzichten, weil daraus doch niemals etwas werden würde, und sie um eine größere Summe zu bitten. Wir gingen den Jagen einige Male auf und ab. Ich merkte, daß Stefan Rambin nicht mehr imstande war, einen Entschluß zu fassen. Nach außen hin war er unverändert, niemand hätte ihm etwas anmerken können. Aber innerlich war er durch die Spannung der letzten Monate völlig zerbrochen. Sicher hat ihn auch das merkwürdige Verhältnis zu Frau von Tweel sehr mitgenommen. Wir sprachen noch einmal unsre Lage genau durch.«

»Hatten Sie während dieser Unterredung nicht die klare Absicht, Stefan Rambin zu erschießen?«

»Nein, eigentlich nicht. Einen Revolver hatte ich in jener Zeit immer bei mir, aber ich dachte eher daran, mich eines Tages selbst zu erschießen. Während wir in dem Jagen auf und ab gingen, hatte ich einen ganz anderen Gedanken. Ich wollte die Unterredung in die Länge ziehen, bis Frau von Tweel kam. Dann wollte ich ihr alles sagen. Aber es war schon eine Viertelstunde über die verabredete Zeit hinaus, und ich hatte den Eindruck, sie würde überhaupt nicht kommen, sondern bereits innerlich mit Stefan Rambin abgeschlossen haben. Dabei mußte ich immer an den Scheck denken, der in seiner Brieftasche lag. Der Gedanke, diesen Scheck an mich zu bringen, nahm immer mehr von mir Besitz. Meine Hand umklammerte in der Tasche die Waffe. Einen Schuß, dachte ich, und ich kann den Scheck nehmen und bin wieder sicher. Ich überlegte, daß Stefan Rambins Leben sowieso verspielt war. Nie würde Frau von Tweel ihn heiraten, und dann würde ihm doch nichts andres übrigbleiben, als sich zu erschießen, ich aber würde in seinen Fall mit hineingerissen werden. Erst während ich neben ihm ging, stieg der Gedanke in mir auf, ihn zu töten. Fünfmal war ich im Begriff, die Waffe herauszuziehen, aber ich fürchtete, er würde sie mir entwinden. Schließlich tat ich so, als ob ich über eine Baumwurzel stolperte. Dabei konnte ich den Revolver spannen, ohne daß er es bemerkte. Ich richtete mich wieder auf. Wir gingen weiter. Wenn ich es jetzt nicht tue, dachte ich, dann werde ich es nie tun. Ich blieb einen Schritt zurück, nahm die Waffe heraus und schoß ihn nieder. Das ging alles ganz rasch. Ich nahm die Brieftasche an mich, sah, daß der Scheck drinnen war, und lief fort. Einige Sekunden später bog Frau von Tweel zu Pferde um die Eck. Es war genau so, wie sie hier ausgesagt hat. Ich sprang durch das Dickicht davon, sie jagte einen Schuß hinter mir her, aber die Kugel blieb in einem Baum stecken.«

Elm machte eine Pause. »Das übrige wissen Sie alles. Ich trieb mich stundenlang im Wald umher, ich sah, wie Frau von Tweel aus dem Wald zurückgeritten kam, und ging dann selbst auf Umwegen nach Waldberg. Dort aß ich etwas. Der Inspektor Arndt kam angeritten und trank vor dem Haus ein Glas Bier. Ich fragte nach seinem Namen und beschloß, diesen Namen als Empfänger auf den Scheck zu schreiben. Auch den Girovermerk Eduard Frischs setzte ich darauf. Den Scheck buchte ich dann und heftete ihn ein. Die eingesparten sechzigtausend Mark reichten gerade hin, um die Unregelmäßigkeiten auf dem Konto Stefan Rambin zu decken.«

»Sie haben also diese Unterschriften selbst gefälscht«, sagte der Kommissar und dachte an den Abend, an dem er hier zum erstenmal mit Klaus Rambin und Elm zusammengesessen und Klaus' Handschrift mit den beiden Unterschriften auf dem Scheck verglichen hatte.

Elm nickte. »Hätten Sie sich damals auch von mir eine Schriftprobe geben lassen, wie von Klaus Rambin, dann hätte ein Schriftsachverständiger in wenigen Minuten alles herausgefunden. Denn die Unterschriften waren sehr schlecht gefälscht.«

Der Kommissar erhob sich und winkte den beiden Beamten. »Führen Sie Herrn Elm ab. Das Protokoll werden wir nachher aufsetzen.« Die Beamten nahmen Elm in ihre Mitte und führten ihn hinaus. Er ging mit unsicheren Schritten zwischen ihnen.

Niemand sprach ein Wort. »Was ist?« kam auf einmal eine dünne Stimme durch den Raum. Alle drehten sich um. Monika Bandler stand in der Tür des Nebenzimmers und sah sich verwirrt unter den fremden Menschen um. Ihre Augen suchten Klaus, der wie die andern erschüttert dasaß und keine Antwort zu geben wußte. Monika mochte merken, daß Klaus nicht mehr angeschuldigt war. Langsam wich die Angst aus ihren Zügen.

»Der Mörder Ihres Pflegevaters ist gefunden«, sagte der Kommissar. »Ihr Vetter Klaus Rambin und Frau von Tweel sind vollkommen unschuldig.«

Klaus ging auf sie zu. Sie hob die Arme, und ein leiser Freudenschrei kam von ihren Lippen. »Klaus!« rief sie, »das war ja alles falsch, du hast ja das Testament gar nicht herausgenommen!«

»Nein, es war ja kein Testament vorhanden. Aber jetzt ist alles gut.« Er hatte das Gefühl, sie in seine Arme schließen zu müssen. Sie standen beide unschlüssig voreinander und blickten sich an.

Langsam löste sich die Starrheit der Menschen in dem Raum. Ellen trat zu Frau von Tweel. »Verzeih mir, Ursula! Ich habe dir furchtbar unrecht getan. Jetzt weiß ich, daß du genau so bist, wie ich dich immer gesehen habe. Kannst du mir verzeihen?«

»Ach, Ellen!« Ursula ergriff ihre beiden Hände. Ellen drehte sich zum Grafen Koska um. »Sie müssen sie auch um Verzeihung bitten, Graf. Wenn Sie Stefan Rambin gekannt hätten, dann würden Sie verstehen, wie das alles gekommen ist.«

Graf Koska trat auf Ursula zu, beugte sich zu ihr hernieder und küßte ihre Hand. Vielleicht wollte er leise sprechen, aber auch jetzt füllte seine mächtige Stimme den Raum. »Du hast Furchtbares durchgemacht, Ursula. Aber jetzt wird alles gut werden.«

Kommissar Weigelt hatte leise mit Herrn Owelgaß gesprochen. Er wandte sich an Klaus. »Ihnen fällt nun doch die Hälfte des Erbes zu, Herr Rambin. Vielleicht kann das Sägewerk gerettet werden, wenn Sie wirklich Ihre ganze Kraft dafür einsetzen, wie Sie vorhin als Ihre Absicht äußerten. Die Unregelmäßigkeiten auf dem Konto Ihres Onkels werden sich vielleicht erledigen lassen, falls Frau von Tweel mit einem Arrangement einverstanden ist. Sie werden wohl auch sonst noch eine Anleihe aufnehmen müssen.« Er hielt inne und reichte ihm die Hand. »So trennen sich unsere Wege. Ich kann Sie leider nicht um Entschuldigung bitten, daß ich Sie in falschem Verdacht hatte, denn wir Kriminalisten müssen unsere Pflicht tun nach bestem Wissen und Gewissen.«

»Was wird aus Elm?« fragte Klaus. Aber Weigelt wandte sich schon zu Ursula von Tweel. »Auch Sie, gnädige Frau, darf ich nicht um Entschuldigung bitten, aber ich spreche Ihnen meine aufrichtigen Glückwünsche aus, daß sich alles so schnell aufgeklärt hat, so daß Sie makellos dastehen.«

Klaus faßte mit plötzlichem Entschluß Monika und Ellen bei den Händen. »Wie steht ihr beiden Schwestern jetzt miteinander? Seid ihr noch Feindinnen?«

»Nein«, sagten beide wie aus einem Munde. Klaus legte beider Hände ineinander und seine linke darauf. »Nun ist alles gut geworden!« Sie blieben alle drei einige Sekunden in dieser Haltung. Klaus' Augen überflogen die beiden: Ellen, die nun in das große Leben hinausgehen würde, um die Welt zu erobern, und die kleine Monika, deren verweinte Augen durch die Tränenspuren hindurch zu leuchten begannen. Dann blickte er zu der anderen hin, die einige Wochen hindurch alle seine Gedanken beherrscht hatte. Ursula von Tweel war noch bleich, aber ihr Gesicht hatte seine wundervolle lächelnde Ruhe zurückgewonnen. Sie stützte sich leicht auf den Arm des mächtigen Koska. Klaus dachte an ihre Worte. Dorthin gehört sie, fühlte er. Sie ist doch eine stille Frau, die ruhig leben und schöne Dinge um sich haben muß. Solche Frauen sind nicht für die unruhigen Rambins da. Sie würden aneinander zerschellen.

»Nun aber kommt!« rief der Graf und faßte Ursula unter, die noch ein wenig unsicher ging, benommen von den Erschütterungen der letzten Stunde. Sie reichten alle dem Kommissar die Hand, und er schüttelte sie jedem einzeln.

Auf den Gängen draußen herrschte noch immer reges Leben. Menschen standen in Gruppen beieinander, Beamte mit Akten hasteten vorbei. Als sie die Treppe hinunter, gingen, faßte der Graf Klaus beim Arm. »Hören Sie, Herr Rambin, wir sind da alle in ein Schicksal hineingerissen worden. Wenn Sie Hilfe für Ihr Sägewerk brauchen, ich stehe zur Verfügung.«

»Besten Dank, Herr Graf. Ich halte es für sehr möglich, daß ich auf Ihr freundliches Angebot zurückgreife, schon damit Frau von Tweel einmal ihr Geld zurückbekommen kann.«

»Ach«, sagte er und zwinkerte mit den Augen, »das soll sie zur Strafe nur ruhig verlieren!«

Auf der Straße wartete Koskas Auto. »Wer will mit, Kinder?« Ellen hob die Hand. »Als eure Stief- und Schwiegermutter muß ich euch wohl begleiten, um auf euch aufzupassen.« Zum erstenmal ging ein befreiendes Lachen durch sie alle. Es war noch leise und schüchtern, aber es schlug dennoch schon die Brücke in die Zukunft. Klaus und Monika blieben zurück und sahen den dreien nach, wie sie einstiegen. Ellens Blondhaar leuchtete unter dem schwarzen Hut, und das feine Gemmenprofil Ursulas schwebte in dem anfahrenden Auto an ihm vorüber. Klaus schaute ihnen nach, bis das Kabriolett in dem Gewühl der Straße verschwunden war.

»Klaus«, fragte Monika als sie allein waren, »wird es möglich sein, das Sägewerk zu retten?«

»Wenn du mir hilfst, kleine Monika, werde ich es schon schaffen.«

Sie sah ihn fragend an. »Wie soll ich dir helfen?«

»Indem du mich lieb hast.«

Sie sah strahlend zu ihm auf, so wie sie früher Stefan Rambin angestrahlt hatte. »Ich habe dich lieb seit vielen, vielen Jahren!«

»Und ich dich seit gestern abend, Monika!«

Sie nahmen eine Taxe und fuhren zum Stettiner Bahnhof. Oben in der Halle wartete schon der Zug, um sie nach Michaelsbrück zu bringen. Ihrem Michaelsbrück, das sie nun neu erobern mußten.